古典文獻研究輯刊

十六編
曾永義 主編

第3冊

明代戲曲本色論

侯淑娟 著

國家圖書館出版品預行編目資料

明代戲曲本色論／侯淑娟 著 — 初版 — 新北市：花木蘭文化
事業有限公司，2017〔民106〕
序 2+ 目 2+144 面；19×26 公分
（古典文學研究輯刊 十六編；第 3 冊）
ISBN 978-986-485-105-8（精裝）
1. 明代戲曲 2. 戲曲評論
820.8   106013416

ISBN-978-986-485-105-8

古典文學研究輯刊
十六編　第 三 冊   ISBN：978-986-485-105-8

明代戲曲本色論

作　　者　侯淑娟
主　　編　曾永義
總 編 輯　杜潔祥
副總編輯　楊嘉樂
編　　輯　許郁翎、王筑　美術編輯　陳逸婷
出　　版　花木蘭文化事業有限公司
社　　長　高小娟
聯絡地址　235 新北市中和區中安街七二號十三樓
　　　　　電話：02-2923-1455／傳眞：02-2923-1452
網　　址　http://www.huamulan.tw 信箱 hml 810518@gmail.com
印　　刷　普羅文化出版廣告事業
初　　版　2017 年 9 月
全書字數　131817 字
定　　價　十六編 8 冊（精裝）新台幣 15,000 元
版權所有‧請勿翻印

明代戲曲本色論

侯淑娟　著

作者簡介

侯淑娟，臺灣屏東縣人。民國九十（2001）年獲東吳大學中國文學系文學博士。現任東吳大學中國文學系（所）教授。專攻中國戲曲、韻文學、俗文學。講授元明雜劇研究、明清傳奇研究、當代戲曲研究、曲選及習作、古典戲劇、地方戲劇、中國戲劇概論、現代戲劇及習作⋯⋯等課程。著有《明代戲曲本色論》、《浣紗記研究》、《講唱文學與戲曲研究論稿》、《戲曲格律與跨文類之承傳、變異》、〈晚明戲曲選集中《五桂記》殘存齣目的竇儀故事〉、〈《咬臍記》的選輯及其所反映的問題和現象〉⋯⋯等專論。

提　　要

　　本論文以《中國古典戲曲論著集成》、《新曲苑》、《中國古典戲曲序跋彙編》所收 70 種曲論、曲話、序跋、評點、筆記為主要研究範圍，並旁及其相關曲家的詩文集，檢視觀察明代曲家對「本色」的運用。因從宋代開始，「當行」便與「本色」交相為用，故在本文的觀察探討中，將「當行」納入。論文共分五章，第一章緒論，概述「本色」與「當行」二詞源頭，戲曲本色論的興衰概況，並探討其萌芽的可能時期。第二章從駢儷風氣的反動、曲家對戲曲舞臺性和通俗性的自覺，及推尊元曲三方面探討明代戲曲本色論興起的原因和背景。第三章將明代分為三期，爬梳李開先、何良俊、徐渭、臧懋循、沈璟、王驥德、徐復祚、馮夢龍、呂天成、凌濛初、沈德潛、祁彪佳等十二位曲家所述本色觀點，探討諸曲家之本色內涵。第四章綜理諸家本色論特質，探討戲曲本色論與文壇關係，檢討本色論之得失。第五章結論歸納要點，總結全文。明代戲曲本色論的發展是曲家分析戲曲特質，解析構成因素，提供評論者品評準衡的過程。但曲家各依所見，對戲曲本質多未掌握整體，因而意見分歧，眾說紛紜。在各家中，要以王驥德所論較全面。而故事情節、關目結構、音韻格律、曲辭賓白、人物塑造等五要素，正是明代戲曲本色論應探討的主要內涵。

自　序

　　《明代戲曲本色論》能有正式出版的機會，首先感謝我的老師曾永義院士的推薦，以及花木蘭出版社的邀約、等待與協助。2014 年應允後，忙於教學和既定研究工作，一耽擱又是兩年，直到去年下半年休假開始，才有機會靜下心，仔細思考爲出版而修改的問題。

　　《明代戲曲本色論》是我完成於民國 81 年的碩士論文。在準備修改的這段時間，重新回顧 26 年來學界對本色論、本色當行的探討、研究，不論是曲論、詞論、詩論、文論，海峽兩岸都有很多精彩的論义。從國家圖書館臺灣期刊論文索引系統檢索，以本色當行爲主題的戲曲理論研究有 4 篇論文，2000年以前有廖藤葉的〈明代劇論中的當行本色論〉、蔡孟珍的〈曲論中的當行本色說〉（1993）、李惠綿的〈論「當行本色」在戲曲批評中的意義〉（1999）；前兩年，又有曾永義師的〈從明人「當行本色」論說「評騭戲曲」應有之態度與方法〉（2015），對此主題的發展、研究意義、諸家觀點評述，都有極爲精確的分析探討，尤爲可貴者在針對當行本色的問題核心，提出「評騭戲曲」應有的態度、方法，彌補明代以本色論曲主觀零散，不成體系的缺點。在中國期刊全文數據庫中，若以「本色論」作爲關鍵詞檢索，與戲曲本色論主題直接相關的論文有 16 種（含學位論文）。若以筆者原論文所述的李開先、何良俊、徐渭、臧懋循、沈璟、王驥德、徐復祚、馮夢龍、呂天成、凌濛初等十位曲家的本色戲曲觀來看，可以找到的相關研究論文就更多了。

　　瀏覽過 1992 年後與本色相關豐富多采的研究成果，對於出版，我曾遲疑、卻步。幾經思索，才逐漸改變想法。換個角度思考，這麼多的研究，正彰顯

明代戲曲本色論的重要。我該慶幸，因為我曾在這主題中努力耕耘。於是決定修改、出版，當作曾經努力的記錄，感謝師長們的提攜、愛護，不論是青磚、木頭、瓦，我願為戲曲研究的學術范圍獻上努力的成果。

回憶碩士班三年的求學過程中，清徽師循循善誘，將全然外行的我，引入中國戲曲的古典百花園中徜徉。指導我讀劇本，學理論；清徽師總是告訴我學戲曲，要能感受戲曲的音樂、歌唱。帶著我參加每週的崑曲曲會雅集，聆賞拍曲；只要有戲曲演出，不論實踐堂、中山堂，或臺北其他劇場，清徽師都帶著我去聽戲，評賞表演優劣。在寫論文期間，只要遇到問題，就去清徽師家請益。許多戲曲觀念就在課堂上、課堂外，讀書、拍曲、看戲、用餐、聊天中培養。

今年是清徽師逝世二十周年。自從清徽師離開後，心中總想為她做些什麼，可又不曾實踐。這次在修改舊稿中，幾度琢磨，最後決定保留原有書名和論文架構，儘管攻讀碩士學位時學養不足，但這是清徽師指導我學習、研究的成果。看過許多與本色相關的精采深入研究後，感到原論文綱要構思，以及建構戲曲理論與詩文理論關係的聯繫觀察、思考，在明代戲曲本色論的研究中，還是有一定的意義。因此，只在原有架構上修改，增加第一章第一節，重整第二節〈釋名〉內容，將各論文仍少有探討的「當行」詞彙溯源補入；並在第三章第三節增補兩位曲家的本色主張，全書共增補 4 萬餘字。以此，紀念清徽師，感謝 清徽師昔日指導、勉勵、培植之大恩。

曾永義老師和王安祈老師在我碩士論文口試時，給我許多指導、建議與鼓勵，當時因受時間限制而不及修改完善的，也在這次修改中補入。衷心感恩曾老師在我攻讀博士學位過程的指導、培育、提攜，感謝師長們在我二十餘年來學習與研究戲曲過程中的指導與幫助。此外，感謝研究助理楊敏夷小姐在我重新校對、整理資料中的各種協助。感謝花木蘭出版社高小娟小姐委請專人將紙本論文重新輸入，提供可在電腦修改的電子檔。感謝所有默默付出、支持與鼓勵我的家人。修改舊稿不易，許多資料在搬家後遺失了，部分資料在重新查考校對時改用新出版的文獻。但增補修改後，仍難免疏漏錯誤，尚祈 博雅君子賜正、見諒。

於東吳大學中國文學系　2017.6.22

目

次

第一章 緒 論

第一節 研究動機、範圍與方法

　　明代是中國古典戲曲發展的黃金高潮期，雜劇雖然無法突破元代輝煌燦
爛的成就，卻轉與南曲結合，發展成獨特的南雜劇。至於傳奇更是繼承宋元
南戲的體製，汲取元劇精華，成為有明一代的文學表徵。而明代中葉四大聲
腔興起，一時雖未得文人青定，卻醞釀了清代花部勃興的基礎。就曲學的發
展而言，由於戲曲體製的成熟完備，曲家在創作之餘也開始探討戲曲的原理、
本質，研究格律文詞、排場結構……等創作理論，品評作家作品，探索演唱
技巧、表演藝術，記載遺聞軼事、舊戲劇目，編輯選本，增校曲譜；曲話之
類的理論著作系統性雖尚不足，卻是批豐富的資料，蘊含明代曲家的智慧，
呈現曲學研究的盛勢，因此不論從創作或理論研究而言，有明一代在戲曲史
上都可說是斐然有成。

　　「本色」一詞在被明代曲家用入戲曲理論後，與諸家戲曲觀結合，形成
一股極具影響力的主流。明代的曲論家無人不談「本色」，但「本色」的特質
究竟是什麼？卻言人人殊。正如陳多、葉長海在注王驥德《曲律》卷三〈雜
論第三十九上〉的第三十六則中所說：

> 玩味其中以文為詩、以詩為詞為非本色當行，稱詞中用語需「歌頌
> 妥溜」始為「本色語」，可見所指仍即是某一種文體的體製色彩，並
> 無深義。但在實際運用中，尤其是在古典戲曲評論中，由於人們對
> 戲曲應有的體製色彩認識並不統一，甚至分歧甚大，所以各自賦予

它的內涵就頗有出入，或相互牴牾。﹝註1﹞

從明代曲話、曲論的研讀中，發現戲曲中的本色說，內涵非常豐富多變，它蘊含明代曲家對戲曲本質看法不一的辯爭，是一個非常值得注意的現象。但在近世的觀點中，卻多只將它當作質樸語言的代稱，在元曲派別區分中，被視爲與「文詞」、「詞采」對立的派別。

撰寫碩士論文計畫前，因讀龔鵬程〈論本色〉、﹝註2﹞曾永義師〈當行本色〉、﹝註3﹞俞爲民〈明代曲論中的本色論〉﹝註4﹞，深受啓發，發現「本色」一詞，從詩文理論到戲曲理論，各類、各家之說有很大的差異；又讀葉長海《中國戲劇學史稿》、﹝註5﹞陳芳英《明代劇學研究》，﹝註6﹞建立戲曲理論發展史觀，對探討本色詞義由不定的豐富多變而趨於統一的現象，充滿興趣。當時雖已有前述學者探討，但仍覺得這一主題還有很大的研究空間，尤其是明代，各曲家論述差異甚大，需要更詳細精確地深入探討。故以《明代戲曲本色論》爲題進行研究。

此一論題是希望藉由本色說的探索，呈現「本色」在明代諸家論辯、運用中的各種面貌、內涵，研究曲家探討戲劇本質的過程，釐清攏統概觀的偏頗。二爲觀察本色的發展脈絡，了解它由廣義步入狹義的變化。三則希望藉由本色的研究，探討曲論與正統文壇的關係。大體而言，詩文理論的發展歷史悠遠，體製宏闊；曲論雖有其通俗面，但因講求舞臺演出藝術的各種條件，顯得龐雜而又博奧精深，戲曲之作包含詩文，卻與詩文理論各自獨立，多互不相及，本色說同時存在詩文理論與戲曲理論中，而各自發展，深知若欲徹底比較其間的異同，要須博覽群籍，非當時學力所能及，因此先以戲曲本色說爲主要範圍，僅以一節的內容探討詩文論中本色思想的相關性，雖然簡略，但這是戲曲理論與詩文理論間聯繫的橋樑。

﹝註1﹞ 參見王驥德著，陳多、葉長海注釋：《曲律注釋》（上海：上海古籍出版社，2012年9月第1版），（頁266）。

﹝註2﹞ 參見龔鵬程：〈論本色〉，《古典文學》第8輯，民國75年4月，頁357～399。此文後來收入《詩史本色與妙悟》（臺北：臺灣學生書局，民國75年初版）。

﹝註3﹞ 參見曾永義：〈當行本色〉，《春風‧明月‧春陽》（臺北：光復書局股份有限公司，民國77年2月初版），頁153～157。

﹝註4﹞ 參見俞爲民：〈明代曲論中的本色論〉，《中華戲曲》一輯，1986年第1期，頁128～147。

﹝註5﹞ 參見葉長海：《中國戲劇學史稿》，板橋：駱駝出版社，民國76年8月初版。

﹝註6﹞ 陳芳英：《明代劇學研究》，臺北：國立臺灣大學中國文學研究所博士論文，民國71年6月。

　　明代曲論中的「本色」有廣狹二義，狹義的本色主要是指質樸通俗的戲曲語言，廣義的本色則與曲論諸家所認定的戲曲體製、文學內涵、舞臺表演風貌相結合，是以又與「當行」的關係密不可分。本論文是以廣義的觀點進行研究，因此在遇到曲家提及「當家」、「當行」、「行家」、「作家」、「作手」時，俱納入討論，以便更清晰地了解「本色」在曲論中的發展情形。

　　本論文以曲論、曲話、序跋、評點、筆記，及曲家詩文集為主要的研究範圍。在方法上，以文獻研究為主。撰寫論文前，第一階段以曲論、曲談資料為核心，全面閱讀《中國古典戲曲論著集成》所收 42 種曲論文獻，以及任訥《新曲苑》所收 35 種曲論筆記，去其重複，主要閱讀整理的曲論、曲談約有 70 種；第二階段以蔡毅所編四冊《中國古典戲曲序跋彙編》為主閱讀檢視，觀察戲曲序跋文獻對「本色」一詞的運用。在整理研究資料時，發現明代對本色的運用多而富變化，清代談本色的戲曲資料已明顯少於明代，因此將清代談本色的觀點，作為明代蓬勃發展後的餘波，將閱讀所得精要納入論文第四章第四節。本論文除了以歷史縱觀的角度，鳥瞰「本色」運用的發展脈絡，嘗試以一個朝代——明代為中心，將原本瑣碎零星的戲曲本色說貫串起來，以歸納分析的方法，進行研究，擷取本色的特質，省思其利弊得失。

　　本論文內容共分五章，第一章概述「本色」與「當行」二詞的源頭，略述戲曲本色論的興衰概況，並探討其萌芽的可能時期。第二章從駢儷風氣的反動、曲家對戲曲舞臺性和通俗性的自覺，及推尊元曲三方面探討明代戲曲本色論興起的原因和背景。第三章則分期爬梳諸曲論家本色論的內涵。第四章綜理諸家本色論的特質，略探它與文壇的關係，並檢討本色論的缺陷得失。第五章結論則提綱挈領，歸納要點，總結全文。

第二節　釋名

　　在正式探討明代戲曲本色論之前，需先釐清本色與當行的詞彙概念。本節將從古代字書對「本」與「色」的解釋，「本色」一詞在古代文獻中的運用，以及現代辭典對「本色」的解釋、常與「本色」比並的「當行」等四部分探討。其中第二部分較為複雜，將分別從天文星象用語，正史的法典用語，朝奏公文與正史的稅賦用語，「本色」與筆記小說中所記錄行業服飾的關聯，以及「本色」與文學、藝術的關聯等五方面探討。

一、古代字書對「本」與「色」的解釋

中國文字每個字都各自獨立,當其組合可有多種變化。組成「本色」一詞的兩個字中,讓詞彙產生多義性變化的關鍵在「色」字。《說文解字》以「顏氣也」解釋「色」,段玉裁之注則說:「顏者,兩眉之閒也。心達於气,气達於眉閒,是之謂色。顏、气與心若合符卩,故其字从人卩。記曰:孝子之有深愛者,必有和气;有和气者,必有愉色;有愉色者,必有婉容。又曰:戎容,盛氣闐實陽休,玉色。孟子曰:仁義理智根於心,其生色也,睟然見於面。此皆从人卩之理也。生色而後見於面。所謂陽氣浸淫,幾滿大宅。許曰面顏前也,是也。……引申之爲凡有形可見之儷。」〔註7〕由許愼和段玉裁的解釋都從「人」立說,其詮釋在實體與抽象之間勾勒,如顏、面、兩眉之間是實指人體臉面的固定部位,但當提及氣、心達於氣、氣達於眉間,則將中國文化、醫學、文學對「氣」的獨特感知、記錄、詮釋之「氣」引入運用,使「顏氣也」成爲具有實體又有抽象概念的半抽象性解釋,意義充滿變化特徵。因此,段玉裁在引用《禮記》之〈祭義〉、〈玉藻〉、《孟子‧盡心》內容做了許多詮釋之後,以「凡有形可見之儷」的引申,使之回歸物象實體,並擴充意指,由人而及於物,「凡有形可見」都可以「色」稱之。至於「本」,《說文解字》從具象之物解釋:「木下曰本。从木从丁。」(頁251)從植物根部說明,意義清楚明白,段玉裁沒有太多解釋。在這個詞彙中意義變化不大,多取原來、本來之意。兩字組合後的變化主要取決於「色」字所指意涵。

二、「本色」一詞在古代文獻中的運用

爲探討「本色」意義之源,筆者彙整較早運用「本色」的古代文獻,將之歸納五大類,以下將從天文星象用語,正史的法典用語,朝奏公文與正史的稅賦用語,「本色」與筆記小說中所記錄行業服飾的關聯,以及「本色」與文學、藝術的關聯等五方面論述。

1、正史的天文星象用語

「本色」一詞形成詞彙,最早出現於史書,原意是指「本來的顏色」,如《晉書》卷十二〈志第二‧天文(中)〉的「七曜」條曰:

〔註7〕 參見〔漢〕許愼撰、〔清〕段玉裁注、〔民國〕魯實先正補:《說文解字注》(臺北市:黎明文化事業股份有限公司,1986年增訂二版),頁436。

> 凡五星有色，大小不同，各依其行而順時應節。色變有類，凡青皆
> 比參左肩，赤比心大星，黃比參右肩，白比狼星，黑比奎大星。不
> 失本色而應其四時者，吉。〔註8〕

在這段引文中，「色」和「本色」同見。「色」指顏色、星宿的光芒色澤。《晉書》此段內容在說明以星光色澤觀察天象的原則。天上星宿本各有顏色、形狀，其色澤變化應有規律。要能依循季節，而不偏離本來的顏色，方為吉善。「本色」指各星宿所散發的本然色澤，辨明五星色澤，做為判斷吉凶的依據。

2、正史的法典用語

「本色」一詞除了原義和引申義以外，在歷史上尚有一些社會語言的意義，常與各時代制度結合。如《故唐律疏議》卷三〈名例〉曰：

> 犯徒者，準無兼丁例加杖，還依本色。

疏議曰：

> 「樂及太常音聲人，習業已成，能專其半。及習天文並給使散使犯
> 徒者皆不配役，准無兼丁例加杖。若習業未成，依式配役。如元是
> 官戶及奴者，各依本法。還依本色者，工樂還掌本業；雜戶、太常
> 音聲人，還上本司；習天文生，還歸本局；給使散使，各送本所。
> 故云還依本色。……〔註9〕

《故唐律疏議》是唐高宗永徽二年（652）所編定的法典律文，後世多稱《唐律疏議》，或稱《律疏》。它是唐代法典，也是中國現存最早最完整的法典。上列引文是《唐律疏議》解釋《唐律》第一卷〈名例律〉第二十八條「工樂雜戶人犯流罪」的逐句解釋，在「疏議」中特別就「還依本色」的各種職業、身分、情況詳細說明，如習業已成和習業未成便有不同的處置。可知《唐律疏議》所說的「本色」已有本業、本行之義。這種因法律制度疏議說明，而呈現的古代社會制度慣用語言，讓我們看到詞彙引申性使用的一面。

3、朝奏公文與正史的稅賦用語

「本色」在正史中更常使用的是與古代稅賦制度密切連結的指稱意義。這類詞彙意涵因賦稅討論而普遍出現在宋代以後的正史中，尤其是談及稅制

〔註8〕參見唐·房玄齡等撰《晉書》（北京：中華書局，1984年）第二冊，頁320。
〔註9〕參見唐·長孫無忌等撰：《故唐律疏議》（臺北：臺灣商務印書館，民國55年），頁27。

的文獻，但在唐代已可見於文士文集所收的朝奏性公文中。如唐元稹（779～831）《元氏長慶集》卷三十八之〈同州奏均田狀〉的「當州京官及州縣官職公廨田并州使官田驛田等」曾提及：

> 臣今便於當州近城縣納粟，官為變碾，取本色腳錢，州司和雇情願車牛般載，差綱送納。計萬戶所加至少，使四倍之稅永除，上司職祿及時，公私俱受其利。〔註10〕

這是元稹談任州官時，面對兩稅制處理的實務性問題。唐代德宗建中元年（780）開始實施的兩稅法，其中一項特色是「戶無土客，以見居為簿；人無丁中，以貧富為差」，換言之，人民不分本貫或外來，一律編入現居住州縣戶籍，並以戶籍所在就地納稅。

到了宋代，「本色」多出現在〈食貨志〉中，如《宋史》卷一百七十四〈食貨志上二〉的「賦稅」條提及：

> 崇寧二年，諸路歲稔，遂行增價折納之法，支移、折變、科率、配買，皆以熙寧法從事，民以穀菽、物帛輸積負零稅者聽之。大觀二年詔：「天下租賦科撥支折，當先富後貧，自近及遠。迺者漕臣失職，有不均之患，民或受害，其定為令。」支移本以便邊餉，內郡罕用焉。間有移用，則任民以所費多寡自擇，故或輸本色於支移之地，或輸腳費於所居之邑。〔註11〕

同卷慶元二年又曰：

> 慶元二年，詔浙江東、西夏稅、和買綢絹並依紹興十六年詔旨折納。
>
> 紹興十六年詔旨：絹三分折錢，七分本色；紬八分折錢，二分本色。
>
> （頁 1110）

在上列兩段引文中，我們看到「本色」與「折錢」的對舉，代表了宋代稅賦制度農產實物與貨幣折換間有種種因應變化。

到了明代，又有因應時代與環境的稅賦制度，在《明史》中有更多關於「本色」的運用，如《明史》卷七十八之〈食貨志二〉曰：

> 兩稅，洪武時，夏稅曰米麥，曰錢鈔，曰絹。秋糧曰米，曰錢鈔，曰絹。弘治時，會計之數，夏稅曰大小米麥，曰麥菽，曰絲綿並

〔註10〕 參見唐·元稹撰、冀勤點校：《元稹集》（北京：中華書局，2000 年 6 月重印），頁 435～437。

〔註11〕 參見元·脫脫等撰：《宋史》（北京：中華書局，1997 年 11 月第一版，2008 年 9 月第二版），頁 1097。

荒絲，曰稅絲，曰絲綿折絹，曰稅絲折絹，曰本色絲，曰農桑絲折絹……洪武九年，天下稅糧，令民以銀、鈔、錢、絹代輸。銀一兩、錢千文、鈔一貫，皆折輸米一石，小麥則減直十之二。棉苧一疋，折米六斗，麥七斗。麻布一疋，折米四斗，麥五斗。絲絹等各以輕重爲損益，願入粟者聽。十七年，雲南以金、銀、貝、布、漆、丹砂、水銀代秋租。於是謂米麥爲本色，而諸折納稅糧者，謂之折色。〔註12〕

又《明史》卷八十一之〈食貨志五〉曰：

關市之征，宋、元頗繁瑣。明初務簡約，其後增置漸多，行齎居鬻，所過所止各有稅。其名物件析榜於官署，按而征之，惟農具、書籍及他不鬻於市者勿算，應征而藏匿者沒其半。買賣田宅頭匹必投稅，契本別納紙價。凡納稅地，置店歷，書所止商氏名物數。官司有都稅，有宣課，有司，有局，有分司，有抽分場局，有河泊所。所收稅課，有本色，有折色。（第3冊，頁1974）

至於《清史稿》卷二十一〈穆宗紀一〉同治元年（1861）的閏八月庚子則記載：

諭勞崇光等籌濟京倉米穀，江蘇等省新漕徵收本色解京。〔註13〕

而同書卷二十一〈穆宗紀一〉同治二年（1862）的秋七月甲子也記載：

官軍克沙窩等處匪巢。允江北漕米仍徵折色。（第2冊，頁793）

由以上唐宋明清各朝正史和文士文集中上奏朝廷的「狀」，「本色」語彙的運用都與稅賦有關。所謂「本色」是指朝廷原定徵收的實物田賦，若改徵其他實物或貨幣則稱折色，這種名稱由唐末至明清大體不變。其中《明史》的說明尤其清楚，「本色」與「折色」相對使用。一年兩次徵收稅賦，稱米麥爲「本色」，而諸折納稅糧者，就稱「折色」；其他關市之稅、田宅買賣都有「本色」與「折色」之分。明代的賦稅用語延續到清代。

4、「本色」與筆記小說中所記錄行業服飾的關聯

宋代的社會結構、行業規製多沿承唐代。其衣冠服飾也多沿襲晚唐五代，

〔註12〕參見清・張廷玉等撰：《明史》（臺北：洪氏出版社，民國64年11月初版）第3冊，頁1894～1895。

〔註13〕參見趙爾巽等撰：《清史稿》（臺北：洪氏出版社，民國70年8月初版）第2冊，頁784。

沒有大的變化。〔註 14〕如孟元老《東京夢華錄》卷五〈民俗〉條記述各行服
飾規範的社會現象，提及「本色」，其文曰：

> 凡百所賣飲食之人，裝鮮淨盤合器皿，車檐動使，奇巧可愛，食味
> 和羹，不敢草略。其賣藥、賣卦，皆具冠帶。至於乞丐者，亦有規
> 格。稍似懈怠，眾所不容。其士農工商，諸行百戶，衣裝各有本色，
> 不敢越外。謂如香鋪裏香人，即頂披背；質庫掌事，即著皂衫角帶，
> 不頂帽之類。街市行人，便認得是何色目。加之人情高誼，若見外
> 方之人為都人凌欺，眾必救護之。……〔註15〕

引文中的「本色」是指士農工商各種行業中已約定俗成的服裝樣式，在宋代
京都的社會裏自成一種規矩，作者舉香鋪裏香人、質庫掌事的服裝為具體之
例，除此之外，賣藥、賣卦，甚至乞丐，當時人們可以從街市中行人的服裝
辨別他們的行業。正如周汛、高春明之《中國古代服飾風俗・宋代服飾》所
言，宋代受理學影響，較之唐代，更傾向樸素雅潔，講求「衣裝各有本色」，
是一種維持社會等級和行業組織秩序的方法。在此段內容中，「本色」與行業、
服裝規範之意義相聯繫。

5、「本色」與文學、藝術的關聯

「本色」在唐宋時期出現的稅賦性語言意涵之外，究竟在什麼時候「本
色」開始與文學或藝術發生關聯？王驥德雖曾在《曲律》卷三〈雜論第三十
九上〉說：

> 當行本色之說，非始於元，亦非始於曲，蓋本宋嚴滄浪之說詩。
> 〔註16〕

但這只可說明王氏本色論與《滄浪詩話》間的關係，若要探究「本色」一詞
與文學間的關係源頭，便需上溯至南北朝。以下分幾個方面討論。

（1）文論對「本色」的運用

劉勰《文心雕龍》是現今所見最早將「本色」與文學理論結合在一起的

〔註14〕 參見周汛、高春明：《中國古代服飾風俗・宋代服飾》（臺北：文津出版社，
　　　　 民國 78 年 9 月初版，大陸初版 1988 年 12 月），頁 139。

〔註15〕 參見宋・孟元老撰，伊永文箋注：《東京夢華錄》（北京：中華書局，2006 年
　　　　 8 月第 1 版），下冊，頁 451。

〔註16〕 參見明・王驥德：《曲律》，見《中國古典戲曲論著集成》（北京：中國戲劇出
　　　　 版社，1959 年 7 月第一版）， 第 4 冊，頁 152。

文獻，其卷六〈通變第二十九〉曰：

> 今才穎之士，刻意學文，多略漢篇，師範宋集，雖古今備閱，然近
> 附而遠疏。夫青生於藍，絳生於蒨，雖踰本色，不能復化。桓君山
> 云：「予見新進麗文，美而無採；及見劉、揚言辭，常輒有得。」此
> 其驗也。故練青濯絳，必歸藍蒨；矯訛翻淺，還宗經誥。斯斟酌乎
> 質文之間，而隱括乎雅俗之際，可與言通變矣。〔註17〕

王更生認為劉勰所提的「通變」，具有繼承傳統，變化舊體，使之推陳出新的
意義。因此，「通」指繼承，「變」指創新。〔註18〕出自〈通變〉篇的上述內
容，劉勰在強調文學的創新應來自本原的繼承，立根於本源才能有各種變化新
巧，「經」為「文」之本。所謂「本色」是指藍、蒨兩種草，蓼類的藍草，葉
子可以提煉青色的染料；蒨即茜草，它的根部可以提煉赤色的染料。青色和絳
色雖然出自藍、蒨兩種草的本來顏色，但是顏色固定，不像本源之草可以提供
更多的變化。換言之，要取得青與紅的各種變化色彩，還需回歸原本。就如要
得文學雅俗深淺之變，必須宗經，回歸聖人之教的經典。這種將「本色」當作
本然的顏色，與《晉書・天文志》的用法相同。雖然《晉書》承於唐人之手，
但它代表晉朝的天文觀。而劉勰《文心雕龍》約成書於南齊和帝中興元、二年
（501）之間。〔註19〕《文心雕龍》〈通變〉篇之論，除了提供文論與「本色」
一詞結合的文獻依據，也同時透露由晉及南朝齊之間仍使用「本色」單字聯結
後的詞彙意義，當作本然的顏色。從「本色」詞彙出現於文獻的留存與記錄而
言，《晉書》與《文心雕龍》的載錄，代表了兩晉和南北朝的天文和文學的語
彙運用，若以《晉書》代表晉朝資料結集的意義，它當然早於《文心雕龍》；
但若從文獻的成書時代而言，則《文心雕龍・通變》篇又有早於成諸唐代之《晉
書》載錄「本色」的意義。

（2）詩論與舞蹈藝術對「本色」的運用

在詩的創作、文體、風格論述中，將「本色」用入品評之始，當推北宋
陳師道（1053～1101），他在《後山詩話》中說：

> 退之以文為詩，子瞻以詩為詞，如教坊雷大使之舞，雖極天下之工，

〔註17〕參見梁・劉勰撰、王更生注譯：《文心雕龍讀本》（臺北：文史哲出版社，民
國74年3月初版），下篇，頁50。
〔註18〕參見《文心雕龍讀本》下篇，頁47。
〔註19〕劉勰《文心雕龍》成書時間依據王更生之論，參見《文心雕龍讀本・文心雕
龍總論》，頁16。

要非本色。〔註20〕

以上內容在文學批評上已歸屬詩論範疇，可視為陳師道對詩、詞，甚至是散文與韻文之體差異的討論。簡言之，它具有辨體的意義。文學的「辨體」之論，早在曹丕的《典論·論文》：「奏議宜雅，書論宜理，銘誄尚實，詩賦欲麗」已立根基。顏崑陽之〈論宋代「以詩為詞」現象及其在中國文學史論上的意義〉〔註21〕對於「以詩為詞」更推而廣之，從宋代文人出發討論，認為「以詩為詞」具有創作現象的「描述義」；實際批評的「評價義」；理論批評的「規範義」等三層意涵。陳師道在此段內容中，運用了一個巧妙的比喻，將韓愈的詩、蘇軾的詞比作「雷大使之舞」。雷大使即雷中慶。

北宋蔡絛《鐵圍山叢談》卷六「太上皇在位」條曾記錄宋徽宗時棊、琴、琵琶、舞、笛等四項藝術的幾位著名大家，其內容為：

> 太上皇在位，時屬升平。手藝人之有稱者，棊則劉仲甫，號「國手第一」；相繼有晉士明，又逸群。琴則僧梵如者，海大師之上足也，然有左手無右手；梵如之亞僧則全根，本領雅不及梵如，但下指能作金石聲。教坊琵琶則有劉繼安；舞有雷中慶，世皆呼之為「雷大使」；笛有孟水清。此數人者，視前代之伎，一皆過之。〔註22〕

這段內容可知有棊、琴、琵琶、舞、笛之才華者，在當時就稱為「手藝人」。蔡絛是福建興化仙遊人，別號無為子、百衲居士，生足年不詳，是蔡京第四子，曾在宋徽宗宣和七年（1125）賜進士出身，後也因父親罪過而流放，一生因父親而起落。《鐵圍山叢談》此條所記錄的宋徽宗教坊事，有琵琶、舞、笛三項藝術的代表人物，雷中慶是教坊中舞蹈的頂尖高手，當時大家都稱他為「雷大使」。《宋史·樂志》記錄教坊中官階，最高一級稱為「使」〔註23〕，可知「大使」是當時人對雷中慶的美稱。蔡絛認為雷中慶之舞遠遠超過「前代之伎」，這也正是陳師道所謂的「極天下之工」。陳師道以「教坊雷大使之舞，雖極天下之工，要非本色」，作為對韓愈「以文為詩」、蘇軾「以詩為詞」

〔註20〕參見宋·陳師道：《後山詩話》（收於清·何文煥編《歷代詩話》，臺北：漢京文化公司，1983年），頁309。

〔註21〕參見顏崑陽：〈論宋代「以詩為詞」現象及其在中國文學史論上的意義〉，《東華人文學報》第2期，2000年7月，頁33～68。

〔註22〕參見宋·蔡絛：《鐵圍山叢談》，北京：中華書局，1997年，頁107～108。

〔註23〕參見元·脫脫等撰：《宋史》卷142〈志第九十五·樂十七〉記載：「教坊本隸宣徽院，有使、副使、判官、都色長、色長、高班、大小都知。」（頁1628）。

之文學表現的批評，是借用舞蹈藝術的審美規範，對文學中的詩與詞進行評價義批評。

　　至於為何陳師道要說雷大使之舞「非本色」呢?明代沈德符（1578～1642）《顧曲雜言》之「舞名」項，專門討論今古舞蹈，其內容為：

> 頃在梁溪鄒彥吉家觀舞，因論：「此婦人盤中、掌上之遺耳，乃古人之舞不傳久矣。古有鞞舞、鏧舞、鐸舞、笛舞，固絕不知何狀；即最後如唐太宗七德舞、明皇之龍池舞及霓裳羽衣之舞，在宋已亡。然古人酒歡起舞，多男子。如唐楊再思之高麗舞，祝欽明之八風舞，則大臣亦為之；安祿山之胡旋舞，僕固懷恩為宦官駱奉仙舞，則邊帥亦為之；若和哥起舞與張存業求纏頭，則儲君亦為之矣。唐開成間樂人崇胡子能軟舞，其舞容有大垂手、小垂手、驚鴻、飛燕、婆娑之屬，其腰肢不異女郎，則知唐末已全重婦人。而唐時教坊樂又有垂手羅、迴波樂、蘭陵王、春鶯囀、半社、渠借席、烏夜啼之屬，謂之軟舞：阿遼、柘枝、黃麞、拂菻、大渭州、達摩又之屬，謂之健舞，又不專用女郎也。宋時宗廟朝享之外，亦用婦人，其所謂女童隊、小兒隊，教坊隊者，已彷彿今世。至金、元益不可問。今之學舞者，俱作汴梁與金陵，大抵供軟舞。雖有南舞、北舞之異，然皆女妓為之；即不然，亦男子女裝以悅客。古法漸滅，非始本朝也。至若舞用婦人，實勝男子，彼劉、項何等帝王，尚戀戚、虞之舞。唐人謂：教坊雷大使舞，極盡工巧，終非本色。蓋本色者，婦人態也。」鄒深是余言。〔註24〕

中國舞蹈自古本有文舞、武舞之別，沈德符這段細數今古舞蹈特徵的話，從男女之舞的比較著眼，提出不少相對舉的觀念，如軟舞、健舞，南舞、北舞，以音樂、舞姿藝術特徵為主，在精湛藝術演化的呈現中突破男女生理性別的侷限。但整體而言，沈德符主張舞蹈藝術的審美，女子之姿較之男子，猶勝一籌。以「本色者，婦人態也」，作為結論。他一方面解釋陳師道之論，以舞蹈歷史討論雷大使固然舞技高妙，終究非本色的意義。但又想當然爾地錯置人物時代，將陳師道之論錯植為唐人語。總之，沈德符之說雖有時代錯置的問題，但將舞蹈中的「本色」解釋為「婦人態」，卻可以幫助我們理解陳師道

〔註24〕　參見明・沈德符：《顧曲雜言》，見《中國古典戲曲論著集成》（北京：中國戲劇出版社，1959 年 7 月第一版），第 4 冊，頁 219。

借用舞蹈情態的本與變爲喻，說明韓愈以文爲詩，蘇軾以詩爲詞，不合唐詩與宋詞本然正規體製的意義。陳師道將舞蹈藝術評論的「本色」概念爲喻，讓我們理解宋代詩論與詞論的辨體觀，同時也讓我們注意到舞蹈表演藝術對「本色」的運用。

　　若與文學相較，舞蹈或多種表演技藝，將「本色」作爲技藝特徵的規範語可能更早，如唐代南卓《羯鼓錄》曰：

> 汝南王璡，寧王長子也。姿容妍美，秀出藩邸，玄宗特鍾愛焉，自傳授之。……璡常戴砑絹帽，打曲，上自摘紅槿花一朵，置於帽上笪處，二物皆極滑，久之方安。遂奏〈舞山香〉一曲，而花不墜落。
>
> 本色所謂定頭項難在不動搖。〔註25〕

按《羯鼓錄》之前錄作唐大中二年（848），大中四年（850）又補充一則。此段引文從「本色」開始爲小注。在羅濟平的校點，在這一句話之後加注說明《類說》、《唐語林》將此注「并入正文」。因爲是小注，其時代就不能很明確地判斷爲唐代，但至少在宋代《類說》、《唐語林》的成書時代，必然已出現「本色」之語。「本色」顯然是一種評語，是對汝陽王璡表演的贊歎之詞，也是對羯鼓表演中此項超乎平常，近乎特技性的技藝特點說明。「本色」相當於表現出標準動作之「好本事」的意思。並進一步說明汝南王所表演乃羯鼓中非常難的絕技。宋代將「本色」用於技藝表演者，尚有耐得翁《都城紀勝》，其〈閑人〉條曰：

> 本食客也，古之孟嘗門下中下等人，但不著業次，以閑事而食於人者。有一等是無成子弟，失業次人，頗能知書、寫字、撫琴、下棋及善音樂，藝俱不精，專陪涉富貴家子弟遊宴，及相伴外方官員到都幹事；其猥下者，爲妓家書寫簡帖取送之類。又有專以參隨服事爲生，舊有百事皆能者，如紐元子、學像生、動樂器、雜手藝、唱叫白詞、相席打令、傳言送語、弄水使拳之類，并是本色。〔註26〕

上列引文是以「本色」作「本事」、「本領」之意，指能精通紐元子、相聲、樂器演奏、歌唱、雜技、武術……等各種才藝表演，並且能掌握其表演的本相要領。

〔註25〕　參見唐・南卓撰，羅濟平校點：《羯鼓錄》（瀋陽：遼寧教育出版社，1998 年 12 月第一版），頁 3。

〔註26〕　參見宋・耐得翁：《都城紀勝》，《文淵閣四庫全書》，臺北：臺灣商務印書館，民國 72 年，第 590 冊，頁 19。

　　如前文所述，陳師道在詩話中所用的「本色」雖具辨體的意義，但只是以舞蹈技藝爲喻，中經譬喻轉折，其與詩論的融合不像南宋嚴羽《滄浪詩話》那麼直接密切，而又不斷重複運用。今觀《滄浪詩話・詩辨》之一與四說：

　　（一）夫學詩者以識爲主：入門須正，立志須高；以漢魏晉盛唐爲
　　　　　師，不作開元、天寶以下人物。……〔註27〕

　　（四）禪家者流，乘有小大，宗有南北，道有邪正。學者須從最上
　　　　　乘、具正法眼，悟第一義。若小乘禪，聲聞辟支果，皆非正
　　　　　也。論詩如論禪：漢魏晉與盛唐之詩，則第一義也。大曆以
　　　　　還之詩，則小乘禪也，已落第二義矣。晚唐之詩，則聲聞辟
　　　　　支果也。學漢魏晉與盛唐詩者，臨濟下也。學大曆以還之詩
　　　　　者，曹洞下也。大抵禪道惟在妙悟，詩道亦在妙悟。且孟襄
　　　　　陽學力下韓退之遠甚，而其詩獨出退之之上者，一味妙悟而
　　　　　已。惟悟乃爲當行，乃爲本色。然悟有淺深，有分限，有透
　　　　　徹之悟，有但得一知半解之悟。（頁 11～12）

〈詩辨〉之一讓我們了解學詩要懂得辨別，要有識見，故有所謂「入門須正，立志須高」，懂得選擇師法對象。其四內容雖是「以禪喻詩」，但是清楚說明「惟悟乃爲當行，乃爲本色」。其〈詩法〉前三則又說：

　　（一）學詩先除五俗：一曰俗體，二曰俗意，三曰俗句，四曰俗字，
　　　　　五曰俗韻。（頁 108）

　　（二）有語忌，有語病，語病易除，語忌難除。語病古人亦有之，
　　　　　惟語忌則不可有。（頁 110）

　　（三）須是本色，須是當行。（頁 111）

嚴羽所主張的學詩方法，除了去俗去語忌、語病之外，第三則便是要做到「本色」、「當行」。嚴羽除了在同一段內容、條件中將「本色」、「當行」並舉，「本色」、「當行」使用之序也可顛倒外，也有分開單用的情形，如《滄浪詩話・詩評》第三十六則便說：

　　韓退之〈琴操〉極高古，正是本色，非唐賢所及。（頁 187）

《滄浪詩話》共分詩辨、詩體、詩法、詩評、考證等五部分內容，以「本色」

〔註27〕參見南宋・嚴羽著，郭紹虞校釋：《滄浪詩話校釋》，臺北：里仁書局，民國
　　　　76 年 4 月，頁 1。

爲論就有〈詩辨〉、〈詩法〉、〈詩評〉三部分。其中〈詩辨〉、〈詩法〉將「本色」、「當行」並舉爲用,〈詩評〉則單用「本色」。嚴羽將「本色」眞正融入詩論,提出學詩重在「悟」的特點,以「悟」爲「本色」、「當行」,但何謂「悟」?

《滄浪詩話》的〈詩辨〉有一段內容雖然沒有提及「本色」,但卻是我們認識嚴羽心中之本色的關鍵。〈詩辨〉之五曰:

> 夫詩有別材,非關書也;詩有別趣,非關理也。然非多讀書,多窮理,則不能極其至。所謂不涉理路,不落言筌者,上也。詩者,吟詠情性也。盛唐諸人惟在興趣,羚羊掛角,無跡可求。故其妙處透徹玲瓏,不可湊泊,如空中之音,相中之色,水中之月,鏡中之象,言有盡而意無窮。近代諸公乃作奇特解會,遂以文字爲詩,以才學爲詩,以議論爲詩。夫豈不工?終非古人之詩也。蓋於一唱三歎之音,有所歎焉。且其作多務使事,不問興致,用字必有來歷,押韻必有出處,讀之反覆終篇,不知著到何在。其末流甚者,叫噪怒張,殊乖忠厚之風,殆以罵詈爲詩。詩而至此,可謂一厄也。(頁26)

從其所論,我們了解嚴羽所主張的詩之「本色」,是有別於宋詩受理學影響,在創作詩歌時尚議論、講才學,多用典故,字字有來歷,用韻有出處的風格;嚴羽所認爲的詩是「吟詠情性」的,因此有「別材」、「別趣」,它不是用學問、義理堆砌的,而是要像盛唐講究創作「興」與「趣」的詩人一般,奇妙處在「羚羊掛角,無跡可求」,在「透徹玲瓏」,要「言有盡而意無窮」,若以更具象的形容來看就是:「如空中之音,相中之色,水中之月,鏡中之象」。這就是詩之「本色」的要點。若從作家的特色分辨,他舉了孟浩然和韓愈爲比較之例,孟浩然雖然學力遠不如韓愈,但是詩歌創作的成就卻在韓愈之上,其關鍵就在孟浩然掌握了上述詩歌創作的空靈之「趣」。而能掌握這種詩歌創作特性的另一個關鍵在「悟」,在詩人能其妙處的「妙悟」之力。

嚴羽從時代來看,盛唐勝於今(宋),詩人則舉孟浩然和韓愈爲例,但是韓愈身爲唐代詩人其詩作也不是全無佳處。在《滄浪詩話》中還有具體品評,其〈詩評〉便是具體舉例式的品評。嚴羽看詩不是只從時代著眼,他還從詩人、詩體分辨。嚴羽認爲韓愈的〈琴操〉(十篇)在琴曲歌辭的「操」體中,最是「高古」,並以「本色」稱讚之,在其眼中,韓愈的〈琴操〉具有「操」體詩歌的典範性意義。〈詩評〉中對韓愈的〈琴操〉的品評讓我們更清楚地認識到要了解詩之「本色」,還需從各種類型的詩所具有的體製風格著手。

　　在嚴羽的《滄浪詩話》中，對「本色」、「當行」的並舉或分用，似乎沒有特別的分別，如郭紹虞對〈詩法〉之三有一段重要的詮釋性見解：

　　　　本色之說，始見陳師道《後山詩話》。……當行之說，始見《瀆南詩話》引晁無咎語。……本色當行義似無別，總之都是說不可破壞原來的體製以逞才學。但就字義言，本色當行，亦有出入。本色，指本然之色，當行，猶言內行。故陶明濬《詩說雜記》卷七謂：「本色者，所以保全天趣者也。故夷光之姿必不肯污以脂粉，藍田之玉，又何須飾以丹漆，此本色之所以可貴也。當行者，謂凡作一詩，所用之典，所使之字，無不恰如其題分。未有支離滅裂，操末續顛，而可以爲詩者也。」（頁 111～112）

郭紹虞從字義解釋，以「本色」爲「本然之色」；「當行」指「內行」。在《滄浪詩話》中，兩者並舉合用多指對詩原來體製的尊重。但是當其單用時，是直指作品的，雖然全書只有一例，但也透露運用上有些微差別的蛛絲馬跡。

　　（3）詞論對「本色」運用舉例

　　「本色」一詞不但出現在南宋的詩論中，也出現在詞論裡。南宋末詞人張炎（1248～約 1320），時代比身處南宋理宗時的嚴羽更晚，他在《詞源》中也提到了「本色」，如其〈字面〉曰：

　　　　句法中有字面，蓋詞中一箇生硬字用不得，須是深加鍛煉，字字敲打得響，歌誦妥溜，方爲本色語。如賀方回、吳夢窗，皆善於鍊字面，多於溫庭筠、李長吉詩中來。字面亦詞中之起眼處，不可不留意也。〔註28〕

這是較早出現「本色語」一詞的記載，「本色」爲「語」所限，使「本色」具有規範語言特色的意義。要了解張炎所謂「本色語」的內涵，需先了解他所定義的宋詞的正規本質，他認爲詞中的「本色語」不可以是「生硬」的字詞語彙，但又必須是鍛煉過的，「字字敲打得響」，歌唱頌讀起來妥貼流利暢達的，具有「歌誦妥溜」的特色。他並具體舉例，賀鑄、吳夢窗的作品善於鍊字的特徵來說明，認爲其工夫來自對溫庭筠和李賀詩歌創作特色的繼承與發展。

〔註28〕參見南宋・張炎著，夏承燾校注：《詞源注》，臺北：木鐸出版社，民國 76 年 7 月，頁 15。

三、現代辭典對「本色」的解釋

「本色」一詞在現代整理出版的辭典中，無論海峽兩岸，都已是有專門解釋的詞條。以一般性的辭典而言，在臺灣出版的《大辭典》詞條中，有六種意義〔註29〕：一為「本來的面目」；二指「本行」、「本業」；三為未經塗染的原色；四謂「古以青黃赤白黑等五色為正色，也稱本色」；五稱「舊制繳納實物田賦徵收物品叫本色，折算成銀錢的稱為折色」；六是「戲曲評論用語。指曲文質樸自然，接近生活語言，而不賣弄典故，也不雕鏤駢語儷采的修辭方法和風格。」

在中國上海出版的《漢語大詞典》詞條中，有五種意義：一為本來的顏色；二為本行、本業；三是本來面目；四是質樸自然，不加矯飾；五為自唐末至明清原定徵收的實物田賦，稱本色；如改徵其他實物或貨幣，稱折色。上述兩種辭典，在海峽兩岸各具一定的代表性，綜觀上述的詞彙詮釋，去其重複，「本色」約有七種解釋。〔註30〕

其中尤為特出者，為臺灣《大辭典》的第六種詮釋，將其視為「戲曲評論用語」。但若由上述資料之呈現，我們可以更擴而廣之，將「本色」解釋為文學或藝術表現的評論用語。因為古代文士對「本色」之用，從文論、詩論、詞論、曲論，到舞蹈、羯鼓之藝術表演皆有，在文學上具有辨體的意義，也有各種變化運用。作為「戲曲評論用語」的意義，在《中國大百科全書——戲曲、曲藝》之〈戲曲文學〉的「戲曲術語」中，也有專屬詞條，此條作者沈達人將其定義為：

> 古典戲曲評論用語。這個概念來自詩論，意為本然之色。明代一些
> 戲曲理論家把本色的概念引入古典劇論，但在內容上已有很大變
> 化。首先，本色被用來闡明藝術與生活的關係。徐渭認為生活中就
> 有本色與相色之分，本色即正身，相色即替身，戲曲作家應該「賤
> 相色，貴本色」（〈西廂序〉）……他們把真切、質樸、自然的審美標
> 準與戲曲模擬生活的特點結合起來，對本色的內涵作出較好的詮
> 釋。其次，本色是對語言的要求。……〔註31〕

〔註29〕 參見三民書局大辭典編輯委員會：《大辭典》（臺北：三民書局，1985 年初版），中冊，頁 2162。

〔註30〕 參見漢語大詞典編輯委員會：《漢語大詞典》，上海：漢語大詞典出版社，1989年 11 月第一版，第四卷，頁 708。

〔註31〕 參見中國大百科全書總編輯委員會《戲曲、曲藝》編輯委員會：《中國大百科全書——戲曲、曲藝》，北京：中國大百科全書出版社，1983 年 8 月第一版，頁 19。

由上列引文可知，此詞條以「古典戲曲評論用語」作爲「本色」的明確定義。此外，在論述中，又從「闡明藝術與生活的關係」與「對語言的要求」兩方面作爲內涵細目說明，並引述徐渭、湯顯祖、臧懋循、王驥德、凌濛初之語詮釋。其敘述內容不短，但其詮釋正誤參雜。如上述引文將徐渭〈西廂序〉之語解釋爲「闡明藝術與生活的關係」，便是極有問題的理解。

大抵，如《大辭典》和《中國大百科全書──戲曲、曲藝》在所立詞條中，將「本色」定義爲「戲曲評論用語」，可見海峽兩岸詞書與百科全書編輯者對於戲曲評論運用「本色」以品評作品的重視。明代是戲曲理論蓬勃發展的時代，曲家將「本色」用於曲談劇論中，極爲頻繁，意義又多變紛繁，較之詩論、詞論、文論尤有過之。本論文第三章正是要從明代各曲家在曲論中對「本色」的運用探入，解析其紛繁多變之義。

四、常與「本色」比並的「當行」

在明代戲曲理論中，常與「本色」比並運用的是「當行」。雖然「當行」出現的次數明顯少於「本色」，但二者的意義時分時合，若不釐清，在戲曲理論的解讀上頗難分辨。由上列《滄浪詩話‧詩法》引文可知，早在南宋嚴羽的詩論中，「本色」與「當行」便已並行而用，但「當行」的本意究竟是什麼？又如何轉借，如何用入文學評論，我們還須探求典籍，以明其變。

在古代的典籍中，「當」、「行」二字同時出現在一句、一篇文章中，最早應見於司馬遷（145B.C.～不可考）〔註32〕《史記》卷四十八〈陳涉世家第十八〉，其中有語曰：

> 二世元年七月，發閭左適戍漁陽，九百人屯大澤鄉。陳勝、吳廣皆次當行，爲屯長。會天大雨，道不通，度已失期。失期，法皆斬。陳勝、吳廣乃謀曰：「今亡亦死，舉大計亦死，等死，死國可乎？」……〔註33〕

這是〈陳涉世家〉開頭兩段，敘述陳勝、吳廣揭竿起義前的情況。在秦朝凡

〔註32〕有關司馬遷的生卒年，王國維《觀堂集林》（臺北：河洛出版社，1975年初版）之〈太史公行年考〉認爲司馬遷約於西元前145年，但何炳棣的〈司馬談、遷與老子年代〉則認爲生於西元前135年；其《史記》大抵完成於西元前91年，王國維認爲其卒年不可考，但也有人將之定爲西元前90年。

〔註33〕參見漢‧司馬遷撰，日‧瀧川龜太郎考證：《史記會注考證》，臺北：洪氏出版社，民國72年10月再版，頁766。

貧弱者皆居於閭左，富貴者居於閭右。秦二世元年（209 B.C.）7 月，發派居於閭左的貧弱之民去屯守漁陽（今河北密雲縣），此次徵調，有 900 人先在大澤鄉（今安徽宿縣南）屯駐。文中「陳勝、吳廣皆次當行，爲屯長」之句，正在說明陳勝和吳廣都編列在這次的行伍之中，而且擔任屯隊隊長。「當行」意指在屯守漁陽的行列隊伍承擔任務中。此處「當行」之「當」有任、承擔之意；而「行」，則有行伍之意。在秦漢時期，行伍具有作戰與屯田兩種性質的民兵編隊意義。「當行」的重點在「行」字，而此時所謂的「行」，純粹指軍事陣列行伍。但到了唐宋之後，「當行」的意義已轉變，有工匠應官府之差之意。〔註34〕如南宋岳珂（1183～1243）《愧郯錄》卷十三之〈京師木工〉曰：

> 今世郡縣官府營繕創締，募匠庀役，凡木工率計在市之樸斲規矩者，雖居楔之技無能逃。平時皆籍其姓名，鱗差以俟命，謂之當行。〔註35〕

岳珂以《愧郯錄》記在宋代制度，此段即敘述官府將民間有各種木業製造技藝者姓名造冊，待需要時即徵召之制。

《漢語大詞典》在引用此典的基礎上進一步解釋，「當行」亦可指爲官府當差的行業。《大辭典》在解釋「當行」時除了說：「替官府當差的一種行業」外，也補充解釋：「舊時官府需要任何物件，往往勒令商民承辦，名雖給予官價，其實分文不付。這種承辦的店鋪，叫做當行。」（中冊，頁 3139）而龔鵬程〈論本色〉、王偉勇〈試述「當行」、「本色」在詞壇上之應用〉〔註36〕、李惠綿〈當行本色論〉都曾解釋「當行」之意，並點明時代，其中以李惠綿的解釋最清楚，她提到：

> 原指唐宋兩朝應官府回買或差使（以徵役替代稅捐）之行業，凡加入正式團行者，稱爲當行；反之即非當行。當行者又稱行家、在行；因團行本屬職業團體，故「行」又名「作」，所以行家又名「作家」；從事某行職業的人稱爲「作手」；做出來的東西，合乎該行的規範要求，稱爲「合作」。〔註37〕

〔註34〕 參見《漢語大詞典》第七卷，上海：漢語大詞典出版社，1991 年 6 月第一版，頁 1390～1391。

〔註35〕 參見南宋・岳珂《愧郯錄》，臺北：臺灣商務印書館，民國 55 年初版，頁 7。

〔註36〕 參見逢甲大學中文系所編輯：《中國文學理論與批評論文集》，臺北：新文豐出版社，民國 84 年 10 月臺一版，頁 191。

〔註37〕 李惠綿討論「當行本色」概念最早在期刊論文〈論「當行本色」在戲曲批評

綜觀上列資料，《漢語大詞典》、《大辭典》以「舊時」之模糊時間觀涵蓋，將問題攏統帶過；而龔鵬程〈論本色〉以後的論者，開始更明確地將時代指向「唐宋兩朝」。在此種與行業結合產生意義之中，「當行」又可引申為「本行」、「內行」，或「對某種職務或工作有豐富的知識和經驗」。

在宋代的典籍中，除了岳珂《愧郯錄》有〈京師木工〉的實務性制度記錄外，「當行」一詞在宋代文學中的運用，在北宋已出現，如趙德麟（1061～1134）《侯鯖錄》卷八在品評詞作時，便已提及，此則內谷為：

　　黃魯直閒為小詞，固高妙，然不是當行家語，乃著腔子唱好詩也。

〔註38〕

黃庭堅是蘇門四學士之一，其詩是江西派大家，但在蘇軾好友趙德麟的眼中，黃庭堅的詞是「閒為」，是可以歌唱的「好詩」，並明確評定黃庭堅詞「不是當行家語」。此處的「當行」就具有「本行」的意義。這是文士的筆記小說，也是詞論，與陳詩道將蘇軾之詞視為「以詩為詞」的觀點有異曲同工之妙，其意義與「要非本色」相似。同樣都有詩體與詞體不同，其語言特點的表現應不同的觀點。可見在北宋「當行」與詞論結合時，意義與「本色」相似，都具有規範文學體製的功能，要在綜理各種文體的傳統作法。這段內容在南宋吳曾《能改齋漫錄》卷十六所引晁補之（1053～1110）之語曾出現，一直到金代，王若虛《滹南詩話》仍重複引用。〔註39〕

中的意義〉（收於《臺大中文學報》第 11 期，民國 88 年 5 月，頁 287～338）中，本文所引為《戲曲批評概念史考論》（臺北：里仁書局，民國 91 年 2 月初版，頁 79～145）的第二章〈當行本色論〉（頁 80）。

〔註38〕　參見北宋・趙德麟：《侯鯖錄》，《知不足齋叢書》（上海：上海古書流通處，民國 10 年影印），第 22 集，頁 11。

〔註39〕　宋・吳曾《能改齋漫錄》（參見朱易安、傅璇琮等主編《全宋筆記》，鄭州：大象出版社，2008 年 1 月第 1 版，第五編，第 4 冊）卷十六之〈樂府〉「黃魯直詞謂之著腔詩」條曰：「晁無咎評本朝樂章，不具諸集，今載于此云：世言柳耆卿曲俗，非也。如〈八聲甘州〉云：『漸霜風淒緊，關河冷落，殘照當樓。』此真唐人語，不減高處矣。歐陽永叔〈浣溪紗〉云：『堤上遊人逐畫船，拍堤春水四垂天，綠楊樓外出秋千。』要皆妙絕。然只一出字，自是後人道不到處。蘇東坡詞，人謂多不諧音律，自然，居士詞橫放傑出，自是曲子中縛不住者。黃魯直間作小詞，固高妙，然不是當行家語，是著腔子唱好詩。晏元獻不蹈襲人語，而風調閒雅，如『舞低楊柳樓心月，歌盡桃花扇底風』，知此人不住三家村也。張子野與耆卿齊名，而時以子野不及耆卿，然子野韻高，是耆卿所乏處。近世以來，作者皆不及秦少游，如『斜陽外，寒鴉萬點，流水繞孤村』，雖不識字人，亦知是天生好言語。」（頁 188）金・王若虛《滹南

宋代朱弁（1085～1144）《曲洧舊聞》也有關於運用「當行」的記載，如卷五所載：

> 東坡嘗謂劉壯輿曰：「《三國志》註中，好事甚多，道原欲修之而不
> 果，君不可辭也。」壯輿曰：「端明曷不爲之？」東坡曰：「某雖工
> 於語言，也不是當行家。」〔註40〕

朱弁雖是南北宋之間的人，但他所記載的這件事是蘇軾（1036～1101）與協修《資治通鑑》的劉恕之長子劉羲仲（1059～1120）的對話。壯輿是劉羲仲之字，家學淵源，擅長史學，蘇軾很喜歡三國史事，曾因羲仲有史學高才，推薦他續編三國史書。《曲洧舊聞》便記劉、蘇二人有關續編三國史事的一段對話，蘇軾鼓勵劉羲仲，要他一定接下修編三國史事的工作，劉羲仲卻希望東坡自己做，東坡所謂：「某雖工於語言，也不是當行家。」正是表明自己雖有文學天分，但對修史而言，卻不是眞正在行的人。此段對話若記錄眞確，可見北宋時，「當行」或「當行家」已經是「行家」、內行的意思了。

如前文所述，寫成於南宋的《滄浪詩話》，其〈詩辨〉、〈詩法〉都有「本色」、「當行」並舉聯用的情形，「當行」與「本色」同用作詩論語彙，連用以強調詩體之格的重要。

若與「本色」相較，「當行」尤爲特殊者，在它比「本色」更自然地化入宋代的詩、詞作品中，成爲詩詞創作者的語彙。詩歌如南宋劉過（1154～1206）《龍洲集》卷三之〈贈鄉人周從龍談命〉曰：

> 盧陵儒萬人，頗亦出青紫。老子三不歸，未省鄉里士。暮年罕交遊，
> 僅識子周子。風流屬當行，豈止談天耳。夜從青樓飲，一醉幾欲死。
>
> 〔註41〕

較之詩，詞之用「當行」者更多，從《全宋詞》來看，共有三首作品以「當

　　詩話》（參見《知不足齋叢書》，臺北：藝文印書館，民國54～60年），第22
　　集，頁11。）卷二曰：「陳後山云：『子瞻以詩爲詞，雖工非本色。今代詞手，
　　唯秦七、黃九耳。』予謂後山以子瞻詞如詩，似矣；而以山谷爲得體，復不
　　可曉。晁無咎云：『東坡詞小不諧律呂，蓋橫放傑出，曲子中縛不住者。』其
　　評山谷，則曰：『詞固高妙，然不是當行家語，乃著腔子唱如詩耳。』此言得
　　之。」（頁5～6）
〔註40〕參見宋・朱弁：《曲洧舊聞》，參見朱易安、傅璇琮等主編《全宋筆記》（鄭州：
　　大象出版社，2008年1月第1版）第三編，第7冊，頁44。
〔註41〕參見《文淵閣四庫全書》（臺北：臺灣商務印書館，民國75年3月初版），第
　　1172冊，頁1172～15。

行」入詞，其中最早的是辛棄疾（1140～1207）的〈臨江仙〉：

> 醉帽吟鞭花不住，卻招花共商量。人生何必醉爲鄉。從教斟酒淺，
> 休更和詩忙。一斗百篇風月地，饒他老子當行。從今三萬六千場。
> 青青頭上髮，還作柳絲長。〔註42〕

此首鄧廣銘將之編列於卷四「瓢泉之什」題爲「壬戌歲生日書懷」（六十三年無限事）之後，若依編年，此首作於南宋寧宗嘉泰二年（1202）夏，辛棄疾63歲生日左右。「饒他老子當行」之「當行」就有在行之意。

第二首爲劉克莊（1187～1269）的〈水龍吟〉：

> 病夫鬢禿顏蒼，不堪持向清溪照。一生枘鑿，壯夫瞋憮，通人嫌拗。
> 讓當行家，勒浯西頌，草淮南詔。幸脫離沮泇，浮遊江海，悠然逝、
> 毋吞釣。　宴坐蒲團觀妙。怪癡兒、舂糧求道。古人尚齒，迎他商皓，
> 拜他龐老。鳩杖蒲輪，把身束縛，替人愁惱。煞爲僧不了，下梢猶
> 要，紫衣師號。〔註43〕

第三首是趙以夫（1189～1256）題爲「次劉後村」的〈沁園春〉：

> 秋入書幃，漏箭初長，薰爐未灰。向酒邊陶寫，韓情杜思，案頭料
> 理，漢蠹秦煨。天有高情，世無慧眼，剛道先生是不齋。人都笑，
> 這當行鋪席，又不成開。　忘懷。物外徘徊。與鷗鷺同盟兩莫猜。似
> 琉璃匣裏，光涵牛斗，鳳凰臺上，聲挾風雷。寶彔一錢，冰銜三字，
> 浮利浮名安在哉。太平也，要泥金鏤玉，除是公來。〔註44〕

以上詩、詞作品出現「當行」一詞，都有「本行」、「內行」之意。「當行」一詞在宋代，特別是南宋，用入詩、詞的情形如上所述，「風流屬當行，起止談天耳」；「饒他老子當行」；「讓當行家，勒浯西頌，草淮南詔」；「人都笑，這當行鋪席，又不成開」，在詩歌與詞的端莊婉約之內，納入帶有俚俗口語意味的語彙，更貼切地表現生活與個性中的豪邁。

「當行」在宋代融入詩詞情形和「本色」不同。「本色」不論在《全唐詩》或《全宋詞》，皆不見文士將之用入詩詞作品中。它只出現詩論、詞論與曲論中。而「當行」雖不見於《全唐詩》，但在《全宋詞》中已有三首，

〔註42〕參見辛棄疾著、鄧廣銘箋注：《稼軒詞編年箋注》（臺北：華正書局，民國75年8月初版）卷四，頁421。
〔註43〕參見《全宋詞》（臺北：世界書局，民國73年3月再版）第4冊，頁2622。
〔註44〕參見《全宋詞》第4冊，頁2666。

而且全集中在南宋詞人的詞作中。這種可入詩（廣義的韻文）的情形延續到元代，在元散曲中仍可見其蹤跡。如彭壽之（生卒年不詳）的仙呂【八聲甘州】套數在第三首【元和令】中也有「偷方覓便俏家風，當行識當行」之句。〔註45〕

在明代，「當行」與「本色」同用入戲曲品評的討論中，因此，《中國大百科全書——戲曲、曲藝》在所立詞條中，也將「當行」定義爲「古典戲曲評論用語」。並說：「這個概念源自詩論，含有行家的意思。」（頁57）而後引《滄浪詩話》論〈詩法〉三之句說明源頭，但我們由上列論述內容可知，若以廣義的文學理論來看，北宋趙德麟《侯鯖錄》之說要比南宋的嚴羽早得多。明代不只將「當行」大量放在曲論中作爲品評標準，也放在詩論中作爲評論語彙，如胡震亨（1569～1645）《唐音統籤》之卷六〈癸籤・評匯二〉所說：

> 凡詩初年多骨格未成，晚年則意態橫放，故惟中歲工力並到，神情俱茂，興象諧合之際可嘉賞。如老杜之入蜀，篇篇合作，語語當行，初學所當法也。〔註46〕

「篇篇合作，語語當行」便以「合作」、「當行」作爲作品符合創作規範，作者堪稱行家來理解，認爲杜甫入蜀之後的作品自然而然地表現出唐詩特質，字字句句都能完全吻合唐代詩歌的語言特徵，可以作爲後人學習的典範。

沈達人在《中國大百科全書——戲曲、曲藝》「當行」詞條中也進一步說明：

> 明代戲曲理論家沿用當行的概念，意思也指寫戲的行家。要求戲曲作家掌握併發揮戲曲體製的功能。然而，由於看問題的角度不同，明代戲曲理論家對當行的解釋卻不盡相同。（頁57）

〔註45〕此套收於隋樹森編《全元散曲》（臺北：漢京文化事業有限公司，民國72年12月初版，頁88），是由四首曲牌組成的套數，其內容爲：仙呂【八聲甘州】平生放蕩，俏倬聲名，喧滿平康。少年場上，只恐舌劍脣槍。機謀主仗風月景，局斷經營媾旋鄉。回首數年間，多少疏狂。【混江龍】知音幸遇，不由人重上欠排場。花朝月夜，酒肆茶坊。相見十分相敬重，廝看承無半點廝隄防。風流事贊之雙美，悔則俱傷。【元和令】合著兩會家，相逢一合相。憐新棄舊短姻緣，強中更有強。偷方覓便俏家風，當行識當行。【賺尾】一片志誠心，萬種風流相。非是俺著迷過獎。燕子鶯兒知幾許，據風流不類尋常。唱道好處難忘，花有幽情月有香。想著樽前技倆，枕邊模樣，不思量除是鐵心腸。

〔註46〕參見明・胡震亨：《唐音統籤》（《續修四庫全書》本，上海：上海古籍出版社，2002年3月第一版），頁550。

並引沈璟、凌濛初、呂天成、臧懋循、孟稱舜之說以比較其差異。戲曲的體製規律比詩歌複雜得多，明代曲家討論也有許多問題，這便是本文在後面的章節中要結合「本色」觀深入探討的。

由以上的討論可知「本色」與「當行」在用入文學理論後，都具有文體、語言、創作方法規範，以及欣賞品評的價值判斷功能。若要探究它的內涵，則需從各類文體論中去發掘理解。

大體而言，「本色」可依組合名詞的不同而改變指稱內涵，如「英雄本色」、「文人本色」，當以特殊名詞視之而詮釋，便會因對「英雄」、「文人」定義不同，而產生內涵的改變與差異。戲曲本色論的分歧，便是因曲家對戲曲所應具有的特質意見不同，以致眾說紛紜，莫衷一是。在戲曲評論中，「本色」與「當行」可以分別使用，也可結合聯繫，甚至排併組合，形成「本色當行」或「當行本色」之複合名詞﹝註47﹞，在曲論實際的運用中都會產生變化，這便是後面篇章所欲探討者。

第三節　戲曲本色論興衰概述

近人論曲雖多稱元人具本色的特質，但戲曲本色論的形成卻在明代嘉靖以後，因為這個時期的戲曲已逐漸偏離宋元以來的民間性和通俗性，向駢儷、辭賦化發展，重視戲曲場上搬演的曲家深感恢復戲曲通俗、舞臺本質的重要，因此提倡本色，以抗橫流。大抵，李開先、何良俊是開道之先驅；隆、萬年間的徐渭則承先啟後，尚真尚俗，豐潤本色之枝葉；到了萬曆以後傳奇蓬勃發展，論曲、評曲之風大開，他們對戲曲所抱持的見解不盡相同，本色論的內涵也各持己見，迥異其趣，但整個發展大勢與王學思潮所帶起的公安派的文學理念相通，以表現真情為主，輔以通俗質樸的文詞本色，和合理的戲曲作法。此外，嘉靖以來的復古文風也滲在其中，它的精神一方面寄寓在元曲的推尊當中，另一方面則體現在沈璟的斤斤於三尺之法和擷取詞家本色字面

﹝註47﹞ 有關本色當行為「複合名詞」的概念，曾永義師在民國81年的碩士論文口試中已提出補充；李惠綿在〈當行本色論〉中提出詳細討論（頁83），參見李惠綿：《戲曲批評概念史考論》（臺北：里仁書局，民國91年2月初版，頁79～145）。而曾永義師後來在〈從明人「當行本色」論說「評騭戲曲」應有之態度與方法〉（《文與哲》第26期，2015年6月，頁1～84）一文中，也有詳盡的論述。

以爲返古之資的論曲方式，這種作法雖與諸家求眞尙趣之旨扞格不入，但卻並存發展，增加本色論內涵的複雜性。

在本色論的發展過程中，最具影響力的當屬徐渭、王驥德二人。徐渭的《南詞敍錄》雖仍屬零碎性雜錄南戲特徵、見識的筆記曲談性質，尙不具戲曲系統性理論的條件，但此書全面地探入戲曲的本質，掌握「眞」與「俗」的特質，後來的曲家雖多各有所見，但戲曲的「眞」、「俗」特徵仍不出徐氏論本色的範疇。至於王驥德，他總結前人論曲精華，以恢宏的體系探入戲曲的各個領域，使本色論在繼承中變化，由籠統的概念規範逐漸落實爲細枝末節的方法，使本色在雅俗之辨中增加「雅」的重要性，影響天啓及清初的論曲方式。

梁啓超《中國近三百年學術史》〔註48〕認爲天啓以後的晚明，由於王學末流束書不觀而侈談性理，不但引來外人的攻擊，王學自身也興起反動，因此如劉宗周（蕺山）一派便從「愼獨」入手，捨空談而趨實踐，於是學術風氣漸變，開始「厭倦主觀的冥想而傾向於客觀的考察」，「排斥理論提倡實踐」，結束舊時代，等待新時代的來臨。清代學術與宋元明以來的發展大異其趣，重視經驗知識，富於經世思想，匯聚成一股宗漢學、尙考據的學風。

本色論的興盛期正是王學自由主觀思潮發展的澎湃期，因此本色論也感染了這種自由、主觀、抽象的特質，形成一種自由論辯的風氣，經常圍繞一個問題爭論不休，因此關於《琵琶記》、《拜月亭》、《西廂記》孰優孰劣，可由嘉靖間的何良俊持續到明末凌濛初、祁彪佳諸家。而湯、沈間文詞、格律的問題也針鋒相對，直至雙美說的調和論出現才弭平。諸如此類的論辯，帶有濃厚的情緒色彩，雖然不夠理性客觀，但它在霸氣中還是具有些許的包容性，因此本色論雖然以尙眞爲主體，卻也包容復古成分的存在。

入清以後，戲曲理論繼承王驥德的成就而發揚光大，趨向於重視劇本之關目結構的佈置，文詞音律、賓白科諢和舞臺設計等細部討論，加上梁啓超《中國近三百年學術史》所論，清代轉向重考據的學術風氣，使他們客觀地考察舞臺實踐，「重視俳優地位」，偏好整理舊學，因此凡與戲曲有關的遺聞逸事，都在蒐羅保存之列，並以考據的精神，全力探索本事來源、歷史虛實及釋名，已不再爲「本色」究竟該具有那些內涵，應如何定義而爭辯不休。

大抵，清人論曲趨向於以客觀的眼光，作歷史考據和資料的挖掘保存，記錄當時戲曲活動的實踐狀況，因此文人雖不重視花部，但花部戲曲活動卻

〔註48〕參見梁啓超：《中國近三百年學術史》（臺北：華正書局，民國78年初版）。

在焦循、李斗等人的客觀記載下，得以保存部份實況。此外，從戲曲的發展而言，花部亂彈在乾隆間興起後，便以它通俗淺近的面貌，博得一般田畯紅女的喜好，不論主客觀條件，都已沒有提倡「本色」的必要。

花部勃興、傳奇沒落後，廣義的本色論隨著風氣的轉變，已失去它興盛的憑藉和意義，局入狹義的樸質語言範疇，由這種發展的概觀，可知戲曲本色論的興衰是與傳奇的脈動相通的。

第四節　戲曲本色論之萌芽

鄭振鐸曾說過：「凡是一種文體或思潮在其本體正在繼續生長的時候，往往是不會成為分析的研究的對象。到了牠死滅，或已成為過去的東西，方才會有更精密的探索與分析。」〔註49〕這是文學發展的事實，因此詩盛於唐，而唐人少言詩法，必待宋人而後詩話、詩法始盛；詞起於唐，成於五代，鼎沸於宋，也是在盛極之後，方有詞論繼興。在文學的範疇中，作品的成熟是理論發展的先決條件。就戲曲而言，雜劇至元代體製已發展完全，而南戲經宋到明的醞釀，使傳奇體製漸臻完備，因此在元末已有人開始討論曲的作法，雖是以散曲為主，卻可含括劇曲；到了明代曲論、曲話方才大量湧現，與戲曲作品互相輝映，大放異彩。

明代的戲曲本色論基本上是從嚴羽的滄浪詩話得到啟示，將他論詩的方法移植到戲曲評論上，它們在批評的方法上雖有淵源，二者的領域卻不相同，因此戲曲本色論的萌芽，應在戲曲的領域中尋找。本節將從近世學者所提出的宋張邦基和元周德清兩個方向追溯戲曲本色論的萌芽。

一、張邦基的《墨莊漫錄》是否已導本色論的先河

陳芳英在《明代劇學研究》下篇第一章第二節中曾指出宋代張邦基《墨莊漫錄》所說：「凡樂語不必典雅，惟語時近俳乃妙。」是後世曲論家「本色論」的先河。這一說法的提出很有意義，可將本色論推源到宋代，但張邦基的《墨莊漫錄》是否已導明代戲曲本色論之先河，實需詳究深論。

〔註49〕引文參見蔡毅編：《中國古典戲曲序跋彙編》（濟南：齊魯書社，1989 年 10 月第一版，第 4 冊，頁 2729）之〈補遺〉收西諦撰〈西廂記雍熙樂府本題記〉。在注中標明此文原題：〈西廂記的本來面目是怎樣的──雍熙樂府本西廂記題記〉。

　　宋代是中國戲曲逐漸定型的時代，體製尚未完備，詞曲間也沒有明顯的界限，因此詞話、筆記雖偶涉戲曲，但多屬雜聞軼事的記載，少有理論性的論述。在這個體製未備、理論未萌的時代，張邦基雖然不太可能開出戲曲本色論的先河，但在引出演出之韻文或駢麗語應如何創作，卻有一定的意義。換言之，這一段討論注意到了詩文之語言表現特徵與特殊用途之間的關係。若重新詳細審視張氏之語，可發現他所謂的「優詞樂語」和戲曲本色論尚有一段距離。張邦基（生卒年不詳，1131 在世）在《墨莊漫錄》卷七第十四條中說：

　　優詞樂語，前輩以為文章餘事，然鮮能得體。王安中履道，政和六年天寧節集英殿宴，作教坊致語，其誦聖德云：「蓋五帝其臣莫及，自致丕平；凡三代受命之符，畢彰殊應。」又云：「歌太平既醉之詩，賴一代之有慶；得久視長生之道，參萬歲以成純。」可謂妙語也。至〈放小兒隊詞〉云：「戢戢兩髦，已對襄城之問；翩翩群舞，卻從沂水之歸。」〈放女童詞〉云：「奏閶圚之雲謠，已瞻天而獻祝；曳廣寒之霓袖，將偶月以言歸。」益更巧（案：「巧」或作「工」）麗而切當矣，履道之掌內制可謂盡職。

　　凡樂語不必典雅，惟語時近俳乃妙。王履道〈天寧節宴小兒致語〉云：「五百里采，五百里衛，外并有截之區；八千歲春，八千歲秋，共上無疆之壽。」又〈正旦宴小兒致語〉云：「君子有酒多且旨，得盡群心；化國之日舒以長，對揚萬壽。」孫近叔詣〈宣和春宴女童致語〉云：「黛耜載耕於帝籍，廣十千維耦之疆；青娃往祓於高禖，兆則百斯男之慶。」皆為得體。然未若東坡〈元祐秋宴教坊致語〉云：「南極呈祥，候秋分而老人見；西夷慕義，涉流沙而天馬來。」又〈春宴致語〉云：「稍寬中晷之憂，一均湛露之澤。方將麴蘗群賢而惡旨酒，鼓吹六藝而放鄭聲。雖白雪陽春，莫致天顏之一笑；而獻芹負日，各盡野人之寸心。」則又不可跂及矣。樂語中有俳諧之言一兩聯，則伶人於進趨誦詠之間尤覺可觀而警絕。如石懋敏若〈外州天寧節錫宴〉云：「飛碧篆之爐煙，薰為和氣；動紅鱗之酒面，起作風波。」何安中得之〈外州上元〉云：「五雲縹緲，出危嶠於靈鼇；九陌熒煌，下繁星於陸海。暗塵隨馬，素月流天。如熙熙登春臺，舉欣欣有喜色。」孫仲益〈和州送交代〉云：「渭城朝雨，寄別恨於

垂楊：南浦春波，眇愁心於碧草。」皆爲人所膾炙也。〔註50〕

按張邦基雖生卒年不詳，但知其爲高郵（今江蘇）人，南宋高宗建炎年間（1127～1130）曾遷居揚州，是南北宋之交的文士。在這段筆記內容中共引用了蘇軾、王安中（1076～1134）、孫近（生卒年不詳，崇寧二年進士，南北宋之間）、石懋（生卒年不詳，哲宗時登進士第）、何安中（生卒年不詳，南宋）、孫覿（1081～1169）等六位文士爲教坊表演所寫口號致語，其所引作品共 11 種。此段所引王安中之作就有五種，王安中少曾從學於蘇軾。天寧節是宋徽宗的誕辰，此處所引爲徽宗政和六年（1116）的天寧節，在這個節日的宴會中，王安中共寫了教坊致語、放小兒隊詞、放女童詞、小兒致語四首，而後就是正旦（即春節）宴的小兒致語。

張邦基所謂的「優詞樂語」是指文人學士在朝廷節慶宴會時，擬教坊之口，爲其表演所作的頌贊詞。〔註51〕「樂語」包括致語和口號。《宋史》卷一四二〈志第九十五〉之〈樂十七〉曾曰：「樂工致辭，繼以詩一章謂之口號，皆述德美及中外蹈詠之情。」〔註52〕又《蘇文忠公詩編註集成》卷四十六清，王文誥爲蘇軾的六十五首「帖子詞口號」作案語時也提及：

> 致語口號者，乃排場之始，敘此日之樂也。口號既畢而後勾合曲者。
>
> 勾者勾出之也。既奏勾合曲而後教坊合樂，樂畢，勾小兒隊……

〔註50〕　參見宋・張邦基：《墨莊漫錄》，參見朱易安、傅璇琮等主編《全宋筆記》（鄭州：大象出版社，2008 年 1 月第 1 版）第三編，第 9 冊，頁 93～94。

〔註51〕　樂語可分爲教坊內廷供奉和官府宴樂二種，一般官府宴樂規模較小，只有致語口號而無勾放等詞，仍是由文人學士以駢文爲之，提挈宴樂之由，如蘇軾之〈寒食宴提刑致語口號〉、〈黃樓致語口號〉等便是官府宴樂之例。

〔註52〕　《宋史・樂志》對於宋代的宴會程序有完整的描述，其內容爲：「每春秋聖節三大宴：其第一、皇帝升坐，宰相進酒，庭中吹觱慄，以眾樂和之；賜群臣酒，皆就坐，宰相飲，作《傾杯樂》；百官飲，作《三臺》。第二、皇帝再舉酒，群臣立於席後，樂以歌起。第三、皇帝舉酒，如第二之制，以次進食。第四、百戲皆作。第五、皇帝舉酒，如第二之制。第六、樂工致辭，繼以詩一章，謂之「口號」，皆述德美及中外蹈詠之情。初致辭，群臣皆起，聽辭畢，再拜。第七、合奏大曲。第八、皇帝舉酒，殿上獨彈琵琶。第九、小兒隊舞，亦致辭以述德美。第十、雜劇。罷，皇帝起更衣。第十一、皇帝再坐，舉酒，殿上獨吹笙。第十二、蹴踘。第十三、皇帝舉酒，殿上獨彈箏。第十四、女弟子隊舞，亦致辭如小兒隊。第十五、雜劇。第十六、皇帝舉酒，如第二之制。第十七、奏鼓吹曲，或用法曲，或用《龜茲》。第十八、皇帝舉酒，如第二之制，食罷。第十九、用角抵，宴畢。」（頁 2745）由此引文可知「樂工致辭」在第六，在其致辭時，是「群臣皆起」而聽，代表共同歌頌帝王勝德。而後在第九方有小兒隊舞，第十四有女弟子隊舞。

凡集中所載教坊各詞，乃一部之綱領，而教坊之般（案：應作「搬」）演，並不在此，惟是日之所以爲樂，而因之提唱，則系乎此也。樂語乃翰林之文，而敷奏則教坊之口，凡致語所稱「忝與賤工，叨塵法部」皆代教坊之語，非翰林自道也。其法凡朝政闕失，輿情不便，皆得以達天子。故致語皆以下采民言謳謠擊壤等意爲指歸。又口號雖似七言律，而在樂府爲瑞鷓鴣曲，自有聲調節奏，與詩不同。〔註53〕

由以上引文可知，樂語即《宋史‧樂志》之「致辭」，或在作品名稱中直稱爲「致語」。主要說明當日集宴的目的，除代教坊提挈演出宗旨，尚需稱頌皇帝功德，表達天下感戴之情。這是宋代應內制的大學士們爲教坊中人所寫，讓他們在節日宴會中表演運用。勾是將表演引入，「放」則代表表演的結束，正是王文誥案語所謂「放之使還而樂終」（頁 3667）。此外，由《宋史‧樂志》的記載可知教坊表演的節目包括歌樂、大曲、法曲，及琵琶、笙、箏等樂器獨奏，隊舞〔註 54〕、蹴踘、角觝、百戲、雜劇等內容，其中雜劇常緊跟在隊舞之後登場，搬演內容是由教坊主編，而「樂語」則由文學士所作，與其內容不一定有密切關係。

張邦基認爲「樂語」不必典雅，要有「俳諧之言一兩聯」，是因它是讓伶人誦詠的，是以不求深，而求俳諧和鏗鏘之趣。因此他所謂的「得體」只是一種體裁應襯的要求，講究的是「文各有體」的道理，後來的戲曲本色論雖也有辨體的意義，但二者文類不同——優詞樂語多爲律詩或駢儷文字，正如王文誥所言，致語有民歌、樂府之意，口號雖然和七律相似，但自有聲調節奏，和眞正的詩歌格律要求不一定完全一樣。如王國維所論，這種勾隊之詞和放隊知詞可能是發展爲曲牌體之引子和尾聲，可視爲戲曲的前身，但在宋

〔註53〕 參見清‧王文誥：《蘇文忠公詩編註集成》，臺北：臺灣學生書局，民國 76 年 10 月初版第三次印刷，第 6 冊，頁 3667～3668。

〔註54〕 參見王國維：《宋元戲曲史》（臺北：臺灣商務印書館，民國 75 年 2 月臺 7 版）第四章〈宋之樂曲〉認爲隊舞是傳踏之制的同實異名者，可分爲小兒隊和女弟子隊二部。小兒隊由七十二人組成，包括柘枝隊、劍器隊、婆羅門隊、醉胡騰隊、諢臣萬歲樂隊、兒童感聖樂隊、玉兔渾脫隊、異域朝天隊、兒童解紅隊、射雕回鶻隊。女弟子隊由五十三人組成，有菩薩蠻隊，感化樂隊，拋毬樂隊、佳人剪牡丹隊、拂霓裳隊、採蓮隊、鳳迎樂隊、菩薩獻香花隊、綵雲仙隊、打毬樂隊。其裝飾各由其隊名而異：如佳人剪牡丹隊，則衣紅生色砌衣，戴金冠，剪牡丹花；採蓮隊則執蓮花，菩薩獻香花隊則執香花盤。（頁41～42）

代，張邦基《墨莊漫錄》所引的這些作家、作品，還都不屬於正規的戲曲體製規律。這些致語口號作品爲表演所用，雖不在正規的詩作範疇中，但因它是宮廷宴會所用，張邦基特別討論其體裁特色，並標列他所認爲的佳作。若要將張邦基之說推爲「曲論家『本色論』之先河」，只能說它們之間有著類似的內容意蘊，都有重視文體分辨的意義。至於涉及戲曲本色論內容的曲論必須在戲曲體製成熟，創作由鼎盛而趨衰的元代後期尋求。

二、周德清與戲曲本色論的關係

戲曲在元代是個方興未艾的文體，許多有天賦的作家傾注才力創作雜劇，佳作薈萃，蔚爲大觀，使胡元能爲中國文學史再創高峰，爲中國戲曲發展開創新天地。在關馬鄭白等大家爲雜劇締造光輝時，並無暇思及理論，到了雜劇盛勢漸寢，方能冷靜省思，略論曲法，其中最具代表的便是周德清。

周德清（1277～1365）〔註55〕，高安暇堂人（今江西高安縣），是理學家周敦頤的六世孫。據《暇堂周氏宗譜》所載：「德清，和公三子，行七，字日湛，號挺齋。宋端宗景炎丁丑十一月生。」所著《中原音韻》一書爲曲韻之宗，書末所附〈作詞十法〉則是他爲散曲爲作所立的規矩繩墨。十法包括知韻、造語、用事、用字、入聲作平聲、陰陽、務頭、對偶、末句、定格等十事，細考其實，可將後六項納入前項中〔註56〕。十法雖是針對散曲而作，未及劇曲的結構、賓白、科諢，但亦適用於劇曲曲文。周氏提出〈作詞十法〉的用意、背景雖和明代戲曲本色論的崛起不同，卻對它有所啓發。

（一）周德清提出作詞十法的背景

周德清在〈中原音韻後序〉中曾道：「泰定甲子秋，予既作中原音韻并起例，以遺青原蕭存存。」〔註57〕按泰定甲子（即元年）爲西元一三二四年，若依劉

〔註55〕 有關周德清的生卒年和字號、生平簡述，請參見李惠綿《中原音韻箋釋（韻譜之部）》（臺北：臺大出版中心，2016年1月初版）之〈導論〉（頁1），其對周德清的考述主要以冀伏：〈周德清生卒年與《中原音韻》初刻時間及版本〉爲據。

〔註56〕 參見任訥：《中原音韻作詞十法疏證》，見《散曲叢刊》（臺北：臺灣中華書局，民國73年6月臺三版）第4冊，頁1。

〔註57〕 參見周德清：《中原音韻》，收於《中國古典戲曲論著集成》（北京：中國戲劇出版社，1959年7月第一版，1982年11月第4次印刷），第1冊，頁255。

大杰對元曲的分期，則《中原音韻》之成在後期之初的曲風初變期。〔註58〕

元曲創作重心已由北方移至南方，繁華的杭州漸取代大都的領導地位，曲風由前期的質樸自然、率直爽朗趨於柔靡纖巧，講究雕琢藻飾，崇尚典雅工麗。

元曲原起於北方，以北方口語（中原音）為韻，絃索為樂，但元代後期的作家多為南人，或寓居南方的北人，在這種眾楚群咻的環境中，音律與文詞漸乖，因此虞集（1272～1348）為《中原音韻》作序時曾感歎地說：

> 余昔在朝，以文字為職，樂律之事每與聞之，嘗恨世之儒者，薄其事而不究心，俗工執其藝而不知理，由是文律兩乖，不能兼美。（頁173）

元代後期這種文士工詞輕律，樂工識律而無文，文律不能兼美的情形已相當嚴重，因此他在〈葉宋英自度曲譜序〉中，對文士只能依舊譜、倣平仄「綴緝成章」；樂工雖知以管定譜，而撰詞卻鄙俚的情形極為不平。〔註59〕

曲壇既已步入僵化的局面，〔註60〕前期「體裁各異而宮商相宣，皆可被

〔註58〕關於元曲之分期，約有三種分法：鍾嗣成（1279～約1360）《錄鬼簿》（《中國古典戲曲論著集成》，第2冊）分為前輩已死名公才人有所編傳奇行於世者、方今已亡才人余相知者、已死才人不相知者、方今才人相知者、方今才人聞名而不相知者五類。王國維《宋元戲曲史》（第九章）將之分為三期：一、蒙古時代，此自太宗取中原以後至至元一統之初。《錄鬼簿》卷上所錄之作者五十七人，大都在此期中。二、一統時代，則自至元後至至順後至元間，《錄鬼簿》所謂「已亡名公才人，與余相知或不相知者」是也。其人則南方為多，否則北人而僑寓南方者也。三、至正時代，《錄鬼簿》所謂方今才人是也。至於劉大杰《中國文學發展史》（臺北：華正書局，民國73年8月版）則以公元一三○○年左右，亦即正當元人統一中國不久的時代為限，分為前後兩期，前期是以大都為中心的全盛期，後期則雜劇南移。按若由作家成就、作品多寡和風格特色而言，劉大杰的斷限較清晰，故本文採劉氏的分法。

〔註59〕元‧虞集《道園學古錄》（《文淵閣四庫全書》，臺北：臺灣商務印書館，民國75年3月初版，第1207冊）卷三十三曾在〈葉宋英自度曲譜序〉中說：「近世士大夫號稱能樂府者，皆依約舊譜，倣其平仄，綴緝成章，徒諧俚耳則可；乃若文章之高者，又皆率意為之，不可協諸律不顧也。太常樂工知以管定譜，而撰詞實腔又皆鄙俚，亦無足取，求如三百篇之皆可弦歌，其可得乎？」（頁1207～469）

〔註60〕這種局勢促成周德清考定北方的語音系統，完成《中原音韻》，因為他認為文士是樂府曲詞發展的中堅，文士既普遍失律，他便以自己在詞曲音律上的長才，依據北方音的實際情形考定四聲，在平中分出陰陽，將入聲派入三聲，編為韻書，作為時人填詞唱曲的準繩。

於絃竹」的盛勢已不復現，在「泥文采者失音節，諧音節者虧文采」的情形
中，文士成為曲壇的主導者，雖高揭「文采音節兼濟」之大纛，卻以雅正典
麗為尚，故楊維楨（1296～1370）於《東維子集》卷十一之〈周月湖今樂府
序〉曰：

> 夫詞曲本古詩之流，既以樂府名編，則宜有風雅餘韻在焉，苟專逐
> 時變，競俗趨，不自知其流於街談市彥（案：即「諺」）之陋，而不
> 見夫錦臟繡腑之為懿也，則亦何取於今之樂府，可破於絃竹者哉？
> 〔註61〕

又其〈沈氏今樂府序〉曰：

> 今樂府者，文墨之士之游也。〔註62〕

從以上引文可知，楊維楨認為詞曲（樂府）是古詩之流，文人雅士之事，自
然應講究飾羽尚繪的文采，避免流於鄙陋的街談市諺，這種追求錦臟繡腑的
風雅餘韻，正是元代後期曲壇的風尚。

（二）〈作詞十法〉中的「本色」根苗

周德清也有當時文人尚雅輕俗的觀念，但因元曲與語體文關係密切，〔註
63〕而不易通俗又是它的特質之一，周氏雖然崇尚雅正工麗，但論及元曲的語
言時，又不得不顧及它淺近通俗的特性，便給予後世主張本色的曲論家取法
之資。

1. 崇文去俗

周德清編《中原音韻·作詞十法》最終目的是要使作曲者能明腔、識譜、
審音，因此音韻格律才是他的重心，至於〈作詞十法〉則是要貫徹他崇文去
俗的概念，欲將曲體由市井小唱帶入文林詩列。

他的《中原音韻》在引用〈唱論〉、子母調之後，講述〈作詞十法〉之前，
首先將樂府與俚歌分別為二，曰：

〔註61〕 參見元·楊維楨：《東維子集》（《文淵閣四庫全書》，臺北：臺灣商務印書館，
　　　　 民國75年3月初版，第1221冊），頁477。
〔註62〕 參見楊維楨：《東維子集》卷十一，頁477。
〔註63〕 孟瑤（揚宗珍）在《中國戲曲史》（臺北：傳記文學出版社，民國80年4月
　　　　 再版）中便認為語體文的興起是元曲興盛的原因之一。孟瑤論元雜劇興起原
　　　　 因共有六項，最末一項便是「語文學的發達」，她說：「元人的漢學根柢有限，
　　　　 故行文時不避俗字俗句，因而造成口語文學的發達，直接予戲劇寫作以方便。」
　　　　 （第1冊，頁161）

> 凡作樂府，古人云：「有文章者謂之樂府」。如無文飾者謂之俚歌，
> 不可與樂府共論也。（頁 231）

除以文詞的潤飾與否區別樂府和俚歌外，他在〈作詞十法〉之「造語」中，分為可作與的不可作，在其不可作中的「拘肆語」〔註64〕又說：

> 前輩云：「街市小令唱尖新茜意」，「成文章曰樂府」是也。樂府小令
> 兩途，樂府語可入小令，小令語不可入樂府。（頁 232～233）

所謂「小令」是同於俚歌的市井小唱，與成文章的樂府地位懸殊。樂府語可以紆尊降貴，入於小令，使小令具文采之美；小令語則不可譖越雅俗之界，挪入「樂府」中。

其次在「造語」方面，周德清認為曲可用樂府語、經史語、天下通語，不可作俗語、蠻語、譫語、嗑語、市語、方語、譏誚語、拘肆語〔註65〕、張打油語，應避免語澀、語粗、語嫩之病，並主張用字不可太俗。

其實元曲在早期關馬鄭白王的時代何曾避過俗字俗語等不可作語，如關漢卿在《救風塵》第一折便讓主角趙盼兒唱道：

> 仙呂〔油葫蘆〕姻緣簿全憑我共你，誰不待揀個稱意的？他每都揀來
> 揀去百千回，待嫁一個老實的，又怕盡世兒難成對；待嫁一個聰俊的，又
> 怕半路裏輕拋棄。遮莫向狗溺處藏，遮莫向牛屎裏堆，忽地便喫了一箇
> 合撲地，那時節睜著眼怨他誰？ 〔註66〕

又如白樸《梧桐雨》第一折，唐明皇唱道：

> 仙呂〔賺煞尾〕長如一雙鈿盒盛，休似兩股金釵另；願世世姻緣注定。在
> 天呵做鴛鴦常比並，在地呵做連理枝生。月澄澄銀漢無聲，說盡千秋萬
> 古情。咱各辦著志誠。你道誰為顯證？有今夜度天河相見女牛星。〔註67〕

〔註64〕 「拘肆語」之「拘」《歷代詩史長編二輯》（臺北：鼎文書局，民國 63 年 2 月
　　　　初版）所收《中原音韻》作「拘」（第 1 冊，頁 232～233），李惠綿《中原音
　　　　韻箋釋（正與作詞起例之部）》（頁 561～562）作「拘」，今依後者考訂。
〔註65〕 《中原音韻》之「拘肆語」是指「不必要上紙，但只要好聽，俗語、譫語、
　　　　市語皆可。」（見《歷代詩史長編二輯》第 1 冊，頁 232）
〔註66〕 參見臧懋循編：《元曲選》，臺北：宏業書局，民國 71 年 9 月初版，上冊，頁
　　　　194。曲文之正襯依據曾永義師：《中國古典戲劇的認識與欣賞》（臺北：正中
　　　　書局，民國 80 年 11 月初版）之〈元明雜劇之欣賞與評論〉（頁 382），並依文
　　　　意增入新式標點符號。
〔註67〕 參見《元曲選》，冊上，頁 353。另依鄭騫《北曲新譜》（臺北：藝文印書館，
　　　　民國 62 年 4 月初版）為曲文分別正襯，並依文意增入新式標點符號。

前者不避「狗溺」、「牛屎」等穢字，不刻意描摹「細膩俊美」之語，卻將姻緣天定、不由人作主的無奈寫得潑辣生動、淋漓盡致；後者化用《長恨歌》，將唐明皇和楊玉環的盟誓寫得靈動深刻、眞情感人。可知不論粗言俗字，或詩詞歌賦，只要用得好，切題切事，適情適性，便是天生好言語，何必一定要分樂府、俚歌；經史語或俗言諺語？

可見周氏在造語上所列的規範，與元曲的事實並不完全吻合，清徽師便曾從劇曲的場上搬演指出它「並不是盡合實際」的情形〔註 68〕。因此他所設的造語限制，主要還是在表現他去俗尚雅的觀念；也更證明他想把曲帶離市井文學的範疇，而放入文人作品殿堂的事實。

2. 兼顧曲體

元曲因成長時代的關係，本身具有一些「頹廢、鄙陋、荒唐、纖佻」〔註 69〕的傾向，鄭因百師認爲詞曲雖是兄弟，但因曲具有這些駁雜的氣質，不免成爲一個「惡少」，因此周德清雖然想把曲體由市井帶入廟堂，卻不能不顧及它先天的「惡少氣味」，保留一些屬於它的特質，由佳處著眼，提出「造語必俊」、「語意俱高」的原則。

周氏拈出的「俊語」二字意義豐富，除具有「立意、構思、用語俱佳的意思」外〔註 70〕，尚有協音入律的要求。而他所強調的「未造其語，先立其意，語意俱高爲上」既承接白石詩論的高妙之說，也與明清曲論家尚意趣的主張隱然相合，況且明清曲論家常以「俊語」作爲「本色」的要件。

其次他在不可作語中列入「書生語」，是指「書之紙上詳解方曉，歌則莫可知所云」的語言。此外又主張「用字必熟」，不句用「硬生字」、「太文字」，

〔註 68〕詳參張敬師之〈元明雜劇描寫技術的幾個特點〉，此文收於《張清徽學術論文集》（臺北：華正書局，民國 82 年 8 月初版），頁 95～123。

〔註 69〕鄭因百師在〈詞曲的特質〉（收於《景午叢編》，臺北：臺灣中華書局，民國 61 年 1 月初版，上編，頁 58～65）一文中指出，元明是中國文化的衰落時期，因爲「在上者的施爲是凶暴昏虐，在下者的風氣是頹廢淫靡。政治的黑暗情形，社會的畸形狀態，暴君之昏虐，特權階級如元之蒙古人，明之藩王及豪紳，與一部分疆臣吏胥之貪縱不法，使有心之士，對於現實生出了一種厭惡恐怖與悲憫交織而成的苦悶。他們受不了這種苦悶，而又打不開地，於是頹廢下去。頹廢的結果便是淫靡。」（頁 63）並認爲荒唐是由頹廢而來，纖佻則是淫靡風氣的反映。

〔註 70〕詳參葉長海：《中國戲劇學史稿》第二章〈元代戲劇學的興起〉第四節〈周德清的作詞十法〉（頁 78～95）。

需「明事隱使，隱事明使」，他明白元曲「太文則迂，不文則俗」的道理，因此主張要做到「文而不文，俗而不俗；要聳觀，又聳聽」的境界。

這些都是針對元曲特性所提列的，觀照了元曲的通俗性和文學性。在周氏的〈作詞十法〉中雖未提及「本色」，卻常為後世主張本色的曲論家所引用，因此葉長海《中國戲劇學史稿》第二章第四節說：「後世曲學家提倡的『本色』『當行』，也許是除了從《滄浪詩話》中得以啟迪而又拈出概念外，正是從周氏的這種見解中得以啟萌而演繹成的。」〔註71〕可謂深中肯綮。周氏《作詞十法》的動機雖為尚雅去俗，但在兼顧曲體特質時，卻又與後世的本色論結下不解之緣，正可謂無心插柳柳成蔭。

〔註71〕參見葉長海：《中國戲劇學史稿》，頁88。案：引文中之「啟萌」係依原書援引，應為「啟蒙」之誤。

第二章　明代戲曲本色論的興起

　　文學發展中的流派遞嬗，風格變異，常是漸進的，當一個流派蓬勃發展的同時，另一股潮流可能已經在暗伏匯聚，正如戲曲本色論也是在明代競趨藻麗的風氣中薈萃一般。

　　戲曲在誇文逞豔後，逐漸變得凝滯不靈，只有改革才能使它繼續發展。戲曲家在「望今制奇，參古定法」中向元雜劇尋求靈感，得到這種「練青濯絳，必歸藍蒨」的啟示，以元雜劇的素樸本色解濟駢儷的危厄。

　　本章分三節從駢儷派的反動，戲曲舞臺性、通俗性的自覺，和推尊元曲的結果三方面來探討本色論興起的原因。

第一節　駢儷派的反動

　　本色論的興起是為矯正駢儷派趨向「氣無奇類，文乏異采」的文辭之煩和庸碌堆砌，〔註1〕縱觀駢儷曲風的發展，能幫助我們了解本色當行說興盛的背景，以下即分三點敘述。

一、工麗的濫觴

　　明代曲論家在批評駢儷派雕琢字句之餘，對到底是誰開啟了工麗之端的問題也極關切，歸納其說，大抵有兩種看法，一以元代的《金安壽》為肇基（此劇應是明初作品而非元代，詳論於後），二則認為《琵琶記》才是藻麗的真正始祖，茲分述如下。

〔註 1〕駢儷與本色間的競替，關係著文質問題，在駢儷流於堆砌時，本色論興起，以質矯文；但當本色趨於鄙俚時，又需文以濟質，故吳梅《詞餘講義》（臺北：廣文書局，民國 68 年 4 月再版）第十二章〈家數〉曰：「矯拙素之弊者用駢語，革辭采之煩者尚本色。」（頁58）

（一）《金安壽雜劇》

祁彪佳（1602～1645）《遠山堂曲品》在評《玉玦記》時說：

> 以工麗見長，雖屬詞家第二義，然元如《金安壽》等劇，已儘塡學
> 問，開工麗之端矣。此記每折一調，每調一韻，五色管經百鍊而成，
> 如此工麗，亦豈易哉！〔註2〕

按《金安壽》在《元曲選》中題爲「鐵拐李度金童玉女」，〔註3〕是賈仲名（1343
～1422）的作品，而賈氏是明代初期的劇作家，《錄鬼簿續編》曾說他：

> 天性明敏，博究群書，善吟詠，尤精於樂章、隱語。嘗侍文皇帝於
> 燕邸，甚寵愛之，每有宴會應制之作，無不稱賞。……所作傳奇、
> 樂府極多，駢儷工巧，有非他人所及者。〔註4〕

在所列作品中雖未著錄《金安壽》一劇，但在姚燮（1805～1864）的《今樂
考證》著錄三明雜劇〔註5〕、王國維《曲錄》卷三雜劇〔註6〕和莊一拂《古曲
戲曲存目彙考》卷六中編雜劇三「明代作品」〔註7〕都著錄了賈仲名的《鐵拐
李度金童玉女》，俱可證明《金安壽》劇是明代作品。

　　《金安壽》一劇是演王母身邊的金童玉女，在蟠桃會上因一念思凡而謫
降人間，配爲夫妻，投胎托身爲金安壽、童嬌蘭，在業緣將盡時，王母命鐵
拐李下凡點化，引度他們重返仙籍。採用神仙道化劇的「三度」模式，關目
情節平淡乏味，〔註8〕全劇的重心在作者藉金安壽之口不斷地以曲詞唱出對人

〔註2〕參見明・祁彪佳：《遠山堂曲品》，收於《中國古典戲曲論著集成》（北京：中
　　　　國戲劇出版社，1959 年 7 月第一版），第 6 冊，頁 20。

〔註3〕此劇簡稱《金安壽》，題目正名爲：「金安壽收意馬心猿，鐵拐李度金童玉女」
　　　　（《元曲選》，頁 1093～1106）。

〔註4〕參見明無名氏《錄鬼簿續編》，收於《錄鬼簿等五種》（臺北：洪氏出版社，
　　　　民國 71 年 1 月初版），頁 111。

〔註5〕參見清・姚燮：《今樂考證》，收於《中國古典戲曲論著集成》，第 10 冊，頁
　　　　148。

〔註6〕參見王國維：《曲錄》，臺北：藝文印書館，民國 60 年 1 月再版，頁 149。

〔註7〕參見莊一拂：《古典戲曲存目彙考》，上海：上海古籍出版社，1982 年 12 月
　　　　第一版，頁 389。

〔註8〕此劇最大的特色在排場講究，曾永義《明雜劇概論》（臺北：學海出版社，民
　　　　國 68 年 4 月初版）第二章〈初期雜劇〉曾評曰：「運用歌舞，使刻板的場面
　　　　顯得活潑熱鬧。」（頁 103）它可能是爲宮廷表演而作，因此刻意表現富麗壯
　　　　觀的場面，在第一折使用大吹大擂細樂歌舞唱〔滿堂紅〕、〔大德歌〕、〔魚游
　　　　春水〕、〔芭蕉延壽〕等插曲。第三折雜以嬰兒妳女、猿馬追趕等特技。末折
　　　　則以末旦的女直舞和八仙歌舞的〔青天歌〕爲點綴。

間富貴、笙歌宴樂，和夫妻和諧的眷戀贊頌。三度過程極簡單，鐵拐李化身為道士，三次打斷金安壽的宴樂，要他出家學道，但金氏沈醉於富貴安逸，不肯從命，到了第三次鐵拐李見他執迷不悟，便使用法術，先點化童氏，而後使金氏入夢，轉移情境，讓他在濃縮壓迫的時空中絕望，醒悟人生的無常，隨他歸列仙班。

賓白少而平庸，曲文設色濃豔，極盡舖陳排比之能事，「駢儷工巧」的曲子隨處可見，如其第一折仙呂宮〔八聲甘州〕與第二折南呂宮〔梁州第七〕：

〔八聲甘州〕花遮翠擁，香靄飄霞，燭影搖紅，月梁雲棟，上金鉤十二簾櫳，金雀屏開玳瑁筵，綠蟻光浮白玉鍾，爽氣透襟懷，滿面春風。（頁 1093）

〔梁州第七〕看春江鴨頭綠波皺，接行雲鷳翅紅嬌，酒旗向青杏園林挑，佳人鬥草，公子粧么，鞦韆料峭，鼓吹遊遨。上新黃柳曳金條，綻嫣紅花簇冰綃，芳叢內採嫩蕊，粉蝶隊隊身輕；迴塘畔點香芹，紫燕翩翩翅裊；碧陰中弄清音，流鶯恰恰聲交。難挑，怎描，便那女娘行心思十分巧，其實的刺不成繡不到。丹青手雖然百倍高，也畫不出這重疊周遭。（頁 1096）

前者描寫筵席、笙歌之美，後者歌頌畫不出、描不就的自然美景，用字色彩鮮麗奪目，而在短短的四折劇中，幾乎整支曲子都像這樣堆金瀝粉，雕琢描繪。而且襯字極少，全首只用了一個襯字，予人整練之感。祁彪佳雖然將它誤認為元代的作品，但他「儘填學問」的評語卻是真確不移的事實，至於「開工麗之端」一語則有待商榷。因為在元雜劇中已不乏工麗都冶之作，如《西廂記》、《梧桐雨》、《漢宮秋》便是其中的佼佼者，只是它們都有緊湊精彩的關目情節來襯托，而又善於融鑄華藻麗辭，不但沒有填塞學問的弊病，反而文質並茂、雅俗共賞，成為傳世名作。

（二）《琵琶記》

元末明初的《琵琶記》對駢儷派的產生影響深遠，邵璨（1475 前後在世）《香囊記》除了在關目情節上模仿《琵琶記》，更一味地效法它的工麗，不知高明的《琵琶記》所以能傳頌千古，是因它真正達到了雅俗共賞的境界，使好通俗本色的，可以玩味自然真雋，流利空靈的素樸；喜歡文詞的，可以擷

取典雅工麗的辭采吟諷涵詠。它是高級文人染指南曲以後的傑作，〔註9〕與《荊》、《劉》、《拜》、《殺》的通本質樸素拙迥異其趣。因此王世貞可以特別嘉賞《琵琶記》〈琴訴荷池〉和〈中秋賞月〉兩齣如詩賦般瀟灑的文細曲辭，徐渭也能以他「宜真宜俗」的觀點，挑出〈食糠〉、〈嚐藥〉、〈築墳〉、〈寫真〉等齣，把它如「空中之月，水中之影」、「了無規矩繩墨可尋」的通俗本色和感人肺腑介紹給後人。

一般而言，批評家認為《琵琶記》堪稱不世之作，因而譽多毀少，但李贄（1527～1602）在〈雜說〉中的批評改變了這種各擷所好的方式。他說：

> 《拜月》、《西廂》，化工也；《琵琶》，畫工也。夫所謂畫工者，以其能奪天地之化工，而其孰知天地之無工乎？……畫工雖巧，已落第二義。〔註10〕

此外，他在〈雜說〉中又提到：

> 雜劇院本，遊戲之上乘也，《西廂》、《拜月》，何工之有？蓋工莫工于《琵琶》。彼高生者，固已殫其力之所能工，而極吾才於既竭。惟作者窮巧極工，不遺餘力，是故語盡而意亦盡。詞竭而味索然亦隨以竭。吾嘗攬《琵琶》而彈之矣，一彈而嘆，再彈而怨，三彈而向之怨嘆無復存者。此其故何耶？豈其似真非真，所以入人之心者不深耶？蓋雖工巧之極，其氣力限量只可達於皮膚骨血之間，則其感人僅僅如是，何足怪哉？（頁97）

李贄以他的「童心說」為本，〔註11〕認為天下至文以真情為主，真情傾溢在

〔註9〕高明字則誠，自號菜根道人，元順帝至正五年（西元一三四五）中進士第，先後任處州錄事、江浙行省丞相椽。他生長在一個書香世家，學識淵博，工詩文詞曲，雖然仕途不很順利，但文名極高，與當世名士顧瑛、楊維楨、趙汸、劉基、宋濂都有交誼，元・顧瑛在《草堂雅集（二）》（收於《四庫全書珍本四集》，臺北：臺灣商務印書館，民國62年初版）卷八稱他：「長才碩學，為時名流」（頁18）。

〔註10〕參見明・李贄：《焚書》（臺北：漢京文化事業有限公司，民國73年5月初版）卷三〈雜說〉（頁96）。

〔註11〕李贄〈童心說〉曰：「夫童心者真心也，若以童心為不可，是以真心為不可也。夫童心者絕假純（案：疑作「存」）真，最初一念之本心也。若失卻童心，便失卻真心；失卻真心，便失卻真人。人而非真，全不復有初矣。」（參見《焚書》，頁98）此說的提出是針對前後七子貴古賤今，及當時摹擬剽竊，以八股筆法入詩文的弊病。其文論始末可詳參陳錦釗《李贄之文論》（臺北：嘉新水泥公司文化基金會，民國63年初版）第五、六兩章。

文章中應如四時運、百物生一般渾化自然，不假雕琢，《琵琶記》雖窮極工巧，卻「似真非真」，只能算是第二義的畫工之妙，不能達於造化無工的化工境界。

　　他的「畫工」說，凸顯了《琵琶記》藻繪工巧的一面，使後人在評論時特別注意它的工麗，故明代胡應麟《少室山房曲考》說：「『百歲光陰』意勝，覺筋骨稍露。『長空萬里』辭勝，覺肌肉太豐，俱讓一籌也。」〔註12〕所謂「肌肉太豐」正是指的藻飾過甚。凌濛初（1580～1644）《譚曲雜箚》則說：

　　《琵琶》間有刻意求工之境，亦開琢句脩詞之端，雖曲家本色故饒，
　　而詩餘駑末亦不少耳。〔註13〕

　　古戲之白，皆直截道意而已，惟《琵琶》始作四六偶句，然皆淺淺
　　易曉。（頁259）

他從《琵琶記》刻意求工，琢句脩詞和以四六作賓白之處，看到後來駢儷派的雛型，雖然他也曾說：「自梁伯龍出，而始為工麗之濫觴。」（頁253）但在字裡行間已隱然以《琵琶記》為駢綺的始祖，只是它尚有許多本色勝場處，即使偶用四六賓白，也多出以淺顯，無堆砌餖飣的弊病。

　　《琵琶記》的情節分五娘奉養公婆和伯喈再婚牛氏雙線發展，在佈局上苦樂相錯，〔註14〕文詞則工麗與本色相間，敘說五娘和蔡家二老的齣目，賓白與文多較通俗口語；〔註15〕描寫蔡伯喈和牛府的一方則極盡摹繪之能事，即使是賓白也作得工整典雅，如〈牛氏規奴〉一齣由末所扮的院子在定場白道家門後，傳述牛府的富貴說：

　　若論俺那太師的富貴，真個只有天在上，更無山與齊；舉頭紅日近，
　　回首白雲低。怎見得富貴？他勢壓中朝，資傾上苑。白日映沙堤，
　　青霜凝畫戟。門外車輪流水，城中甲第連天。瓊樓酾月十二層，錦

〔註12〕參見任中敏編：《新曲苑》（臺北：臺灣中華書局，民國59年8月臺一版）第
　　　　1冊，頁112。

〔註13〕明・凌濛初：《譚曲雜箚》收於《中國古典戲曲論著集成》第4冊，見頁253。

〔註14〕呂天成《曲品》（見《中國古典戲曲論著集成》第6冊）卷下曰：「其詞之高
　　　　絕處，在布景寫情，真有運斤成風之妙。串插甚合局段，苦樂相錯，具見體
　　　　裁。可師，可法，而不可及也。」（頁224）

〔註15〕在描寫五娘遭遇一線中，除〈五娘憶夫〉係旦角主戲，配合文細場面，曲文
　　　　較典雅優美，略有過文，與其生活環境不相稱外，多表現口語化的通俗本色，
　　　　如〈糟糠自厭〉、〈代嘗湯藥〉……等齣，都是膾炙人口的本色曲子。

障藏春五十里。香散綺羅，寫不盡園林景緻；影搖珠翠，描不就庭
院風光。好耍子的油碧車輕金犢肥，沒尋處的流蘇帳煖春難報。畫
堂內持觴勸酒，走動的是紫綬金貂。繡屏前品竹彈絲，擺列的是朱
脣粉面。玳瑁筵前爇寶香，眞箇是朝朝寒食。琉璃影裏燒銀燭，果
然是夜夜元宵。這般樣福地洞天，可知有仙姝玉女。……〔註16〕

這是高明賣弄文采處，寫對句可以由四言到七言，一氣呵成；作四六駢語也
無不對仗工整，凝練綺秀。這一大段賓白描繪情景委曲詳盡，猶有講唱文學
善舖陳的遺形，卻不太合乎戲劇的需求。試問一個如此錦心繡口，出口成章，
隨意拈來就是富麗對語詩句的腳色，豈能與院子雜役的身份相配？而這樣的
長篇大論演之場上，演員將如何記誦？觀眾是否能解頤稱快？如果實際搬演
時只截數句爲代表，又何必如此大費周章？高明這種作法除了表現他過人的
才華文采外，顯然已把傳奇當案頭文章來作，對戲曲的場上要求時有疏忽。

　　大體而言，《琵琶記》對駢儷派的影響遠超過《金安壽》雜劇，一來《琵》
劇的創作比《金》劇早，其次《琵琶記》是南曲傳奇，在體製上與駢儷派的
主流完全相合，易於模倣；再者，《琵琶記》藝術成就高而又享譽士林，對後
世工麗曲風的影響既深且遠。

二、駢儷派的形成

　　駢儷派的形成與士大夫關係密切，明代的文人除了將心力投注在舉業
外，對王室所好的戲曲也趨之若鶩，〔註17〕不但不以塡劇曲、踐排場爲恥，

〔註16〕〈牛氏規奴〉爲全劇之第三齣，表現牛氏性格。參見明・高明：《繡刻琵琶記
　　　　定本》，臺北：臺灣開明書店，民國65年8月臺二版，頁5～6。
〔註17〕明代皇帝除了英宗以外，多愛好戲曲，是以《南詞敘錄》（見《中國古典戲
　　　　曲論著集成》第3冊）記載明太祖的愛好《琵琶記》，「日令優人進演」。（頁
　　　　240）
　　　　李開先《李中麓閒居集》（見《續修四庫全書》，上海：上海古籍出版社，2002
　　　　年3月第一版，第1341冊）卷六〈張小山小令後序〉也說道：「人言憲廟好
　　　　聽雜劇及散詞，搜羅海內詞本殆盡。又武宗亦好之，有進者即蒙厚賞，如楊
　　　　循吉、徐霖、陳符所進不止數千本。」（頁52）到了熹宗甚至躬踐排場，冒暑
　　　　服雲子披肩。至於士大夫對戲曲的趨從，除自身的喜好外，也有投上所好以
　　　　求寵遇的實利，故《錄鬼簿續編》載：「湯舜民……文皇帝在燕邸時，寵遇甚
　　　　厚，永樂間恩賚常及。」又載：「楊景賢……永樂初，與舜民一般遇寵。」（《錄
　　　　鬼簿等五種》，頁240）及前文所引賈仲明都是因樂府戲曲　得成祖殊遇的例
　　　　子。

反引為風雅，〔註18〕為戲曲的發展傾注才力，故曾永義《明雜劇概論》第一章〈總論〉說：「明代劇戲的興盛以士大夫的推動為骨幹。」（頁7），士大夫參與創作以後，曲壇一改明初的古樸，變為典麗文雅，因為他們傳統舊文學的根柢較深厚，又久習舉業，易將詩詞古文，甚至時文的作法移用於戲曲，故王驥德《曲律》卷二〈論家數第十四〉說：「文人學士，積習未忘，不勝其靡，此體遂不能廢，猶古文六朝之於秦漢也。」（頁122）他所謂的不能廢之體，便是士大夫染指戲曲以後的駢綺之風。它的末流雖曾走上堆垛餖飣，但其傑出佳作也為戲曲增添不少光彩，現在不妨對它的發展作一鳥瞰。

明代在成祖將都城北遷後，雜劇曾挾前代餘威，盛行於官廷藩邸，作家輩出，由皇室的朱權、朱有燉到文士王子一、劉東生、谷子敬等都擅名一時，反倒是傳奇的創作在《琵琶記》和《荊》、《劉》、《拜》、《殺》後沈寂了一段時日，首先打破這種消沈空氣的是成化、弘治間的邱濬。他是明景帝景泰五年（1454）的進士，授翰林院編修，官至太子太保兼文淵閣大學士，所作傳奇有《伍倫全備忠孝記》、《投筆記》、《舉鼎記》、《羅囊記》（已佚）四種，其中以《五倫全備》影響最大。

他在這本傳奇中對戲曲寄予了風教淑世的重責人任，如第一齣副末開場說：

〔鷓鴣天〕書會誰將雜曲編，南腔北曲兩皆全，若於倫理無關緊，縱是新奇不足傳。風月好，物華鮮，萬方人樂太平年，今宵搬演新編記，要使人心忽惕然。

〔臨江仙〕……這本五倫全備記，分明假托揚傳，一場戲（理）五倫全備，他時世曲寓我聖賢言。〔註19〕

〔註18〕如徐復祚《曲論》（見《中國古典戲曲論著集成》第4冊）之〈附錄〉載：「祝希哲……為人好酒色六博，不修行檢，常傅粉黛，從優令間度新聲。」（頁243）焦循《劇說》（見《中國古典戲曲論著集成》第8冊）卷六引《曠園雜志》云：「錢塘周通政詩，以嘉靖己酉領解浙闈，年才二十一。榜前一夕，人皆爭踏省門候榜發，周獨從鄉人觀劇。漏五下，周登場歌〈范蠡尋春〉。門外呼『周解元』者聲百沸，周若弗聞。歌竟下場，始歸。」（頁198）此外又載李攀龍曰：「李于田縱橫聲伎，放誕不羈。女伶登場，至雜伶人中持板按拍。主人知而延之上座，恬然不為怪。」（頁210）引《操觚十六觀》記唐順之曰：「唐荊川半醉作文，先唱《西廂》惠明『不念法華經』一齣，手舞足蹈，縱筆伸紙，文乃成。」（頁212）文人、士大夫放達劇場之例，比比皆是。

〔註19〕參見明・邱濬：《伍倫全備忠孝記》，臺北：天一出版社，民國72年初版，頁1。

與高明所謂「不關風化體，縱好也徒然」，「休論插科打諢，也不尋宮數調，只看子孝共妻賢」的說法極相似，而朝廷也鼓勵戲曲搬演義夫節婦，勸人為善的故事，〔註20〕因此邱濬想以這本傳奇作為倫常大道的範型，感化世道人心。他雖然知道賓白應淺顯，易知易見，也能以科諢增添趣味，〔註21〕畢竟故事沈悶，又好用長篇賓白說教，使其作品充滿庸腐的道學氣，故王世貞《曲藻》說：「《五倫全備》是文莊元老大儒之作，不免腐爛。」〔註22〕徐復祚《曲論》也說：「《五倫全備》純是措大書袋子語，陳腐臭爛，令人嘔穢。」〔註23〕其他如呂天成、祁彪佳、沈德符都有類似的評語。〔註24〕

邱濬的戲曲作品雖屢遭陳腐之譏，但他以理學大儒的身份創作戲曲，〔註25〕對戲曲地位的提升和士大夫的參與都頗有鼓舞的貢獻。邵璨正是繼承他這種「以劇載道」的方式，加入駢四儷六的作法，開創駢儷派。

邵璨《香囊記》在第一齣〈家門〉中曾說：

〔鷓鴣天〕：一曲清歌酒一巡，梨園風月四時新。人生得意須行樂，只恐花飛減卻春。 今即古，假作真，從教感起座間人。傳奇莫作尋常看，識義由來可立身。

〔註20〕 明代曾在法令中明文規定，禁止搬做雜劇，但義夫節婦等有關風教的，不在禁限中，《大明律集解附例（五）》（臺北：臺灣學生書局，民國75年4月再版）卷二十六〈刑律雜犯〉曰：「凡樂人搬做雜劇戲文，不許粧扮歷代帝王后妃忠臣烈士先聖先賢神像，違者杖一百；官民之家容令粧扮者與同罪；其神仙道扮及義夫節婦孝子順孫，勸人為善者，不在禁限。」（頁13～14）

〔註21〕 《五倫全備忠孝記》第一齣〔西江月〕曲文有「白多唱少，非不會把腔填，要得看的，個個易知易見，不免插科打諢，粧成喬態狂言，戲場無笑不成歡，用此誄人觀看。」（頁1～2）

〔註22〕 參見明・王世貞：《曲藻》（收於《中國古典戲曲論著集成》第4冊），頁34。

〔註23〕 參見明・徐復祚：《曲論》，《中國古典戲曲論著集成》第4冊，頁236。

〔註24〕 呂天成《曲品》卷上在作家品評中，將邱濬置於四品之末「具品」的最後一位，他說：「邱瓊山大老雖尊，鴻儒近腐……乍辭講幄，亞譜家詞，造捏不新，知老筆之多鈍。」（《中國古典戲曲論著集成》第6冊，頁211）而《五倫》在卷下舊傳奇品中列為具品之末，曰：「大老鉅筆，稍近腐」。（頁228）祁彪佳《遠山堂曲品》雖將《伍倫》置於能品中，但其品評則曰：「一記中盡述伍倫，非酸則腐矣；乃能華實並茂，自是大老之筆。」（《中國古典戲曲論著集成》第6冊，頁46）沈德符《顧曲雜言》在「邱文莊填詞」條也說：「邱文莊淹博……至填詞，尤非當行，今《五倫全備》是其手筆，亦伹淺甚矣。」（《中國古典戲曲論著集成》第4冊，頁203～204。）

〔註25〕 參見沈德符《顧曲雜言》「邱文莊填詞」條，邱濬曾因同朝王端毅批評他「理學大儒，不宜留心詞曲」，而與之嫌隙（頁204）。

〔沁園春〕：爲臣死忠，爲子死孝，死又何妨。……因續取五倫新傳，

標記紫香囊。〔註26〕

這兩段曲文表明他繼承邱濬借戲闡揚忠孝節義，教人識義立身的精神，正因他不以尋常、通俗的態度看待戲曲，曲辭極盡雕琢，賓白好用經史文言、詩詞排對，如第三齣〈講學〉便在人物名字上大做文章，從《尚書》、《史記》拈出「九成」、「八座」，以詩謎隱括「五花」、「三盃」，〔註27〕故徐渭《南詞敍錄》說：「以時文爲南曲，元末國初未有也，其弊起於《香囊記》。香囊乃宜興老生員邵文明作，習詩經，專學杜詩，遂以二書語句勻入曲中，賓白亦是文語，又好用故事作對子，最爲害事。」（頁243）而王驥德《曲律》卷二〈論家數第十四〉也說：「自《香囊記》以儒門手腳爲之，遂濫觴而有文詞一家。」（頁 121～122）此外，徐復祚、呂天成也都在曲論中指出邵璨勻用時文、塡塞學問的不當。

大抵適當的錘鍊可以襯托情意，表現文采；粉飾太過則易掩卻眞情，流於堆砌。《香囊記》結合程朱道學和八股時文，以風教和藻麗爲第一義，合乎士大夫好文尚雅的脾胃，故徐渭《南詞敍錄》說：「香囊如教坊雷大使舞，絕非本色……三吳俗子以爲文雅，翕然以敎其奴婢，遂致盛行。」（頁 243）其實駢儷派的發展，還娟一股強大的助力，那便是崑山腔的改良與風行。

明代中葉魏良輔成功地改良崑山腔，〔註28〕以婉轉深邈，柔美細膩的曲調博得士大夫的喜好，勢壓海鹽、弋陽、四平諸腔，因此顧起元《客座曲語》說：

南都萬曆以前，公侯與縉紳及富家，凡有讌會小集，多用散樂，或

三四人，或多人唱大套北曲……若大席，則用教坊，打院本，乃北

〔註26〕　參見明・邵璨：《繡刻香囊記定本》，臺北：臺灣開明書店，民國 59 年 4 月臺一版，頁 1。

〔註27〕　張九成（生扮）之名是出自尚書：「簫韶九成，鳳凰來儀」。高八座（末扮）出自《史記》：「尚書六曹并令僕二人爲八座。」鄭五花「丑扮」是詩謎一句：「菊殘猶有兩三枝」。呑三盃（淨扮）是由三句詩得名，他們之間有一段猜謎式的表演：「〔淨〕第一句你猜，雪暗逢人不舉杯。〔末〕這是寒夜客來茶當酒。〔淨〕第二句，自小貪杯到白頭。〔末〕這是斷送一生惟有酒。〔淨〕第三句，故人相見且銜杯。〔末〕這是客來謾酌清樽酒。」（見《繡刻香囊記定本》，頁 7）

〔註28〕　魏良輔改革崑腔的情形，清初余懷〈寄暢園聞歌詩〉載之甚詳，張潮輯：《虞初新志》（臺北：廣文書局，民國 57 年初版）卷四收了此段記載，曰：「良輔初習北音，紐於北人王友山，退而鏤心南曲，足跡不下樓十年。當是時，南曲率平直無意致，良輔轉喉押調，度爲新聲，疾徐高下，清濁之數，一依本宮，取字齒脣間，跌換巧掇，恒以深邈助其悽唳，吳中老曲師如袁髥、尤駝者，皆瞠乎自以爲不及也。」（頁 3）

曲大四套者⋯⋯後乃變而盡用南唱，歌者祇用一小拍板，或以扇子
代之，間有用鼓板者。今則吳人益以洞簫及月琴，聲調屢變，益爲
悽惋，聽者殆欲墮淚矣。大會則用南戲，其始止二腔，一爲弋陽，
一爲海鹽。弋陽則錯用鄉語，四方士客喜閱之。海鹽多官語，兩京
人用之。後則又有四平，乃稍變弋陽，而令人可通者。今又有崑山，
校（應作「較」）海鹽又爲清柔而婉折，一字之長，延至數息，士大
夫稟心房之精，靡然從好，見海鹽等腔，已白日欲睡，至院本北曲，
不啻吹篪擊缶，甚且厭而唾之矣。〔註29〕

北曲和海鹽諸腔的藝術價值雖不比崑山腔低，但是崑腔曲調的流利悠遠和清
柔婉折投合文雅之士，加上梁辰魚《浣紗記》在文學上的藝術成就，才使崑
腔靡然成風，獨盛一時。

梁辰魚繼承魏良輔音樂改良的成就，用崑腔譜寫《浣紗記》，〔註30〕其音
律曲詞配合的嚴謹，使弋陽子弟無法改調而歌，〔註31〕而其曲白的「研鍊雅
潔」，助長崑腔的聲勢，〔註32〕故王世貞有詩贊曰：「吳閶白面冶遊兒，采唱梁
郎雪豔詞。」但是徐復祚、呂天成卻批評它關目散緩，無筋無骨，不能收攝，
或局面大而不謹嚴，曲詞富麗不耐咀嚼。〔註33〕凌濛初《譚曲雜箚》也指出他

〔註29〕 參見明・顧起元：《客座曲語》（《新曲苑》，第 1 冊），頁 166～167。

〔註30〕 明・張大復《梅花草堂集》卷十二〈崑腔〉曰：「吾鄉有陸九疇者，亦善轉音，
願與良輔角，既登壇，即願出良輔下，梁伯龍聞，起而効之，考訂元劇，自
翻新調，作《江東白苧》、《浣紗》諸曲。又與鄭思笠精研音理，唐小虞、陳
棋泉五七輩，雜轉之，金石鏗然，譜傳藩邸戚畹金紫熠爚之家，而取聲必宗
伯龍氏，謂之崑腔。」可見梁辰魚與崑腔流行的關係。任中敏編《新曲苑》
時，選輯《梅花草堂集》論曲內容，重新命名爲《梅花草堂曲談》，此段見《新
曲苑》，第 1 冊，頁 158。

〔註31〕 朱彝尊《明詩綜》（臺北：世界書局，民國 78 年 4 月三版）卷五十「梁辰魚」
作者介紹後面所附《靜志居詩話》曰：「傳奇家別本，弋陽子弟可以改調歌之，
惟《浣紗》不能，固是詞家老手也。」（下冊，頁 159）

〔註32〕 吳梅《中國戲曲概論》（臺北：廣文書局，民國 69 年初版）卷中對《浣紗記》
頗爲稱贊，曰：「惟曲白研鍊雅潔，無《殺狗》、《白兔》惡習，在明曲中除四
夢外，此種亦在佳構之列矣。」清徽師《明清傳奇導論》（臺北：華正書局，
民國 75 年 10 月初版）第二編第二章《浣紗記》與崑腔亦極稱許《浣紗記》
的成就，認爲它推動崑腔的風行，而在戲曲進化過程中也有角色增多、南北
合套之利用及南北分韻之創立、結束不落俗套等突出處。

〔註33〕 徐復祚《曲論》曰：「梁伯龍辰魚作《浣紗記》，無論其關目散緩、無骨無筋、
全無收攝，即其詞亦出口便俗，一過後便不耐再咀；然其所長，亦自有在⋯⋯」
（《中國古典戲曲論著集成》第 4 冊，頁 239）及呂天成《曲品》卷上上之

的缺點，曰：

> 自梁伯龍出，而始爲工麗之濫觴，一時詞名赫然。蓋其生嘉、隆間，
> 正七子雄長之會，崇尚華靡，弇州公以維桑之誼，盛爲吹噓，且其
> 實於此道不深，以爲詞如是觀止矣，而不知其非常行也。以故吳音
> 一派，競爲勦襲。靡詞如繡閣羅幃，銅壺銀箭，黃鶯紫燕，浪蝶狂
> 蜂之類，啓口即是，千篇一律。〔註34〕

在這段評語中，有兩點值得注意：

（一）就戲曲發展的歷史而言，梁辰魚雖然不是「工麗之濫觴」，卻對傳奇的駢儷化、辭賦化起著推動作用，他的藝術成就很高，傳唱一時，遂使仿效蜂起。在傳奇駢綺化的過程中，除了梁氏的《浣紗記》外，鄭若庸的《玉玦記》、張鳳翼的《紅拂記》都極盡雕琢，如臧懋循〈元曲選序〉便指出：「鄭若庸《玉玦》始用類書爲之，厥後張伯起之徒，轉相祖述，爲《紅拂》等記，則濫觴極矣。」〔註35〕徐復祚也說他「開飣餖之門，闢堆垛之境」。〔註36〕到了梅鼎祚《玉合記》除了曲文整鍊外，幾乎終本不見一散語，可謂達於駢儷的顛峰。

（二）駢儷派的興盛與七子復古華靡的文風相關，又得到王世貞的吹捧鼓舞。其實，王氏爲《浣紗記》吹噓，除了同鄉之誼外，更重要的是它合乎詩人所好尚的典重雅正，而他文名極高，慕名之輩盲從競麗，助長駢儷的抄襲風氣，爲博典雅之名，普遍以詩爲曲、以文爲曲，以曲爲曲的通俗和當行本色反而爲人所忽略。

三、駢儷派的弊病與反動

戲曲的駢儷化是士子誤以時文入曲爲文雅，不知效法元末明初傳奇的質

中品談梁辰魚時以「麗調」（《中國古典戲曲論著集成》第 6 冊，頁 214）稱
之；卷下評《浣紗》則曰：「羅織富麗，局面甚大，第恨不能謹嚴。」（頁
232）。

〔註34〕 參見凌濛初：《譚曲雜箚》（《中國古典戲曲論著集成》第 4 冊，頁 253）。

〔註35〕 參見《元曲選》，上冊，頁 3。

〔註36〕 徐復祚《曲論》曰：「鄭虛舟若庸，余見其所作《玉玦記》手筆，凡用僻事，
往往自爲拈出。……獨其好填塞故事，未免開飣餖之門，闢堆垛之境，不復
知詞中本色爲何物，是虛舟實爲濫觴矣。」（《中國古典戲曲論著集成》第 4
冊，頁 253）其實飣餖堆垛早已成風，鄭若庸是變本加厲自注僻典隱語，故臧
懋循稱他「始用類書」，可謂泛濫極矣。

樸通俗所造成的，故徐渭《南詞敘錄》說：「至於效顰《香囊》而作者，一味孜孜汲汲，無一句非前場語，無一處無故事，無復毛髮宋元之舊。」（頁 243）自《香囊記》之後，戲曲家爲了表現典雅工麗，重視遣詞造句的雕琢工夫，追求整齊駢儷之美，曲文好用華藻麗詞，連賓白也講究對仗，舖排四六句式，爲求絢爛奪目，不惜堆垛填塞；如果運筆不靈，又不講章法，便如王驥德所說：「讀去而煙雲花鳥，金碧丹翠，橫垛直堆，如攤賣古董，鋪綴百家衣，使人種種可厭。」〔註 37〕求藻麗而不知鎔鑄，終將成爲大雅之士所鄙惡的「小家生活」，遭人「餖飣拾湊」之譏。〔註 38〕

其次，爲求典重，逞博誇奇，便向類書中尋覓僻事隱語，失去戲曲「明事隱使，隱事明使」的法則，本爲矜才使氣，卻常弄巧成拙，顯得晦澀，重沓拖曳，陷入填塞學問，凝滯板重的泥沼中。李漁在《閒情偶寄·忌填塞》中曾說：「填塞之病有三：多引古事、疊用人名、直書成句。其所以致病之由，亦有三：借典核以明博雅，假脂粉以見風姿，取現成以免思索。」〔註 39〕李漁由明入清，身跨兩代，他把填塞之病的根源、現象說得極清楚。其實，運用典故成語是一種最精鍊的藝術方法，它可以用極簡單的語言，表現作者複雜的思想方式，勾起讀者的多重聯想，但是作者如果不能妥善的鎔鑄轉化，使它在作品中產生一些全新的事物、想像、感情、意念，便成爲陳腔濫調，填塞獺祭（參）。〔註 40〕駢儷派的作者非常了解典故的博雅風姿，卻不能融會運轉，除了直書古事經籍，又好疊用人名物名，如《香囊記》第八齣〈投宿〉丑扮的酒保在說起酒來，連疊十數種酒名，說：

洞庭春、石凍春、羅浮春、土窟春、梨花春、竹葉春、珍珠紅、葡萄綠、玉膏青、秋露白，桂髓椒漿、蘭英桑落、烏程白墮、醲醑醍醐，般般有，品品高，直須儀（按：應是「夷」之誤）狄齊名，那許新豐奪市。（頁 22）

〔註 37〕 參見明·王驥德：《曲律》卷三〈雜論第三十九上〉，《中國古典戲曲論著集成》第 4 冊，頁 153。

〔註 38〕 明·顧曲散人之《太霞曲語》（《新曲苑》，第 1 冊）認爲「運筆不靈而故事填塞，侈多聞以示博，章法不講，而餖飣拾湊，摘片語以誇工。」（頁 182）是世俗的通病。

〔註 39〕 參見李漁：《閒情偶寄》（收於《中國古典戲曲論著集成》第 7 冊）卷之一〈詞曲部〉，頁 27～28。

〔註 40〕 參見姚一葦：《藝術的奧祕》（臺北：臺灣開明書局，民國 77 年 11 月十一版）第六章〈論象徵〉。

〔排歌〕四支勻用杜甫〈飲中八仙歌〉，舖排歷史上善飲的曠放典故，如其三曰：

> 放達劉伶，風流阮宣，休誇草聖張顛，知章騎馬似乘船，蘇晉長齋
> 繡佛前。（頁 23）

第十齣〈瓊林〉也是由丑扮的令史疊念一長串的珍饈玉食，誇陳筵席的豪富氣派。〔註 41〕不論曲文或賓白都以典故填實，使插科打諢的丑角變成滿腹經論、咬文嚼字的學究迂儒，若在台上演出，又有多少人能了解？可知駢儷派的作家為了追求典雅，已使戲曲逐漸脫離平民百姓的勾闌戲台，向案頭典藏之端的文字競麗發展，成為少數文士大夫的文娛藝術。這在純文學的藝術上固然是精進，但就戲劇的立場而言，卻是一種厄運。〔註42〕

　　戲曲生長於民間，揉合詩詞文章、市井小唱和歌舞美術，累積了無數無名作家的聰明才力，方使戲曲體製趨於成熟，而文人墨客的染翰，豐富了它的內涵和辭華，提升它的藝術價值。駢儷派的發展有益於戲曲的躋登文學殿室，但同時也不自覺地溝入僵化的形式化，本色論的興起正是這股典正華麗風氣的反動。它要澄清靡風，拾回戲曲失去的通俗特質；回顧元雜劇，汲取精華，考量舞台的需求，使戲曲不致太快步入「來自民間，死於廟堂」的歷史軌則。

第二節　劇作家對戲曲舞臺性和通俗性的自覺

　　劇作家對戲曲舞臺性和通俗性的自覺是本色論興起的動力之一，他們從駢綺中看到形式僵化的危機和極端案頭化的困難，便反觀戲曲的特質，針對駢儷派的疏失，提出當行本色以振弊起衰。

一、表演舞台性的覺醒

　　戲曲是一種綜合性的藝術，由文學的語言藝術和舞台的表演藝術組合而

〔註41〕〔末〕排設的令史，筵席完備了未？〔丑〕告大人，俱已完備了。〔末〕什麼食品？〔丑〕〔西江月〕翠釜駝峰骨聳，銀盤繪縷絲飛，鳳胎虯脯素麟脂，犀筯從教厭飫。〔末〕更有什麼？〔丑〕異品朱櫻綠筍，香葅紫蕨青葵，五齏七醢與三齏，總是僊庖珍味。〔末〕怎生鋪設？〔丑〕〔臨江僊〕只見馥郁沈煙噴瑞獸，氤氳酒滿金罍，綺羅繚繞玳筵開，人間真福地，天上小蓬萊。繡繃金屏光燦爛，紅絲翠管喧豗，瓊林瀟灑絕纖埃，紛紛人簇擁，候取狀元來。（頁 26）
〔註42〕參見孟瑤：《中國戲曲史》第 2 冊，頁 260～261。

成。〔註43〕它在文學上囊括了詩賦詞曲、四六駢文和小說家的特色，〔註44〕素有「劇詩」之稱。它將散文、韻文鎔於一爐，繼承中國詩歌傳統的抒情特質，加重敘事的技巧。它與一般敘事詩的不同在於它需將旁述體變爲代言體，把平面的敘述化爲動作性的描寫，〔註45〕作者不只要代人立言，更要替人立心，化身爲劇中人物，擬其口吻情態而後化爲筆端的文字，故孟稱舜〈古今名劇合選自序〉說：「學戲者，不置身於場上，則不能爲戲；而撰曲者，不化身爲曲中之人，則不能爲曲。」〔註46〕設身處地是爲了逼肖現實，故孟稱舜說：「此曲之所以難於詩與辭也。」〔註47〕簡單地說，戲曲所以別於詩詞歌賦，難於駢文、小說，就在它要顧慮、配合舞台表演的實際需求。劇本的案頭形式固然可以表現文學的典雅優美，傳頌千古，但若不能歌於場上，演之氍毹，戲曲便失去它綜合藝術的意義。而要藉演員歌舞表演的直接形象感動觀眾，文詞自然不能太拗口生澀，或故意舞文弄墨，因爲七寶樓臺絢人眼目式的詞采，不但不能增加舞台表演的感染力，反倒容易變成障礙。因此王驥德《曲律》卷二〈論家數第十四〉說：「曲以模寫物情，體貼人理，所取委曲宛轉，以代說詞，一涉藻績，便蔽本來。」〔註48〕文采過於縟麗易模糊作家所要模寫的人情物理，加深劇本和實際搬演，作家、演員和觀眾間的距離。

〔註43〕 樊篤主編之《文學理論教程》（長沙：湖南師範大學出版社，1990 年 10 月第一版）第一章第四章提及：語言藝術和表演藝術的差別在藝術形象傳達的直接與間接。表演藝術，欣賞者可以憑視覺、聽覺，從演員的化粧、表情、動作、語言、音樂、砌末和舞臺等去感受客觀事物的形象，了解表演所要傳達的意念、訊息，就藝術形象而言是直接的。至於文學的形象，是由語言、文字來塑造的，人們憑感覺器官去感受形象時，以視覺的接觸文字爲主，而文字是客觀事物的符號，不是客觀事物的本身。如果說，以客觀事物形式出現的藝術形象是人類情感的審美符號，那麼文學作品中的語言就是符號的符號，因此就藝術形象而言是間接的。

〔註44〕 孔尚任在《桃花扇》（臺北：臺灣商務印書館，民國 73 年 3 月臺四版）云亭山人小引中曾說：「傳奇雖小道，凡詩賦詞曲、四六小說家，無體不備。至於摹寫鬚眉，點染景物，乃兼畫苑矣。其旨趣實本於三百篇，而義則春秋，用筆行文，又左國太史公也。」（頁 1）

〔註45〕 蘇國榮《中國劇詩美學風格》（臺北：丹青圖書有限公司，民國 76 年 6 月初版）一書對劇詩的形成、發展、特色有詳盡的論述，關於劇詩與敘事詩之別可詳參該書〈中國劇詩的形成和民族個性〉（頁 5～34）。

〔註46〕 參見蔡毅：《中國古典戲曲序跋彙編》卷四，第 1 冊，頁 444。

〔註47〕 參見蔡毅：《中國古典戲曲序跋彙編》卷四，第 1 冊，頁 444。

〔註48〕 參見《中國古典戲曲論著集成》第 4 冊，頁 122。

　　戲曲表演舞臺性的自覺是戲曲理論發達後，曲論家從元雜劇的分析和戲曲作法、意義的研究中所獲得的，尤其是前者的研究給予他們極大的啓示。

　　雜劇發展到元代，體製已臻成熟，文人適時地參與，豐富其內涵，產生了許多優秀作品，提高戲曲的地位，但他們的創作並沒有脫離民間舞台。因為蒙古入主中原以後採取種族隔離政策，壓抑漢人，阻斷傳統，科舉策試長期廢置，壅塞了大多數讀書人的仕進道路，即使能踏入宦途也多沈抑下僚。此外，當時還有所謂「八娼、九儒、十丐」的階級區分，士子儒生由以往「萬般皆下品，唯有讀書高」的四民之首，墜落到娼伎之下，當時由於儒術地位低落，傳統文學也跟著停滯不前。讀書人志既不得伸，便投身於新興雜劇的創作，在這種特殊的環境中，他們已顧不得咬文嚼字，附庸風雅，用淺顯的口語、俗語把所見所聞寫下，勾勒一些社會境況，寄托他們的鬱悶不平。

　　當時有所謂「書會」的組織，專事創作，改編劇本，提供勾闌教坊演出，而書會才人不管是教坊中人或是文人墨客都有豐富的舞臺經驗，如臧懋循便曾說關漢卿是：「躬踐排場，面敷粉墨，以為我家生活，偶倡優而不辭。」〔註49〕。況且元代勾闌已是商業性的營利場所，劇本的好壞關係著劇場、伶人和劇作家的名譽衣食，作家在創作時勢必配合演出效果，因此觀眾喜惡、劇場利弊和演員能力等舞台問題自然成為創作、或改編時斟酌考量的因素。〔註50〕

　　至於明代戲曲所以走上藻繢的案頭形式，與作家地位和劇場形製的改變關係密切。明太祖有鑑於胡元曠教廢學，下令廣立學校，〔註51〕恢復科舉，制定八股制義的考試方法，對儒家尊崇備至，以四書五經為制義範圍，士子的社會地位躍升。總之，在仕宦干祿之門大開後，學士大夫固然位高權重，文人墨客即使數奇命乖，不能得意場屋，與列縉紳，卻也是風騷文雅之屬，

〔註49〕　參見臧懋循：〈元曲選序二〉，《元曲選》，頁3。
〔註50〕　參見劉大杰：《中國文學發展史》（臺北：華正書局，民國73年8月版）第二十三章〈關漢卿與元代雜劇〉，頁850。
〔註51〕　《明史》卷六十九〈選舉志一〉曰：「洪武二年，太祖初建國學，諭中書省臣曰：『學校之教，至元其弊極矣。上下之間，波頹風靡，學校雖設，名存實亡。兵變以來，人習戰爭，惟知干戈，莫識俎豆。朕惟治國以教化為先，教化以學校為本。京師雖有太學，而天下學校未興。宜令郡縣皆立學校，延師儒，授生徒，講論聖道，使人日漸月化，以復先王之舊。』於是大建學校，府設教授，州設學正，縣設教諭各一。」（第3冊，頁1686）

不同於一般的黎民百姓，脫離民間，自成特殊的知識階層。這種社會等級具
體地反應在劇場形製。

王安祈《明代傳奇之劇場及其藝術》認爲明代劇場大致可分爲宮廷、戲
棚與氍毹三大類，〔註52〕若將專屬帝王后妃皇親貴族的宮廷演劇一類區別開
來，屬於多數民眾的劇場又可分爲民間和士大夫兩類。民間多在勾闌、廣場、
祠廟建固定的舞台或臨時搭台架棚，而文人雅士則多在家宅、酒肆、茶坊、
妓院設宴，就地舖氍作場。劇場形製不同，可影響演出的內容題材。戲棚一
類的民間劇場，除了常態性的商業經營外，以具有濃厚宗教祭祀意味的社戲
爲主，劇場空間具開放性，觀眾人數眾多，又多是村里鄉民，通俗、熱鬧是
劇場的必備要件，題材多選擇歷史、時事、宗教劇，和《荊釵》、《白兔》、《琵
琶》等老戲。氍毹類的劇場多是文士大夫三五好友相聚的雅集，或吉慶筵席，
表演空間小，多搬弄才子佳人的戀愛故事，曲文偏典雅藻麗。

文人雅士雖然也偶爾涉足戲棚類的民間劇場，但他們實際上已自成階
層，不再像元代的書會才人那麼接近民間；創作一方面是爲了展露文才、宴
饗知音，再方面是寄託閒情逸趣，以諧音入律、玩賞詞華而自得其樂，忽略
氍毹以外的劇場形製。相形之下，元代劇作家雖然也在作品中發抒感慨、寄
寓情志，但他們不會特意表現文士的優越地位，故王國維《宋元戲曲史》第
十二章〈元劇之文章〉說：

> 元劇之作者，其人均非有名位學問也；其作劇也非有藏之名山，傳
> 之其人之意也。彼以意興之所至爲之，以自娛娛人；關目之拙劣所
> 不問也，思想之卑陋所不諱也，人物之矛盾所不顧也，彼但摹寫其
> 胸中之感想，與時代之情狀，而眞摯之理，與秀傑之氣，時流露於
> 其間。故謂元曲爲中國最自然之文學無不可也。〔註53〕

元劇的自然正在它眞實地反映當時的社會和人民的心聲，不刻意營造華豔，
沽名釣譽，劇本沒有明顯的雅士鄙夫之別，也不刻意爲「藏之名山，傳之其

〔註52〕按王安祈之《明代傳奇之劇場及其藝術》（臺北：臺灣學生出版社，民國 75
　　　年 6 月初版）第二章〈明傳奇的演出場合及劇場形製〉（頁 121～175）將演出
　　　場合分別爲宮廷演劇；祠廟演劇；勾闌、廣場演劇；客店、酒館演劇；家宅
　　　演劇；船坊演劇等六大類，外加因勝地名園演戲，而有亭閒表演、朝慶僧房，
　　　或江西會館、八旗會館等特殊場地。第三章〈演員、演出場合與劇場形製對
　　　戲劇的影響〉之第三節〈劇場藝術〉（頁 215）便將劇場形製簡化爲三大類。
〔註53〕參見王國維：《宋元戲曲史》，頁 124。

人」經營，他們在書會中較量，從舞台汲取實際經驗，只為在搬演爨弄時博得觀眾喝采。明萬曆以後曲論家在前代作品的整理中真正掌握到這個特質，如臧懋循便在〈元曲選序〉中表示淹通閎博之士固然出入樂府，文彩爛然，卻不如「行家」的當行，對人情事故摹擬曲盡，化幻為真，使觀眾隨劇情變化而「快者掀髯，憤者扼腕，悲者掩泣，羨者色飛。」充分表現戲曲舞台表演的媚力。

王驥德《曲律》卷三〈雜論第二十九上〉對文人作品和民間隔閡所引起的弊端也說：

> 庸下優人遇文人之作，不惟不曉，亦不易入可。村俗戲本，正與其
> 見識不相上下，又鄙猥之曲，可令不識字人口授而得，故爭相演習，
> 以適從其便。以是知過施文彩，以供案頭之積，亦非計也。〔註54〕

這正是從舞台搬演反省文人劇作案頭化的問題，「村俗戲本」雖然未必不佳，但一般無文士指導的職業優伶不懂文人之作，自然不易入口，只有求之村俗劇本，否則便是把文人作品改作、改唱，以遷就一般的演員、觀眾，增加舞台性，但有時不免損及劇本的文學性。〔註55〕從王驥德這段話可知他們已從實際的舞臺中警覺文士劇作習慣性的雕藻尚繪之窒礙難行，因此，這一時期的曲家開始認真思考具有舞臺表演特性的戲曲，究竟有哪些特殊性，曲家應把握哪些條件才符合本色當行？每個人觀點不同，各言其是，而形成各種對本色、當行的觀點表達。

明代文人參與戲曲以來好文尚雅的觀念早已根深柢固，因此主張本色的曲論家，在強調關目緊湊、音律諧和、文詞淺顯達情和貼襯身份，及腳色安置合宜之外，更重視「文而不文，俗而不俗」的雅俗兼濟，欲將戲曲導向可演可傳，場上與案頭兩擅其場的正軌，故王驥德《曲律》卷三〈論劇戲第三十〉又說：

〔註54〕參見《中國古典戲曲論著集成》第4冊，頁154。

〔註55〕盧前在〈讀曲小識自序〉中曾云：「洎乎傳奇漸入民間，顧曲者不盡為文士。於是梨園爨弄，遷就坐客，不復遵守原本面目，所謂場上之曲者，不必盡為案頭之曲矣。顧案頭之曲易得，場上之曲則不常見。蓋伶工私相鈔寫，以備粉墨之需，初不欲以示人者。其於鋪張本事，貫串線索，安置腳色，均勞逸，調宮商，合詞情，別有機杼，不同作者，往往省略套式，移換牌調，殊足供治戲曲者之探討。」（參見《中國古典戲曲序跋彙編》卷三，第1冊，頁313～314）大抵，為搬演而改編原著，並非不可，但在增加戲曲的舞臺性時，需兼顧文學趣味。

其詞格俱妙，大雅與當行參間，可演可傳，上之上也。詞藻工，句意妙，如不諧里耳，爲案頭之書，已落第二義。〔註56〕

這種觀念在明季已成曲論家的共識，因此到了清代朱祿建爲《綴白裘》七集作序時仍說：

原夫今人之詞曲有二：有案頭、有場上。案頭多務曲，博矜綺麗，而於節奏之高下，不盡協也；鬥筍之緩急，未必調也；腳色之勞逸，弗之顧也。若場上則異是：雅俗兼收，濃淡相配，音韻諧暢，非深於劇者不能也。〔註57〕

可知曲論家對戲曲表演舞台性的自覺，不只關係著本色論的興盛，也關係其成敗，對整個戲曲的發展影響深遠。

二、通俗特質的省思

明代以士大夫爲主體的劇作家極力將戲曲帶向典雅，但戲曲原有的通俗性但不容抹滅，所以在曲家深入戲曲理論後逐漸抬頭，促進本色論的發達。

元雜劇通俗的特質被王國維譽爲「中國最自然之文學」，因爲即使在元代中葉散曲逐漸趨於藻麗時也沒有失去它的通俗本色，故周德清在《作詞十法》中不斷強調尚雅去俗，鼓勵曲家以樂府語、經史語提高曲的格調，但「書之紙上，詳解方曉，歌則莫知所云」的書生語和生硬字及太文字則仍在禁用之列，而「造語必俊，用字必熟」、「文而不文，俗而不俗」的提出，都是爲了兼顧「曲」的通俗本質。

明代戲曲在駢儷興盛後，將通俗本色遺諸腦後，是以徐渭高聲疾呼，追溯南戲的起源，提醒眾人它最初也是由通俗的里巷歌謠或村坊小曲所組成，流傳於畸農市女之口，文人雅士不應只向駢儷鑽研。此外，他又說：「曲本取於感發人心，歌之使奴童婦女皆喻，乃爲得體。」〔註58〕《南詞敘錄》認爲以經部、子部的內容直接放在詩歌當中尚且不可，何況是脫化於歌謠、民間歌唱的戲曲？他認爲來自民間的曲應該更重視感動、啓發人心的感染力，他從接受者的觀點論述，認爲曲需要照顧到知識不高的奴僕、兒童、婦女，

〔註56〕參見《中國古典戲曲論著集成》第 4 冊，頁 137。
〔註57〕參見蔡毅：《中國古典戲曲序跋彙編》卷四題爲朱祿建撰《綴白裘》七集序），第 1 冊，頁 472～473。
〔註58〕參見《南詞敘錄》，《中國古典戲曲論著集成》第 3 冊，頁 243。

從觀眾知識參差的角度要求通俗本色。王驥德也說填曲應如白居易作詩，必令老嫗皆解。其他如凌濛初、李漁等也都有類似的說法，認爲戲曲是作與讀書和不讀書，甚至不讀書的婦女小兒同看，〔註 59〕應在文雅之士外，兼顧田畯紅女的觀賞層次，提倡本色。

演員的搬演是戲曲完成的要素之一，但演員素質不一，文學造詣參差，故王驥德說：「庸下優人遇文人之作，不惟不曉，亦不易入口。」凌濛初對傳奇逐句補綴，上下文不相蒙的情形也說：「使歌者於長段之中，偶忘一句，竟不知從何處作想以續。」〔註 60〕這些都是文辭派作家好用典故、詩謎隱語及作對子所造成的。

曲論家除了從戲曲的駢儷發展反省外，李贄、袁宏道以來對通俗文學——小說戲曲、民間歌謠的重視，也使曲論家正視戲曲通俗的特質，不再一味以典雅藻麗粉飾形式。如李贄的〈童心說〉說：

> 天下之至文，未有不出于童心焉者也。苟童心常存，則道理不行，聞見不立，無時不文，無人不文，無一樣創制體格文字而非文者。詩何必古選，文何必秦漢。降而爲六朝，變而爲近體；又變而爲傳奇，變而爲院本，爲雜劇，爲《西廂》曲，爲《水滸傳》，爲今之舉子業，皆古今至文，不可得而時勢先後論也。〔註61〕

從眞心出發，將院本雜劇與古詩、秦漢文同列爲天下至文。袁宏道（1568－1610）《袁中郎全集·文鈔》之〈敘小修詩〉也說：

> 吾謂今之詩文不傳矣。其萬一傳者，或今閭閻婦人孺子所唱〈擘破玉〉、〈打草竿〉之類（案：「草」或作「棗」），猶是無聞無識眞人所作，故多眞聲。不效顰於漢、魏，不學步於盛唐，任性而發。

從不效顰學步，得性情之眞的角度贊賞婦人孺子所唱的擘破玉、打棗竿。小曲在明季很受矚目，如陳宏緒《寒夜錄》卷上便曾載卓珂月之言曰：「我明詩

〔註59〕 參見李漁：《閒情偶寄》卷一〈詞曲部·詞采第二·忌填塞〉曰：「古來填詞之家，未嘗不引古事，未嘗不用人名，未嘗不書現成之句，而所引、所用，與所書者，則有別焉。其事不取幽深，其人不搜隱僻，其句則採街談巷議。即有時偶涉詩、書，亦係耳根聽熟之語，舌端調慣之文，雖出詩、書，實與街談巷議無別者。總而言之，傳奇不比文章。文章做與讀書人看，故不怪其深；戲文做與讀書人與不讀書人同看，又與不讀書之婦人小兒同看，故貴淺不貴深。」（《中國古典戲曲論著集成》第 7 冊，頁 27～28。）

〔註60〕 參見凌濛初：《譚曲雜箚》，《中國古典戲曲論著集成》第 4 冊，頁 255。

〔註61〕 參見李贄：《焚書》卷三，頁 99。

讓唐，詞讓宋，曲又讓元，庶幾〈吳歌〉、〈掛枝兒〉、〈羅江怨〉、〈打棗竿〉、〈銀鉸絲〉之類，爲我明一絕耳。」將吳歌小曲引爲明代文學代表。其實小曲除了在音樂、曲牌、文詞風格上影響戲曲，更使曲論家正視俗文學的特質。因此馮夢龍、凌濛初一面刊刻山歌、小說、戲曲，一面在序跋中提倡通俗本色，將李開先以來所倡導恢復元雜劇本色傳統的觀念發揚光大。

第三節　推尊元曲的結果

　　明代文壇曾有強烈的崇古、復古主張，明代的戲曲是以文士爲主的創作環境，文士崇古的風氣進入曲壇，自然推尊金元戲曲，這是本色論興起的另一原因。王國維《宋元戲曲史・自序》曾說：

> 凡一代有一代之文學，楚之騷，漢之賦，六代之駢語，唐之詩，宋之詞，元之曲，皆所謂一代之文學，而後世莫能繼焉者也。（頁 1）

又說：

> 余謂律詩與詞，固莫盛於唐宋，然此二者果爲二代文學中最佳之作否，尚屬疑問。若元之文學，則固未有尚於其曲者也。〔註62〕

誠如王氏所言，世人習稱「唐詩宋詞」，唐代的詩富於意象興會是眾所周知的，但唐代除了詩以外，韓柳古文、傳奇小說都曾有輝煌的成就；而宋詞固然膾炙人口，但宋代值得稱頌的成就並不只有詞，歐蘇的古文、好議論的宋詩，在文學史上都獨樹一幟，甚至是不屬文學範疇的性理之學，都有人用來表彰宋代。〔註63〕只有元代因外族統治，不能擷取漢族文化的精華，使文化發展陷入停頓的黑暗期，傳統文學呈現衰頹的現象，惟有元曲堪稱絕代之作。

　　元末的學者對元曲的方就雖已有自覺，如羅宗信〈中原韻序〉說：「世之共稱唐詩、宋詞、大元樂府，誠哉！」〔註64〕但它畢竟託體卑微，當代文人

〔註62〕參見《宋元戲曲史》第十二章〈元劇之文章〉，頁 124。

〔註63〕明曹安《讕言長語》（《文津閣四庫全書》，北京：商務印書館，2005 年第一版）卷上曰：「予家有《陽春白雪》小本，元人如劉時中、關漢卿諸公之作尤多，大抵元之詞曲最擅名。予嘗私論之曰：漢之文，唐之詩，宋之性理，元之詞曲。試以漢之文言之，果有出於董賈之策乎？以唐之詩言之，果有出於李杜之什乎？以宋之性理言之，果有出於濂洛關閩之論乎？以元之詞曲言之，果有出於《陽春白雪》之所載者乎？況四代人物又不止於此乎。」（第 287 冊，頁 192）便以性理之學表彰宋代。

〔註64〕參見蔡毅：《中國古典戲曲序跋彙編》卷一，第 1 冊，頁 13。

在投身創作之餘，尚需不斷地推尊其體以自重，〔註65〕因此元曲眞正被視爲不世之作，爲人奉爲圭臬範型，尚需期待好古的明人，故王國維《宋元戲曲史・元劇之文章》說：「元雜劇之爲一代之絕作，元人未之知也。明之文人，始激賞之，至有以關漢卿比司馬子長者。」（頁124）正是此理。

明代文人激賞元曲頗受當時「文必秦漢，詩必盛唐」觀念的影響。有明一代大半的時期籠罩在模擬復古的氛圍中，早在七子之前的李東陽（1447～1516），論詩便已說：「宋詩深卻去唐遠，元詩淺去唐卻近，顧元不可爲法，所謂取法乎中，僅得其下耳。」〔註66〕到了後七子的謝榛（1495～1575）仍說：「嚴滄浪曰：『學其上，僅得其中；學其中，斯爲下矣。』甚有不法前賢而法同時者：李洞、曹松學賈島，唐彥謙學溫庭筠，盧延讓學薛能，趙履常學黃山谷。予筆之以爲學者誡。」〔註67〕他們以盛代文學作爲學習的對象，以嚴羽所謂的第一義作爲標準，標榜唐詩。主張本色論的曲家雖然大多反對模擬步趨，但元曲確是一代精華，它的通俗本色正足以整治南曲步入駢儷形式的弊端。

在嘉靖、隆慶年間已開始有人著意整理前代作品，如李開先便在綜理義翰之餘，究心金元詞曲，他說：

> 凡《中原》、《燕山》、《瓊林》、《務頭》四韻書，《太和正音》、《詞話》、《錄鬼》、《十譜格》、《漁隱》、《太平》、《陽春白雪》、《詩酒餘音》二十四散套，張可久、馬致遠、喬夢符、查德卿等八百三十二名家，《芙蓉》、《雙題》、《多月》、《倩女》等千七百五十餘雜劇，靡不辨其品類，識其當行，音調合否，字面生熟，舉目如辨素蒼，問口如數一二。甚至歌者纔一發聲，則按而止之曰：「開端有誤，不必歌竟矣！」坐客無不屈伏。〔註68〕

他從金元雜劇、散套、曲韻、譜格中了解詞人的當行本色在音調諧協，文詞

〔註65〕元人的提尊曲體，一方面強調它是古詩之流，二方面則指出曲之作難於詩詞，如羅宗信〈中原音韻序〉說：「學唐詩者，爲其中律也；學宋詞者，止依其字數而填之耳；學今之樂府，則不然，愚謂：迂闊庸腐之資無能也，非薄之也；必若通儒俊才，乃能造其妙也。」（頁13）

〔註66〕參見明・李東陽：《懷麓堂詩話》，《文津閣四庫全書》（北京：商務印書館，2005年第1版），集部詩評類，第496冊，頁150。

〔註67〕參見明・謝榛著，朱其鎧等校點：《謝榛全集》（濟南：齊魯書社，2000年2月第1版）卷二十一〈詩家直說一百二十九條〉，頁716。

〔註68〕參見明・李開先著，卜鍵箋校：《李開先全集》（北京：文化藝術出版社，2004年8月第一版）之《李中麓閒居集》卷六《《南北插科詞》序》，頁466。

流暢，而不在雕藻尙繪的斧琢工麗。並認爲：

> 傳奇戲文雖分南北，套詞小令雖有短長……然俱以金元爲準，猶之
> 詩以唐爲極也，何也？詞肇於金而盛於元。〔註69〕

將元曲與唐詩同列爲第一義，要人從中悟入，以得其正。而何良俊（1506－1573）
《曲論》也說：「余所藏雜劇本幾三百種，舊戲本雖無刻本，然每見於詞家之書，
乃知今元人之詞，往往有出於二家之上者。」〔註70〕他從家藏雜劇的整理中，
體會前代佳作不只《西廂》、《琵琶》二家，認爲能用本色語方是作家，並以鄭
光祖的簡淡和清便流麗爲本色代表，反對濃鹽赤醬般的華藻麗詞。

　　這種推崇元曲的風氣到了萬曆年間更形揚厲，其中最具代表的便是臧懋
循，他從麻城劉承禧家借得內府本元雜劇三百餘種，〔註71〕加上家藏祕本和
坊間諸刻本整理刪抹，保存百餘種，編成《元曲選》，他對元人雜劇極爲推崇，
在整理編刊的過程中，得到了許多不同於駢儷派作家的理念，極力主張當行
本色，並常以元人作品爲品評標準，如曰：

> 今南曲盛行於世，無不人人自謂作者，而不知其去元人遠也。……
>
> 按拍者既無繞梁過雲之奇，顧曲者復無輟味忘倦之好，此乃元人所
> 唾棄而戾家畜之者也。〔註72〕

可知他論曲以元人曲作爲準則。此外，這一時期的曲評家常以媲美元人作爲
贊語，如沈德符《顧曲雜言》稱陳大聲（鐸）題情〔新水令〕「碧桃花外一聲
鐘」一套爲「綿麗不減元人，本朝詞手，似無勝之者。」〔註73〕而呂天成也

〔註69〕 參見《李開先全集》所收《李中麓閒居集》卷六〈西野《春遊詞》序〉，頁494。

〔註70〕 參見何良俊：《曲論》，《中國古典戲曲論著集成》第4冊，頁6。

〔註71〕 臧懋循：《負苞堂集》（臺北：河洛出版社，民國64年初版）卷四之〈寄謝在
杭書〉曰：「於錦衣劉延伯家得抄本雜劇三百餘種。」（頁91）

〔註72〕 臧懋循：《負苞堂集》卷三有〈元曲選後序〉，此篇在《元曲選》（頁3～4）中
題爲〈序二〉；在蔡毅：《中國古典戲曲序跋彙編》卷四，則題爲〈自序二〉（第
一冊，頁439～440）。

〔註73〕 沈德符：《顧曲雜言》之〈南北散套〉曰：「今傳誦南曲如『東風轉歲華』，云
是元人高則誠，不知乃陳大聲與徐髯仙聯句也；又『東野翠煙銷』，乃元人《子
母冤家》戲文中曲，今亦屬之高筆；訛以傳訛至此。且今人但知陳大聲南調
之工耳，其北【一枝花】、『天空碧水澄』全套，與馬致遠『百歲光陰』，皆詠
秋景，眞堪伯仲；又〈題情〉【新水令】『碧桃花外一聲鐘』全套，亦綿麗不
減元人。本朝塡詞，似無勝之者。陳名鐸，號秋碧，大聲，其字也。金陵人，
官指揮使。今皆不知其爲何代何方人矣。」（參見《中國古典戲曲論著集成》
第4冊，頁203）此中有以陳鐸與元曲大家馬致遠比較的品評。

讚美湯顯祖「翻抽於元劇，故遣調俊。」〔註74〕這類的贊語在曲話、曲論中隨處可見，雖然難免有些形容意義較爲空泛，容易讓人感到過於抽象，但對於陳鐸和湯顯祖的品評自有其眼力，對於元曲大家或整體曲作成就有一定的稱揚、肯定。這種現象反應著明人對元曲的推崇程度。

明代推尊元曲，首先注意到的便是當行本色，如王驥德《曲律》卷二〈論家數第十四〉說：「曲之始，止本色一家，觀元劇及《琵琶》、《拜月》二記可見。」〔註75〕而凌濛初《譚曲雜箚》也說：「曲始於胡元，大略貴當行，不貴藻麗。」〔註76〕曲雖不始於元，卻在元代達於高峰。後人雖有將元曲分爲本色和文采二派的，〔註77〕但二者同具自然特質，而少有刻意雕鏤斧斷的痕跡，因此「曲詞素樸，多用口語」的本色派固然關目結構精彩緊湊，曲白平實淺顯；而較致力於曲詞藻繪的文采派，經過融鑄錘鍊後，也常能寓本色於文采，表現自然工麗的風貌，無堆垛餖飣的毛病。是以王實甫的《西廂》雖稱都冶纖麗，但在藻繪中自有流暢自然之致。白樸的《梧桐雨》有典雅華麗，也有淒涼蕭苾，曲辭極見凝練工麗，卻又流利暢達，時見元曲本色。

〔註74〕此二語參見明・凌濛初之《譚曲雜箚》（《中國古典戲曲論著集成》第4冊），其文曰：「呂勤之序彼中《蕉帕記》，有云：『詞隱先生之修今，清遠道人之才情。』又云：『詞隱取程於古詞，故示法嚴；清遠翻抽於元劇，故遣調俊。』又云：『詞忌組練而晦，白忌堆積駢偶而寬。』」（頁259）。這雖是凌濛初引用呂天成爲《蕉帕記》所寫之序的內容。此外，呂天成在《曲品》（《中國古典戲曲論著集成》第6冊）中對湯顯祖也有類似的稱讚語，如曰：「湯奉常絕代奇才，冠世博學。周旋狂社，坎坷宦途。雷陽之謫初還，彭澤之腰乍折。情癡一種，固屬天生；才思萬端，似挾靈氣。搜奇《八索》，字抽鬼泣之文；摘艷六朝，句疊花翻之韻。紅泉秘館，春風檀板敲聲；玉茗華堂，夜月湘簾飄馥。麗藻憑巧腸而濬發，幽情逐彩筆以紛飛。蘧然破蛩夢於仙禪，酵矣銷塵情於酒色。熟拈元劇，故琢調之妍媚賞心；妙選生題，致賦景之新奇悅目。不事刁斗，飛將軍之用兵；亂墜天花，老生公之說法。原非學力所及，洵是天資不凡。」（頁213）

〔註75〕參見王驥德：《曲律》，《中國古典戲曲論著集成》第4冊，頁121。

〔註76〕參見凌濛初：《譚曲雜箚》，《中國古典戲曲論著集成》第4冊，頁253。

〔註77〕青木正兒著，隋樹森譯：《元人雜劇序說》（臺北：長安出版社，民國70年11月臺二版）第三章〈曲本及作家〉將元雜劇的作風分爲本色與文采二派，曰：「大約曲詞素樸多用口語者爲本色派，曲詞藻麗比較的多用雅言者爲文采，定義如此。而概觀此二派，則文采派僅致力於曲詞之藻繪，拙於劇之結構排場者爲多；本色派寧致力於結構排場，曲詞平實素樸者爲多。」（頁61～62）此外，他又就二派的種種趣致分爲五種。將本色派分爲豪放激越派（關漢卿之流）、敦朴自然派（鄭廷玉之流）、溫潤明麗派（楊顯之之流）三種；將文采分爲綺麗纖穠派（王實甫之流）、清奇輕俊派（馬致遠之流）二種。

　　大體而言，元雜劇不論是關漢卿一派的豪放激越，或是王實甫之類的綺麗纖穠，都具有明人所缺乏的自然和本色。他們的曲辭不管是常言俗語，或是鎔鑄詩詞、彩繪雕飾，都能自出機杼，調配勻稱，表現「文而不文，俗而不俗」的特色，在通俗中蘊含高度的文學性，於典雅工麗間流露平易淺顯的特質，真正出入於「雅俗淺深濃淡之間」，因此明人可以本色派的關漢卿比美司馬遷，而何良俊也可以文采派的鄭光祖爲本色的代表。

　　元代劇作家融會經籍典冊、詩詞歌賦，以自然似口語的文字表現意深詞淺的造詣，是明人所儷服深羨的，故王驥德說：

　　　勝國諸賢，及實甫、則誠輩，皆讀書人，其下筆有許多典故，許多好語襯副，所以其製千古不磨。〔註78〕

他選擇了最具辭華的作家爲例，說明學養對戲曲創作的重要，其實將學養與作曲間的關係說得最透徹的，莫過於李漁，他說：

　　　元人非不讀書，而所製曲絕無一毫書本氣，以其有書而不用，非當用而無書也；後人之曲，則滿紙皆書矣。元人非不深心，而所填之詞，皆覺過于淺近，以其深而出之以淺，非借淺以文其不深也；後人之詞，則心口皆深矣。〔註79〕

元代曲家未必都飽讀墳典，但在詩詞典故的化用上有他們獨到之處，充分運用「明事隱使，隱事明使」的技巧，加上疊字疊韻、擬態狀聲和俗語、諺語、成語的活用，特別能表現明白顯豁的流利和活潑自然的生氣，對明代已漸趨板滯的駢儷作品衝擊很大，因此本色論的興盛可說是推尊元曲後的自然趨勢。

〔註78〕參見王驥德：《曲律》卷二〈論須讀書第十三〉，《中國古典戲曲論著集成》第4冊，頁121。

〔註79〕參見李漁：《閒情偶寄》卷一〈詞采第二〉之「貴淺顯」，《中國古典戲曲論著集成》第7冊，頁22～23。

第三章　明代戲曲本色論諸家分論

　　明代主張本色論的曲論家，在曲壇一片雕藻和道學的庸腐聲中，推尊元曲的成就，大張「本色」的旗幟，他們將自己的戲曲理念灌注在本色論中，並且言人人殊，使本色論蓬勃發展，創造戲曲本色論的盛勢。

　　就本色論的發展而言，從嘉靖到崇禎的百餘年間，約可分爲三期，一爲嘉靖到隆慶年間的傳奇開創期，二是隆慶到萬曆年間的傳奇發展期，三則是萬曆到明朝結束間的傳奇全盛期。本章以討論曲家爲主，只能約略區分各期時間，因此，各期間有些重疊。

第一節　傳奇開創期

　　嘉靖、隆慶年間是傳奇蘊勢而起的時期，這一期的曲論家以李開先、何良俊爲代表，他們推崇元雜劇的成就，並從中領會戲曲體裁、風格的本質，成爲提倡本色的先驅。茲分論如下。

一、李開先

　　李開先字伯華，號中麓，章丘（今山東省）人，生於明孝宗弘治十五年（西元一五〇二），卒於穆宗隆慶二年（西元一五六八）。爲嘉靖八年進士，家中藏書極富，〔註1〕尤以詞曲之書爲多，有「詞山曲海」之稱。著有傳奇《寶劍記》（另有《登壇記》，已佚），院本《園林午夢》、《打啞禪》。曾與門人從

〔註 1〕　《明史》卷二百八十七〈文苑傳三〉之李開先傳曰：「李氏藏書之名聞天下。」
　　　　　（第 10 冊，頁 7371）

家藏千餘種元雜劇中，精選十六種，定名爲《改定元賢傳奇》，又有《詞謔》和《閒居集》。

李開先與王慎中、唐順之等人并稱「嘉靖八才子」，〔註2〕他雖不否定前七子的成就，但也不贊成他們擬古的文學主張，認爲文學貴在性情灑然，而不是鸚鵡學人言，拾人唾咳式的模擬，在戲曲上也反對堆砌填塞和以詩爲曲的不當行作風。

他自少即究心金元詞曲，曾自云對戲曲能「辨其品類，識其當行。」〔註3〕他對戲曲的精熟，是從「詞山曲海」的閱讀和家樂歌戲的實際搬演中體悟而來，他論曲以辭意、音調、風教並重，是明代戲曲本色論的重要先鋒，兼用「本色」、「當行」二詞闡述戲曲觀念，其特點有二。

（一）由詩詞之「意同體異」，論曲尚明白不難知

古人常以「詞」統稱「曲」，是以《詞謔》、《詞林摘豔》、《詞林一枝》等，雖以「詞」名書，內容卻全是散曲或劇曲。李開先也常稱「曲」爲「詞」，如曰：「詞肇於金而盛於元」〔註4〕，又曰：「其法於《中原音韻》，其人詳於《錄鬼簿》，其略載於《正音譜》……，」（頁494）。盛於元的文學體製是「曲」而非「詞」，況且元代周德清所作的《中原音韻》，和明初朱權所作的《正音譜》，都是曲韻、曲譜，又有曲談意義之書，而《錄鬼簿》則是元代鍾嗣成所作（明賈仲明曾增補），著錄曲家的生平和作品，可知李開先是以「詞」統稱「曲」，這是在談及他的本色主張前所必須辨明的。李開先以詞稱曲，有強烈抬高曲體地位的用意，以更換變化名詞的方式使「曲」成爲直承「詩」的廣義詞體。因此，他在〈西野《春遊詞》序〉中說：

〔註2〕《明史》卷二八七〈文苑三〉之〈陳束傳〉曰：「時有八才子之稱，謂束及王慎中、唐順之、趙時春、熊過、任翰、李開先、呂高也。」（第10冊，頁7370）

〔註3〕《李開先全集》所收《李中麓閒居集》卷六《南北插科詞》序〉曰：「余少時綜理文翰之餘，頗究心金元詞曲，凡《中原》、《燕山》、《瓊林》、《務頭》四韻書，《太和正音》、《詞話》、《錄鬼》、《十譜格》、《漁隱》、《太平》、《陽春白雪》、《詩酒餘音》二十四散套，張可久、馬致遠、喬夢符、查德卿等八百三十二名家，《芙蓉》、《雙題》、《多月》、《倩女》等千七百五十餘雜劇，靡不辨其品類，識其當行。音調合否，字面生熟，舉目如辨素蒼，開口如數一二。甚至歌者繞一發聲，則按而止之曰：『開端有誤，不必歌竟矣！』坐客無不屈伏。」（頁466）。

〔註4〕參見明・李開先著，卜鍵箋校：《李開先全集》，《李中麓閒居集》卷六〈西野《春遊詞》序〉，頁494。

　　詞與詩意同而體異，詩宜悠遠而有餘味，詞宜明白而不難知。以詞

　　爲詩，詩爲劣矣；以詩爲詞，詞斯乖矣。（頁494）

本文第一章第三節曾提及元末爲尊曲體，常將曲視爲古樂府之亞，或詩三百之流裔，崇雅避俗。但李氏認爲曲與詩「意同體異」，由於體裁上的差別，風格也隨之而異。詩講求意象興會，端莊含蓄，宜悠遠有餘味；曲則尚舖敍，宜明白易曉。他在〈喬夢符小令序〉略論曲的「蘊藉」時說：

　　蘊藉包含，風流調笑，種種出奇，而不失之怪；多多益善，而不失

　　之繁；句句用俗，而不失其爲文。〔註5〕

可知曲的作法除適當的舖敍外，尚需表現風流調笑和詼諧的趣味，用通俗而又有文學意趣的文詞語句，表現曲「明白而不難知」的特質，這正是他所謂「字面生熟」的衡量，也是「當行」的要件之一。在「句句用俗」中，保持「不失其文」的文學性，避免流於鄙俚，因此他在《詞謔》中屢以「張打油語」爲戒，可見他所謂的「明白而不難知」，實含有周德清所說「文而不文，俗而不俗」的意味。

（二）曲應以金元爲準

　　李開先品評曲作特別重視文學體裁的差異性，講論之中常以「體裁正」爲區別明辨的原則，如他在〈改定元賢傳奇後序〉中便曾說：

　　今所選傳奇取其辭意高古，音調協和，與人心風教俱有激勵感移之

　　功，尤以天分高而學力到，悟入深而體裁正者爲之本也。〔註6〕

此段引文可見他品評重在詞采、意境、聲調格律，以及文學、戲劇藝術的社會教化作用。在此之外，還需分辨作者的文學天分、學養素質、文學悟性、體裁掌握力，尤其是後四者更爲重要。他在〈西野《春遊詞》序〉則說：

　　傳奇戲文雖分南北套詞，小令雖有短長，其微妙則一而已。悟入之

　　功，存乎作者之天資學力耳，然俱以金、元爲準，猶之詩以唐爲極

　　也。（頁494）

儘管李開先喜歡用古名或文學意味濃厚的名稱來談各類曲體，如以詞稱曲，以傳奇稱雜劇，後之讀者需了解其性格習慣，轉換辨明。但我們由上述兩段引文可以清楚，他深知雜劇、南戲、傳奇、散曲、套數、南曲、北

〔註5〕按李開先〈《喬夢符小令》序〉作於隆慶元年（1567）暮春，參見《李開先全
　　　　集》，頁439～440。

〔註6〕參見《李開先全集》所收《李中麓閒居集》卷五，頁439～440。

曲間的差異性，只是在其論曲時，特別強調在這些類別中，仍有屬於它們同爲曲體的共性，作家必須掌握曲之共性，才算闖入曲之精髓，這種悟性固然需要透過先天才性與後天學養參入，但最根本的方法在認識曲體正宗，他以詩爲類比，認爲曲應以金元作品爲準則。李氏所論與嚴羽詩論相似，皆以「第一義」爲則，是以詩以唐爲宗，曲則需以金元爲準，重視「悟」的工夫。所謂「悟入深」，是指能從金元的盛代作品中洞悉創作的精神面貌，〔註7〕掌握曲體之正，而輔以天賦和學養。而這正是明代戲曲本色論的精神所在。

其次，他在作家批評中，將明初以後的曲，分爲「詞人之詞」和「文人之詞」兩種，曰：

國初如劉東生、王子一、李直夫諸名家，尚有金、元風格，迨後分而兩之，用本色者爲詞人之詞，否則爲文人之詞矣。〔註8〕

他所謂的「本色」是指合於金元風格的語言，〔註9〕「詞人之詞」則在表現曲家掌握體裁之正，配合本色風格的當行特色，可見他在「本色」和「當行」的主張皆以金元爲準，只是「當行」是在「本色」語言要求外，尚需注意音調和諧的要素。至於在文詞上若不能以金元爲準，體悟體裁之正，而以詩爲曲，便有乖曲體，即使富麗精工，也不能稱爲當行手。足知李氏的「當行」和「本色」包含了語言文詞、宮調聲律和風格、體製的內在意義，是明代曲論家爲本色論豐富內涵的先鋒。

二、何良俊

何良俊字元朗，號柘湖，華亭人（今上海市松江縣），生於明正德元年（西元一五〇六），卒於萬曆元年（西元一五七三）。少篤學，以「知音識律」自許，

〔註7〕葉長海《中國戲劇學史稿》第四章第三節認爲「所謂『悟入深』，即領悟『曲』的『微妙』，實則深入了解『曲』的創作特色。……主張妙悟領取作『曲』的妙處，也許是嘉靖間提倡通俗文藝的革新者的共同主張，實則是主張領悟曲的『本色』。」陳芳英《明代劇學研究》則認爲：「此所謂一，不過本色而已。」
〔註8〕參見〈西野《春遊詞》序〉，《李開先全集》，頁494。
〔註9〕李開先所標榜的元人風格大概是「蒼老」、「清勁」、「渾成」、「慷慨」、「雄奇」，故在《詞謔》（《中國古典戲曲論著集成》第3冊）之〈詞套〉中說：「東籬蒼老，小山清勁，瘦至骨立，而血肉銷化俱盡，乃孫悟空煉成萬轉金鐵軀矣。」（頁292）品評鄭光祖《王粲登樓》曰：「四折俱優，渾成慷慨，蒼老雄奇。」（頁297）大抵，他認爲元人的風格是瘦而飽滿，故曰：「自是元人，自是高出一著，飽滿而非後人可逮耳。」（頁294）

喜北曲，曾延請頓仁到家中研討音律，著有《柘湖集》、《何氏語林》、《四友齋叢說》，今多將《四友齋叢說》卷三十七的詞曲部抽出，名爲《曲論》或《四友齋曲說》。

《四友齋曲說》篇幅短小而內容精要，其論曲特色在主張本色，提出戲曲之道與政通的觀念，揚升戲曲的地位，並爲肯定戲曲聲律的重要性，主張「既謂之辭，寧聲協而辭不工，無寧辭工而聲不協」，成爲沈璟格律說的先聲。

何氏是明代戲曲本色論的重要先進，他提倡本色論與他喜愛利重視北曲有關。他從前代作品的研討中得到啓示，反對當時曲壇的風氣，而提出救弊的本色論。就其說可歸納爲三個特點。

（一）文詞簡淡

何氏認爲戲曲是詩之流亞，是以特別重視戲曲的曲詞部份，〔註10〕常截取精彩之句加以評賞，他的本色論也因而以語言文詞爲主要範疇。

他認爲「塡詞須用本色語方是作家」〔註11〕，所謂「本色語」是指不太過濃艷，或者特意表現學問的簡淡、清麗流便語。他稱讚王實甫《絲竹芙蓉亭雜劇》仙呂一套爲通篇本色，「簡淡可喜」；〔註12〕鄭德輝《倩女離魂》的

〔註10〕 陳芳英在《明代劇學研究》中說：「他所著重的，卻也只不過是傳統戲曲在舞臺上所突出的『歌』的部分，也就是『曲詞』和『音律』，而對『劇』的成分仍極不關心。」按在何氏的曲論中，以論曲詞爲主，鮮及情節結構，只有在論《拜月亭》之當行時，偶贊其「敘說情事，宛轉詳盡」，略及情節，但其所謂「彼此問答，皆不須賓白」則又可見其獨重「曲詞」的態度。

〔註11〕 何良俊之《曲論》在比較《西廂記》與《琵琶記》時所說。參見《中國古典戲曲論著集成》第4冊，頁6。

〔註12〕 何良俊《曲論》對王實甫《絲竹芙蓉亭》雜劇仙呂一套總評爲「通篇皆本色語，殊簡淡可喜」（頁8），又在此套中具體品評，舉出他所認爲的「本色語」：「其間如【混江龍】內『想著我懷兒中受用，怕甚麼臉兒上搶白！』【元和令】內『他有曹子建七步才，還不了龐居士一分債』，【勝葫蘆】內『兀的般月斜風細，更闌人靜，天上巧安排』，【寄生草】內『你莫不一家兒受了康禪戒?』此等皆俊語也。夫語關閨閣，已是穠艷，須得以冷言剩句出之，雜以訕笑，方纔有趣；若既著相，辭復濃艷，則豈畫家所謂『濃鹽赤醬』者乎？畫家以重設色爲『濃鹽赤醬』，若女子施朱傅粉，刻畫太過，豈如靚妝素服，天然妙麗者之爲勝耶？」（頁8）。在品評舉例後，何氏並歸納創作原則，認爲戲曲語言的運用、風格表現應注意所書寫的故事主題類型，如閨閣愛情類故事，在情感、環境類型上本已有偏濃艷的趨向，在語言運用上必須用「冷言剩句」，甚至「雜以訕笑」的方法來調節語言的色彩濃度，才能有特殊的情味。此段內容可說是在品評中，兼論戲曲的創作方法。

越調【聖藥王】爲「清麗流便，語入本色」。〔註13〕

「簡淡」除需如「尋常說話，略帶訕語」的質樸和意趣外，尚需有語精意廣的精煉工夫，以融鑄之工，去蕪存精，表現戲曲語言的俊俏活潑，〔註14〕和「靚妝素服」式的清便流麗，反對「重設色的濃鹽赤醬」，若以陶謝詩爲喻，他提倡的是靖節式的渾化自然，再加上一些淡雅精鍊的康樂特質，講究「天然妙麗」的文學美。在鄭德輝與王實甫的比較中，他崇鄭抑王，因爲他認爲「鄭詞淡而淨，王詞濃而蕪」，〔註15〕這種說法雖不盡是事實，卻是他以簡淡爲本色的表現。

（二）語意蘊藉

在「意」的方面何氏主張語意深厚、不可太露，認爲像《西廂記》裡「魂靈兒飛在半天」、「我將你做心肝兒看待」之類的句子，感情表現太露骨，沒有「語不著色相，情意獨至」的空靈，因此評曰：「語意皆露，殊無蘊藉」。但一味講求不著色相和蘊藉，易流於晦澀，因此他在感情和語言文詞的配合上，提出「情眞語切」的「當行家」標準。

〔註13〕何良俊《曲論》曰：「鄭德輝《倩女離魂》越調【聖藥王】內：『近蓼花，纏釣槎，有折蒲衰草綠蒹葭。過水窪，傍淺沙，遙望見煙籠寒水月籠沙，我只見茅舍兩三家。』如此等語，清麗流便，語入本色，然殊不穩郁，宜不諧於俗耳也。」（頁7）從此處可知何氏自知其欣賞標準是文士的、雅文特徵的審美趣味，絕非一般觀眾的審美觀點，清楚表明鄭德輝《倩女離魂》越調【聖藥王】就是他的戲曲本色語的理想，但這種審美理想一定不爲庸俗之輩的「俗耳」所喜愛。

〔註14〕何良俊《曲論》曰：「馬之詞老健而乏姿媚，關之詞激厲而少蘊藉，白頗簡淡，所欠者俊語，當以鄭爲第一。」（頁6）可見在「簡淡」外，俊語亦是本色一要件。

〔註15〕何良俊在《曲論》中曾稱讚王實甫是「才情富麗，眞詞家之雄」（頁7）；讚美他的佳妙表現不在李白之下，曰：「王實甫《西廂》，其妙處亦何可掩。如第二卷【混江龍】內『蝶粉輕沾飛絮雪，燕泥香惹落花塵。繫春心情短柳絲長，隔花陰人遠天涯近。香消了六朝金粉，清減了三楚精神。』如此數語，雖李供奉復生，亦豈能有以加之哉！」（頁7～8）但在評論其缺點時也直指要害，認爲他始終不出一「情」字，以二十一套曲來鋪陳是意重複而語蕪纇。（頁7）並且具體舉出其缺點：「《西廂》內如『魂靈兒飛在半天』，『我將你做心肝兒看待』，『魂飛在九霄雲外』，『少可有一萬聲長吁短嘆，五千遍搗枕槌床』，語意皆露，殊無蘊藉。如『太行山高仰望，東洋海深思渴』，則全不成語。此眞務多之病。余謂：鄭詞淡而淨，王詞濃而蕪。」（頁8）露骨而無內蘊之趣正是何良俊不滿意《西廂》處，所以用「濃而蕪」來總述王實甫的缺點。

綜上所述，可知何氏是以詩詞蘊藉的標準衡量曲文，避免託體卑微的曲，在寫情時陷入「太露太盡」，或「纖佻輕薄」的弊病，而失去文學所應具有的「正當優美」。〔註16〕何氏論曲以文士尚雅的觀點為主，認為簡淡、蘊藉就是本色，他雖然注意過戲曲體裁篇幅長度的問題，如認為「元人雜劇止是四折，未為無見」（頁 7）；也注意到了戲曲劇本敘事題材（故事）、情感類型與語言的關係，但他界定「本色」依然以語言文詞的風格為主。

（三）提升《拜月亭》的地位

何氏褒揚《拜月亭》，批評《琵琶記》和《西廂記》，曾引起後世對三劇優劣的品評論戰。〔註17〕究其實，何氏並非否定《西廂》、《琵琶》的價值，只是藉由重視《拜月亭》，開拓明代讀書人的眼界，使質樸本色的作品，不被流傳廣泛的《琵琶》、《西廂》所湮沒，而這也是他重「本色」態度的表現。

他曾說：

> 《西廂》全帶脂粉，《琵琶》專弄學問，其本色語少。蓋填詞須用本
> 色語，方是作家。（頁6）

認為《西廂記》以男女之情為故事軸心，應以簡淡蘊藉避免情盡意露之病，但王實甫卻因「務多」的寫情務盡，而呈現濃蕪的脂粉氣。《琵琶記》以教忠教孝為則，卻因高明「才藻富麗」，逞博矜能，而流於搬弄學問。二者皆因本色語少而失卻元曲當行的風味。

至於施君美的《拜月亭》雖然沒有富麗的才藻，卻「有敘說情事，宛轉詳盡，全不費詞」〔註18〕的簡鍊特色，曲文質樸，不用賓白也能清楚表達情

〔註16〕鄭因百師〈詞曲的特質〉曾提出元曲四弊曰：「頹廢、鄙陋、荒唐、纖佻」，太露太盡而無蘊藉含蓄易入此病。

〔註17〕關於何良俊提出《西廂》、《琵琶》、《拜月》的比較，所引發的論戰，近代學者如青木正兒《中國近代戲曲史》第五章、周貽白《中國戲劇發展史》（臺北：學藝出版社，民國 66 年 4 月初版）第五章、楊蔭瀏《中國古代音樂史稿》（臺北：丹青出版社，民國 74 年 5 月初版）第二十五章早已論析精詳，而呂迺基《何良俊四友齋叢說研究》（臺北：國立政治大學中研所碩士論文，民國 77 年）在前人的基礎上，也已將資料排比明晰，本文不再贅敘。

〔註18〕何良俊《曲論》曰：「《拜月亭》是元人施君美所撰，《太和正音譜》『樂府群英姓氏』亦載此人。余謂其高出於《琵琶記》遠甚，蓋其才藻雖不及高，然終是當行。其『拜新月』二折，乃隱括關漢卿雜劇語。他如〈走雨〉、〈錯認〉、〈上路〉，館驛中相逢數折，彼此問答，皆不須賓白，而敘說情事，宛轉詳盡，全不費詞，可謂妙絕。《拜月亭》〈賞春〉【惜奴嬌】如『香閨掩珠簾鎮垂，不

意，因此稱讚施君美的《拜月亭》是「當行」之作，「高出於《琵琶記》遠甚」。
何良俊認為如〈走雨〉曲文中的「繡鞋兒分不得幫和底，一步步提，百忙裏
褪了根」才是真正的本色語。

其次他從元曲的風味，品評《琵琶記》「長空萬里」（第二十八齣〈中秋
賞月〉【本序】（即【念奴嬌序】）一篇曰：

> 既謂之曲，須要有蒜酪，而此曲全無，正如王公大人之席，駝峰、
>
> 熊掌、肥腊盈前，而無蔬筍蜆蛤，所欠者風味耳。（頁11）

他認為「長空萬里」一篇雖是富麗精工，堪稱「好賦」，卻無元曲應有的「蒜
酪」風味，不免有些缺憾。他所提及的蒜酪風味，雖涉本色論的風格問題，
成為後世批評元曲風格的至論，但在他所舉的譬喻中，不難看出，他仍有偏
尚簡淡風味的現象。

（四）戲曲語言與題材、人物的關聯

何良俊論曲，本色與當行、當行家、作家兼用。他所謂的「當行」，固然
是指填詞時能用「本色語」的「作家」。似乎只談戲曲語言，但若由其品評之
例觀察，可發現何氏在談理想的戲曲語言特徵時，實有同時注意題材、人物
問題的傾向，其《曲論》便有兩則劇本品評可供探討。其一談李直夫的《虎
頭牌》，曰：

> 《虎頭牌》是武元皇帝事。金武元皇帝未正位時，其叔餞之出鎮。
>
> 十七換頭【落梅風】云：「抹得瓶口兒淨，斟得盞面兒圓，望著碧天
>
> 邊太陽澆奠。只俺這女直人無甚麼別咒願，則願我弟兄們早能勾相
>
> 見。」此等詞，情真語切，正當行家也。一友人聞此曲，曰：「此似
>
> 唐人《木蘭詩》。」余喜其賞識。（頁9）

另一則談鄭光阻的《㑇梅香》，他提及：

> 《㑇梅香》第三折越調，雖不入絃索，自是妙。如【小桃紅】云：「是
>
> 害得神魂蕩漾，也合將眼皮開放，你好熱莽也沈東陽！」【調笑令】
>
> 內：「擘面的便搶白俺那病襄王。呀，怎生來番悔了巫山窈窕娘。滿
>
> 口裡之乎者也沒攔擋，都噴在那生臉上。謔笑那有情人恨無箇地縫
>
> 藏，差殺也傅粉何郎。」【禿廝兒】：「請學士休心勞意攘，俺小姐他

肯放燕雙飛』，〈走雨〉內『繡鞋兒分不得幫和底，一步步提，百忙裏褪了根』，
正詞家所謂『本色語』。」（頁12）

只是作耍難當。」止是尋常說話，略帶訕語，然中間意趣無窮，此
便是作家也。（頁 8～9）

由其所論可知，何氏認爲「當行家」要做到「情眞語切」，即情感眞摯，並以
準確精到的語言表達。但在《西廂》和《琵琶》的品評外，看何良俊所談的
這兩種劇本，一爲表現金朝胡人餞行酒宴的豪邁率眞，一爲表現婢女丫環「尋
常說話，略帶訕語」的戲弄，都爲何氏所讚賞。何良俊雖然沒有明言，或深
入闡論戲曲語言與題材、人物的關係，但由其所舉之劇本語例，可以看到何
良俊的品評對戲曲語言與故事題材、人物身分性格仍有所關照。

第二節　傳奇發展期

隆慶到萬曆年間傳奇已邁向興盛，而駢儷堆垛之風也漸趨嚴重，本色的
提倡自是當務之急。此期的曲論家以徐渭爲代表，他雖然生在嘉靖初年，卻
跨越到萬曆時期，是第一期過渡到第三期的重要橋樑，也是推動、豐潤本色
論的重要人物。

徐渭字文長，號天池山人、青藤道士，別署天池生或田水月，〔註 19〕山
陰人（今浙江紹興），明正德十六年（西元一五二一）生，卒於萬曆十一年（西
元一五九三）。屢躓場屋，一生潦倒，曾入胡宗憲幕，甚得胡氏器重，〔註 20〕
後因宗憲下獄，懼禍發狂，又因殺繼室入獄。《明史》卷二百八十八之〈徐渭
傳〉稱他「天才超軼，詩文絕出倫輩。善草書，工寫花草竹石。嘗自言：『吾
書第一、詩次之、文次之、畫又次之。』」（第 10 冊，頁 7388）曾師事王畿、
季本，〔註 21〕其文學主張深受二人影響。著有《徐文長集》三十卷、《徐文長
逸稿》二十四卷，《南詞敘錄》和雜劇《四聲猿》。〔註 22〕徐渭的《四聲猿》

〔註 19〕徐渭的別號甚多，詳參張孝裕《徐渭研究》（臺北：學海出版社，民國 67 年 3
　　　　月初版）。

〔註 20〕胡宗憲極稱賞徐渭的文才，如《明史》卷二百八十八〈文苑四〉之〈徐渭傳〉
　　　　曰：「宗憲得白鹿，將獻諸朝，令渭草表，并他客草寄所善學士，擇其尤上之。
　　　　學士以渭表進，世宗大悅，益寵異宗憲，宗憲以是益重渭。」（第 10 冊，頁
　　　　7387）此外，徐渭又有運籌帷幄之才，故《明史》曰：「渭知兵，好奇計，宗
　　　　憲擒徐海，誘王直，皆預其謀。」（第 10 冊，頁 7387）

〔註 21〕在徐渭的《自著畸譜》中，將王、季二人列入師類，二人皆曾從王陽明遊學，
　　　　深得「良知之旨」，但王畿爲左派王學的領袖，季本則認爲只以講學爲事過於
　　　　空疏，因此「苦力窮經」。

〔註 22〕有關徐渭的著作，或有將《歌代嘯》列入徐渭雜劇作品者，但此劇作者疑議

爲明代的雜劇開創新風格，而《南詞敘錄》則是他的論曲主張，他重視南戲，有心保存當代南戲劇目，並追溯它的源流、發展，探討戲曲的本色、風格、聲律、術語、方言、作家作品等問題。

1987 年駱玉明、董如龍〈《南詞敘錄》非徐渭作〉〔註23〕一文，對清‧姚燮以來所認爲《南詞敘錄》爲徐渭所作，提出許多質疑，從版本、《南詞敘錄》序之自述與徐渭游閩的時間，以及《南詞敘錄》有多項內容特別談吳中戲曲、對祝枝山的特別尊稱論證，認爲《南詞敘錄》的作者應是熟悉吳中文化者，並以「天池」之號推敲，認爲此書可能是陸采所作，而不是越派作家徐渭。但此論提出後，仍有學者提出反對意見，如徐朔方《晚明曲家年譜》之〈徐渭年譜〉便有多項反駁，〔註 24〕曲學研究者並未普遍接受此說，在探討戲曲理論時，多數學者仍引論《南詞敘錄》作爲徐渭的戲曲觀點。〔註25〕

徐渭的本色主張除見於《南詞敘錄》，尚可從一些序跋和王驥德《曲律》

仍多，如徐朔方在《晚明曲家年譜》（杭州：浙江古籍出版社，1993 年 12 月第一版）的〈徐渭年譜〉中便未將之列爲著作討論，並明言：「今傳《歌代嘯》雜劇，作者自署虎林沖和居士，作爲徐渭的作品依據不足。」（第二卷，頁 54）本文在參考多種論述後，亦依徐朔方所述，不將《歌代嘯》列爲徐渭著作。

〔註23〕駱玉明、董如龍：〈《南詞敘錄》非徐渭作〉，《復旦學報》1987 年第 6 期，頁 71～78）。

〔註24〕徐朔方《晚明曲家年譜》之〈徐渭年譜〉有兩處提及此事，一爲：「《南詞敘錄》的價值主要在於提倡本色以及它對南戲劇目的記載，包括《宋元舊篇》和《本（明）朝》。它以詩話式隨筆爲主，兼評論性質，約四千字左右，它提供了一些曲家的稀見資料。它由於同類的早期記載很少而顯得難能可貴。作者徐渭，有人認爲是陸采，本文作者將另作討論。」（第二卷，頁 54）其次是在嘉靖三十八年己未（1559）三十九歲，「六月，作《南詞敘錄》序」之下提到：「采亦以天池爲號，而上海圖書館藏本，『己未』作『乙未』，即嘉靖十四年，渭方十餘歲，是年陸采適有閩中之行。可備一說。若云徐渭游閩，何以多病，則陸采亦然；徐渭弟子王驥德《曲律》未提及此書，馮夢龍《快雪堂集》卷二〈陸子玄詩集序〉備載其所著戲曲及說部亦未提及此書也。錄采自署及其兄、友人若王寵皆以天池山人相稱，而上海圖書館藏本所署天池道人正是文長別號。陸采《癸巳稿》有詩〈書天池寺道人壁〉，人我之別顯然，未可相混也。」（第二卷，頁 103）。

〔註25〕除了各種戲曲史或戲曲理論書籍外，許多單篇論文仍以《南詞敘錄》談徐渭的戲曲觀，早期論文如齊森華〈《南詞敘錄》貴在公允〉（《上海戲劇》，1981 年第 6 期，頁 57～58），孫崇濤之〈徐渭的戲劇見解——評《南詞敘錄》〉（《文藝研究》1980 年第 5 期，頁 29～34）；近年所發表之論文，如俞爲民〈徐渭的《南詞敘錄》和南戲研究〉（《中國戲曲學院學報》第 32 卷第 2 期，2011 年 5 月，頁 61～68），或如曾永義師之〈從明人「當行本色」論說「評騭戲曲」應有之態度與方法〉，也從《南詞敘錄》探討徐渭的本色論。

中覓集資料。他論曲只用「本色」，不提「當行」，與李開先和何良俊之「本色」、「當行」兼用不同，對後世本色論的發展影響很大，今可從三點探討之。

一、徐渭本色論的思想基礎

王驥德曾說：「先生（徐渭）好談詞曲，每右本色。」，〔註26〕徐氏的「右本色」與當時的擬古主義、尚眞的文學思想有密切的關係。他在文學上的尚眞和反模擬，固然源於個性上的通脫豪恣、才華洋溢，不喜受模擬圈限，更重要的是王學思想的影響，他在《自著畸譜》「師類」中所列的兩位師長──季本和王畿，便是陽明學說的繼承者，王畿（徐渭的表兄）更是左派王學的領導人物，〔註27〕他在陽明死後，極力發揚師說，熱心講學，深信「現成良知」，〔註28〕教導學生探究性命的靈根天機，拓展胸臆間的自由精神，將陽明

〔註26〕王驥德曾與徐渭隔垣而居，並爲渭引爲知音，其《曲律》卷四〈雜論第三十九·下〉有專記徐渭作品、二人交遊及論曲特色者，曰：「徐天池先生《四聲猿》，故是天地間一種奇絕文字。《木蘭》之北，與《黃崇嘏》之南，尤奇中之奇。先生居與余僅隔一垣，作時每了一劇，輒呼過齋頭，朗歌一過，津津得意。余拈所警絕以復，則舉大白以釂，賞爲知音。中《月明度柳翠》一劇，係先生早年之筆；《木蘭》、《禰衡》，得之新創；而《女狀元》則命余更覓一事，以足四聲之數。余舉楊用脩所稱《黃崇嘏春桃記》爲對，先生遂以春桃名嘏。今好事者以《女狀元》并余舊所譜《陳子高傳》稱爲《男皇后》，並刻以傳，亦一的對，特余不敢與先生匹耳。先生好談詞曲，每右本色，於《西廂》·《琵琶》皆有口授心解；獨不喜《玉玦》，目爲『板漢』。先生逝矣，邈成千古，以方古人，蓋眞曲子中縛不住者，則蘇長公其流哉。」（《中國古典戲曲論著集成》第4冊，頁167～168）

〔註27〕在清黃宗羲：《明儒學案》（臺北：里仁書局，民國76年4月初版）中以轟雙江、羅念庵爲「王學正宗」，他們已注意到王學的空疏傾向，對陽明「狂」的精神學說略有修正。至於王龍谿（畿）和王心齋（艮）所領導，極力發揚狂者精神的學派（心齋發展出泰州學派），則被視爲「狂禪」。嵇文甫《左派王學》（臺北：國文天地，民國79年4月初版）一書，對龍谿、心齋的學說有精詳的論述。

〔註28〕陽明學說以「致良知」爲旨，但後學對「致良知」之意卻有不同的意見，如羅念庵認爲「良知固出於稟受之自然而未嘗泯滅，然欲得流行發現常如孩提之時，必有致之之功。非經枯槁寂寞之後，一切退聽而天理炯然，未易及此。」「陽明拈出良知，上面添一『致』字便是擴養之意。」羅氏強調「致良知」的致字，不信任現成良知，欲以「收攝凝聚」的實功掌握良知。王畿則深信現成良知，故曰：「至謂世間無有現成良知，非萬死工夫斷不能生，以此較勘世間虛見附和之輩，未必非對病之藥。若必以現成良知與堯舜不同，必待功夫修整而後可得，則未免於矯枉之過。」又曰：「致良知三字，及門者誰不聞，惟我信得及。」他的現成良知是「當下具足，無有等待」，以「煎銷保任」的

心學中「狂者」的精神發揮至極。季本則在陽明歸越後造門從學，得致良知之旨。罷歸後，家居講學，以心學之旨注解經籍，〔註 29〕屢出新意，不襲前人舊說。此外，又精研樂律。深器徐渭之才，在著書解經時使徐氏多所預聞，〔註 30〕徐渭得此殊遇，使他更能將哲學範疇的王學用入文學中。

徐渭在文學上主張天機靈動，以自然眞情爲尙；在戲曲上以「宜俗宜眞」之旨提倡「本色」，與他思想上的王學基礎有很深的緣契。

二、宜俗宜眞的本色

徐渭的本色論是以「宜俗宜眞」爲核心，〔註 31〕他認爲戲曲起於民間，因此不厭其煩地表示南戲是由宋詞、民間里巷歌謠和村坊小曲所組成的，是畸農市女順口而歌的隨心令。〔註 32〕並認爲即使是備受尊崇的北曲，也是來自民間，大抵「出於邊鄙裔夷」之手，未必是「唐宋名家之遺」，或聖人之作。是以不論南戲或北曲，探本究源，多數的曲牌都是從民間來，原本就具有通

工夫在日常生活中隨處用力，不分動靜。故嵇文甫《左派王學》提到：「依良知而行就是致良知，並不是另外還有什麼『致』的工夫。煎銷保任亦只是就時時發見的良知上去煎銷保任，並不是待煎銷保任後良知才透露出來。」

〔註 29〕 季本遺著凡十一種，百廿卷，其注疏特色可由《四庫》提要（即《四庫全書總目》，臺北：藝文印書館，民國 78 年 1 月 6 版）可略窺一二，如《四庫全書總目》卷七季本《易學四同》提要曰：「大旨乃主於發明楊簡之易，以標心學之宗，則仍不免墮於盧溆。」（第 1 冊，頁 179）《四庫全書總目》卷十六《詩說解頤》提要則曰：「大抵多出新意，不肯剽襲前人，而徵引該洽，亦頗足以自申其說。」（第 1 冊，頁 352）

〔註 30〕 徐渭於〈季本行狀〉曰：「其所講學及所讎著，渭則多預聞之，或時就商榷。」此外，〈龍惕書〉和〈奉師季先生書〉三則亦可略見徐渭實際參與討論的情形。參見《青藤書屋文集》（臺北：臺灣商務印書館，民國 54 年 12 月臺一版）。

〔註 31〕 此論參見葉長海《中國戲劇學史稿》第四章第五節〈徐渭與《南詞敍錄》〉，葉長海認爲：「宜俗宜眞」是徐渭本色論的核心與特色。（上冊，頁 144）

〔註 32〕 徐渭在《南詞敍錄》（參見《中國古典戲曲論著集成》第 3 冊）中非常重視戲曲的民間性，如曰：南戲始於宋光宗朝，永嘉人所作趙貞女、王魁二種，實首之，故劉后村有「死後是非誰管得，滿村聽唱蔡中郎」之句。或云：「宣和間已濫觴，其盛行則自南渡，號曰『永嘉雜劇』，又曰『鶻伶聲嗽』」。其曲，則宋人詞而益以里巷歌謠，不協宮調，故士大夫罕有留意者。（頁 239）又曰：「今崑山以笛、管、笙、琵按節而唱南曲者，字雖不應，頗相諧和，殊爲可聽，亦吳俗敏妙之事。或者非之，以爲妄作，請問〔點絳唇〕、〔新水令〕，又何聖人著作？」（頁 242）又曰：「永嘉雜劇興，則又即村坊小曲而爲之，……徒取其畸農市女順口可歌而已，諺所謂『隨心令』者，即其技歟？」（頁 240）又曰：「夫南曲本市里之談，即如今吳下山歌，北方〔山坡羊〕。」（頁 241）

俗性，自當還它「俗」的本色，故《南詞敘錄》曰：「與其文而晦，曷若俗而鄙之易曉也？」（頁 243）可知「宜俗」的另一目的是要使戲曲恢復明白曉暢的面貌，根絕邵璨等所掀起的晦澀時文氣。

　　徐渭也於為戲曲劇作題作序跋的品評實踐中，論及「俗」與「本色」的關係，如他在〈題《崑崙奴》雜劇後〉中說道：

　　　　語入要緊處，不可著一毫脂粉，越俗越家常，越警醒，此才是好水碓，不雜一毫糠衣，真本色。〔註33〕

戲曲不同於詩文，它是奏之場上的，因此要「歌之使奴、童、婦、女皆喻，乃為得體」〔註34〕，徐渭強調曲的重點在「感發人心」，他以在古代社會中，知識水平普遍低於文士的奴童婦女，作為曲家自我衡量是否「感發人心」的標準。因此除了散白要能做到「宜俗宜真」外，真正的好劇作曲文也應以「常言俗語」為貴。〔註35〕因為戲曲是借由演員以曲文賓白來傳達意念，在失去書面文字的憑藉後，雕繢滿眼的藻麗不僅難增光彩，反而易成理解上的障礙，只有不著脂粉、不雜糠衣的警醒家常語，才可借助演員的口說嘴唱，打動觀眾，才是戲曲的「真本色」。可見，徐渭本色論中的「宜俗」，兼顧了場上之曲的要求。

　　對劇作情感表現的品評，徐渭貫徹他強調真情的文學主張，認為「曲本取於感發人心」〔註36〕，而「感發人心」的先決條件便是作者要在作品中注入真情，他以《琵琶記》為例，認為〈食糠〉、〈嘗藥〉、〈築墳〉、〈寫真〉等齣所以千古傳唱，使後世作者人從模擬，無法企及，便因為它是「從人心流出，無規模可尋」。〔註37〕

　　關於「本色」與「真」的關係，他在徐文長批評本《西廂記》的〈自序〉中有一段精闢的看法，他說：

　　　　世事莫不有本色、有相色。本色，猶俗言正身也；相色，替身也。

〔註33〕參見蔡毅：《中國古典戲曲序跋彙編》之〈遺補〉，第 4 冊，頁 2741。

〔註34〕參見《南詞敘錄》，頁 243。

〔註35〕徐渭在《南詞敘錄》中舉《琵琶記》為例，認為《琵琶記》中的〈十八答〉：「句句是常言俗語，扭作曲子，點鐵成金，信是妙手。」（頁 243）甚至認為這就是嚴羽所說的「水中之月，空中之影」，是最難以企及的。

〔註36〕參見《南詞敘錄》，頁 243。

〔註37〕徐渭以《琵琶記》的〈食糠〉、〈嘗藥〉、〈築墳〉、〈寫真〉與《慶壽》、《成婚》、《彈琴》、《賞月》諸大套對舉，凸顯徐渭重視描寫趙五娘情節線的齣目，而此情節線的情感、語言正是屬於平民的、常言俗語的特徵。《南詞敘錄》原文參見《中國古典戲曲論著集成》第 3 冊，頁 243。

替身者，即書評中「婢作夫人終覺羞」之謂也。婢作夫人者，欲塗抹
成主母，而多插帶，反掩其素之也。故余於此本中賤相色，貴本色，
眾人嘖嘖者，我煦煦也，豈惟劇哉？凡作者莫不如此。〔註38〕

他所謂的「本色」是禪家所謂的「本來面目」，亦即「真我」的表現，講求真
情實性，與「鳥學人語」、「人學鳥語」為喻的反模擬相關。〔註39〕在詩文上，
他反對擬古主義襲貌取形、鉤章棘句的模擬；在戲曲上，他於《南詞敘錄》
抨擊邵璨等的「以時文入曲」，堆砌故事對子，將散白變成騈四儷六、雕繢滿
眼、「秀才家文字語」的整白。他強調賓白宜散不宜整，在〈題《崑崙奴》雜
劇後〉中認為散白「尤宜俗宜真，不以著一文字與扭捏一典故事，及截多補
少、促作整白。」〔註40〕賓白是推衍劇情的關鍵，需表現通俗和趣味，豈可
為求整齊俳比，而流於艱深晦澀？故又曰：

錦糊燈籠，玉鑲刀口，非不好看，討一毫明快，不知落在何處矣！
此皆本色不足，仗此小做作以媚人，而不知誤入野狐，作嬌冶也。
〔註41〕

富麗精工、文繡鞶帨，固然具有典雅之美，但若詞采過文，掩卻真情，便成
為矯飾，將遮盡明快與警醒，貽人「婢作夫人」之譏。徐渭強調「本色」，便
是要為戲曲撫去「塗抹插帶」，還它一個素樸的面目，表現「俗」與「真」的
自然之色。

三、妙悟的本色境界

戲曲是一種由文學、音樂、舞蹈、美術等組合而成的綜合藝術，光能不
注意到戲曲語言的文學性，因此，儘管徐渭《南詞敘錄》曾說：「吾意與其文
而晦，曷若俗而鄙之易曉？」（頁 243）但這畢竟是在不得其正的晦澀和鄙俗

〔註38〕 按「婢作夫人終覺羞」之「羞」，或有作「羞澀」者。「反掩其素之也」，或有
　　　　作「反掩其素之謂也」。參見蔡毅：《中國古典戲曲序跋彙編》卷六〈王德信〉
　　　　在《西廂記》下標注「徐文長批評本，名《重刻訂正元本批點畫意北西廂》」，
　　　　第 2 冊，頁 647～648。
〔註39〕 徐渭《青藤書屋文集》卷二十之〈葉子肅詩序〉曰：「人有學為鳥言者，其音
　　　　則鳥也，而性則人也。鳥有學為人言者，其音則人也，而性則鳥也，此可以
　　　　定人與鳥之衡哉？今之為詩者，何以異於？」（頁 252）
〔註40〕 參見蔡毅：《中國古典戲曲序跋彙編》之〈遺補〉，第 4 冊，頁 2742。
〔註41〕 參見〈題《崑崙奴》雜劇後〉，蔡毅：《中國古典戲曲序跋彙編》之〈遺補〉，
　　　　第 4 冊，頁 2742。

間的選擇，在一般的正常情況下，他還是強調曲家應有「點鐵成金」的點化修辭工夫，甚至在〈題《崑崙奴》雜劇後〉以「正言若反」的辯證方式強調：

> 點鐵成金者，越俗，越雅；越淡薄，越滋味；越不扭捏動人，越自動人。（頁 2742）

可知他所謂的「俗」、「淡薄」、「不扭捏」，是要濟以「雅」、「滋味」、「動人」的情境，以渾化自然的工夫，將「常言俗語」轉化爲感動人心的曲子，[註42]講求司空圖所謂的「韻外之致」、「味外之旨」，將「本色」的風格帶向一個抽象而空闊的境界。此外，他在《南詞敘錄》中又說到：

> 塡詞如作唐詩，文既不可，俗又不可，自有一種妙處，要在人領解妙悟，未可言傳。[註43]

這是將嚴羽的抽象詩論運用到戲曲中，認爲作者應以妙悟的工夫，會通戲曲的文學性和通俗性，以期達到〈食糠〉等齣如「水中之月、空中之影」的境界。

　　周德清「文而不文、俗而不俗」之說，雖已開戲曲抽象論的先例，但徐渭卻更直接地影響明代中晚葉的曲論發展，使戲曲本色論一直徘徊在抽象中，到了王驥德雖欲將之具體化，但他的雅俗淺深濃淡之論，仍不出徐渭的範圍。

第三節　傳奇全盛期

　　從萬曆到崇禎年間，是傳奇創作最旺盛的時代，曲學的研究、論辯達到了高峰，本色論在這種熱烈風氣的帶動下，內涵顯得豐富多變，茲將其重要的曲論家分述於下。

一、臧懋循

　　臧懋循字晉叔，號顧渚，長興人（今浙江省），生於嘉靖二十九年（西元一五五〇），泰昌元年（西元一六二〇）卒。萬曆八年（西元一五八〇）登進士第，官國子監博士，與王世貞、湯顯祖相善。萬曆十三年被罷歸鄉，以編

〔註42〕參見《南詞敘錄》，頁 243。
〔註43〕參見《南詞敘錄》，頁 243。《中國古典戲曲論著集成》第 3 冊所收錄之《南詞敘錄》作：「文既不可俗，又不可（不）自有一種妙處。」（不）字是校堪記中爲行文通順所加。但此處若重新斷句，可發現無需再加「不」字，已更正於正文中。

著為樂，尤以《元曲選》的刊編影響深遠。〔註44〕此外，尚輯有《古詩所》、《唐詩所》，改編《玉茗堂傳奇》，著有《負苞堂集》。

臧懋循編選《元曲選》，就其刪易之處，歷來褒貶不一，可謂功過相參。〔註45〕他在《元曲選‧自序二》中曾表明編選動機曰：

> 今南曲盛行於世，無不人人自謂作者，而不知其去元人遠也。……予故選雜劇百種，以盡元曲之妙，且使今之為南者，知所取則云爾。

可知他編選元曲，是為替南曲作者樹立典範，針砭時人堆砌餖飣的弊病。由於他的曲論是總結元曲而來，因此他相當重視戲曲奏之場上的特性，頗能從囿於戲曲語言的曲論中脫穎而出，強調文詞、音律，留心關目情節和舞臺演出的效果，凸顯本色、當行的重要。在他的兩篇〈元曲選序〉和文集的序跋類文章中，可歸納出兩個論本色的特點。

（一）不工而工的文詞本色

臧氏在《元曲選‧自序二》曾認為曲有三難：一、情詞穩稱難，二、關目緊湊難，三、音律諧協難。他說：

> 詞本詩而取材於詩，大都妙在奪胎而止矣。曲本詞而不盡取材焉，如六經語、子史語、二藏語、稗官野乘語，無所不供其採掇。而要歸斷章取義，雅俗兼收，串合無痕，乃悅人耳，此則情詞穩稱之難。（《元曲選》，頁4）

詩詞的語言特質相近，易於奪胎換骨、勻挪借用；曲則是語體，雖說經史子集、九流十家、方言俗語，街談巷議，都是它取材的寶庫，但採掇方法卻與詩詞不同。故其《元曲選‧自序一》說：

> 元曲妙在不工而工，其精者採之樂府，而粗者雜以方言。（頁3）

〔註44〕《元曲選》又名《元人百種曲》，是臧懋循從山東王氏、湖北劉氏、福建楊氏和家藏雜劇中所選出的，雖名為「元曲」，但元人雜劇只有九十四種，另有六種是明初作品。

〔註45〕臧懋循在《負苞堂集》卷四〈寄謝在杭書〉中所云：「戲取諸雜劇為刪抹繁蕪，其不合作者，即以己意改之，自謂頗得元人三昧。」（頁91）正是歷來曲家所垢病處，如凌濛初《譚曲雜箚》曰：「吾湖臧晉叔，知律當行在沈伯英之上，惜不從事於譜。使其當筆訂定，必有可觀。晚年校刻元劇，補缺正訛之功，故自不少；而時出己見，改易處亦未免露出本相——識有餘而才限之也。」（《中國古典戲曲論著集成》第4冊，頁260）

戲曲語言雖不擇精粗，不別雅俗，但要達到「工而不工」的境地，需有「串合」的工夫，在斷章取義，薈萃雅俗時，要渾化自然、裁合無縫，方能達到「深不甚文，諧不甚俚」、「入於耳而洞於心」的境界，方是「元人伎倆」。〔註46〕他所謂的「元人伎倆」，正是清徽師〈元明雜劇描寫技術的幾個特點〉所說的「現成新奇，傳眞入神」。〔註47〕

　　臧氏從整理編選元人雜劇的過程中，歸納出戲曲語言的創作理想——「情詞穩稱」，即要在擷取各種經典中，具有「斷章取義，雅俗兼收，串合無痕」的識見、鎔鑄能力，但因「其妙總在可解不可解之間」的不可言傳境界，是以他揭舉元曲爲典範，讓人沈潛其中，以得「不工而工」的文詞本色。

　　至於與《西廂記》並稱的《琵琶記》，他認爲由於「學究語」過多，使它「瑕瑜各半，于曲中三昧，尙彌一頭地」，〔註48〕正是他不以典麗爲瑜，而以「不工而工」爲本色的表現。

（二）重視搬弄的行家本色

　　臧氏重視戲曲中「劇」的意義，將「關目緊湊」列爲戲曲三難之一，其《元曲選・自序二》曰：

> 宇內貴賤妍媸，幽明離合之故，奚啻千百其狀。而填詞者必須人習其方言，事肖其本色，境無旁溢，語無外假，此則關目緊湊之難。
> （頁4）

他已注意到戲曲組成要素中的關目情節和人物個性情態，在劇本創作中，需將戲劇情節結構、情境氣氛、各種語言情味都要拿捏得恰到好處。認爲戲曲是現實的再現，在模擬幽明離合、變化萬端的宇內生活時，需掌握「事肖其本色」的要訣，以恰當的語言使劇中人物適情適性，恰如其分地展現個性；凝聚情節，揣摹現實的情態，才能逼效事實，使之活現舞台，達到「關目緊奏」的目標。

　　其次，他在《元曲選・自序二》中認爲曲有名家、行家之分，如曰：

> 曲有名家，有行家。名家者出入樂府，文彩爛然，在淹通閎博之士，皆優爲之；行家者隨所粧演，無不摹擬曲盡，宛若身當其處，而幾忘其事之烏有，能使人快者掀髯，憤者扼腕，悲者淹泣，羨者色飛，

〔註46〕參見《負苞堂集》卷三〈彈詞小序〉，頁57。
〔註47〕參見張敬：《清徽學術論文集》，頁95。
〔註48〕參見《負苞堂集》卷三〈荊釵記引〉，頁64。

是惟優孟衣冠，然後可與於此，故稱曲上乘首曰當行。（頁4）

雖與趙子昂（孟頫）所說不同，〔註49〕卻正是他重視戲曲舞臺上實際搬演的表現。他認為好逞文才的淹通閎博之士，雖能將曲文寫得華贍典麗，文彩爛然，但畢竟非第一等的戲曲作品。反觀「行家」，多能扣住情節重心，在「摹擬曲盡」中傳情達意，以虛擬見實境，散播感染力，使觀眾隨情節起伏而哭笑悲樂，因此作品是否吸引觀眾、感染觀眾，便成為測試當行與否的準繩。

此外，他又在〈荊釵記引〉中說：

> 搆詞工而穩，運思婉而匝，用事雅而切，布格圓而整……乃知元人所傳，總一衣缽分南北二宗，世人自闇見解，繆相祖述，尊臨濟而薄曹溪。〔註50〕

正是「行家」的另一注腳，從作品立說，重視運思布局，情詞音律，與「元曲選」自序二的「三難」之說遙相呼應。

臧懋循運用「本色」、「行家」與「當行」之說，內容雖然簡單，意義與其他曲家所說又不盡相同，具有變化性，但他所觀照的層面是比較寬廣的。他所謂的「行家」與「當行」，指演員場上表現所創造出來的，引人入勝的真實情境，主要觀照了劇本在劇場上演出的實踐。「本色」主要指劇本描寫的事與境的真實呈現，換言之，是生活事件透過文字活現的要求，而情節結構、戲劇情境、語言就是使劇本活現本色的要件。劇本是舞臺演出之根本。當行是透過演員演出、觀眾感受來審視劇作的成功與否。因此，臧懋循所論之「本色」、「行家」與「當行」，所觀照的是從劇本之事件、結構、語言、情境到劇場呈現的演員表現和觀眾反應。依其所論，「本色」與「行家」、「當行」有從劇本到劇場的意義，一體兩面的特質使其具有相輔相成的關係，正如呂天成《曲品》在品評分類中所說：「果屬當行，則句調必多本色；果其本色，則境

〔註49〕參見朱權《太和正音譜》（《中國古典戲曲論著集成》第3冊）之〈雜劇十二科〉引趙孟頫之說曰：「良家子弟所扮者謂之行家生活，娼優所扮者謂之戾家把戲，良人貴其恥，故扮者寡，今少矣，反以娼優扮者謂之行家，失之遠也。或問其何故哉？則應之曰：雜劇出於鴻儒碩士，騷人墨客，所作皆良人也。若非我輩所作，娼優豈能扮乎？推其本而明其理，故以為戾家也。關漢卿曰：非是他當行本事，我家生活，他不過為奴隸之役，供笑獻勤，以奉我輩耳。」（頁24～25）是從戲曲的創作者立說，認為戲曲以騷人墨客的創作為主，娼優扮演為屬。

〔註50〕參見《負苞堂集》，頁64。

態必是當行。」〔註51〕

二、沈璟

　　沈璟字伯英，號寧庵，又號詞隱生，吳江人（今江蘇省），生於嘉靖三十二年（西元一五五三），卒於萬曆三十八年（西元一六一○）。萬曆二年進士，嘗任兵部主事、禮部員外郎、光祿丞等官，時人稱爲沈吏部、沈光祿。萬曆十七年辭官退隱後，家居三十年徵歌度曲不輟。著作甚豐，然多遺佚，今傳者唯部份《屬玉堂傳奇》，和《增訂南九宮譜》、《南詞韻選》。〔註52〕

　　沈璟沒有曲論專著，其本色主張散布在《博笑記》所附〔二郎神〕套曲，王驥德《新校注古本西廂記》所附〈詞隱先生手札二通〉，《南九宮譜》和《南詞韻選》的凡例、眉批、評語中。此外，王驥德的《曲律》、呂天成《曲品》、凌濛初《譚曲雜箚》、徐復祚《三家村老曲談》，也有一些可供參酌的引述或批評。

　　沈璟的曲論以格律爲主，本色爲輔，開創吳江一派。他曾在《博笑記》劇本前之〈附詞隱先生論曲〉的〔二郎神〕套數中說：曲既「名爲樂府，須教合律依腔，寧使時人不鑒賞，無使人撓喉捩嗓。說不得才長，越有才，越當著意斟量。」〔註53〕這是他音律論的基本主張，認爲戲曲應以格律聲調爲主，這也正是他與湯顯祖尚意趣、重才情的爭論之處。

　　沈璟雖曾自云：「鄙意僻好本色」〔註54〕，但他的本色論是在音律論制約下的語言規範，他在〔二郎神〕套曲中說：

　　　　〔金衣公子〕奈獨力怎提防，講得口唇乾，空鬧攘，當筵幾度添惆
　　　　悵，怎得詞人當行，歌客守腔，大家細把音律講，自心傷，蕭蕭白髮，
　　　　誰與共雌黃。（頁1～2）

認爲音律是「當行」的要素，與其他曲論家的重結構不同。「當行」、「本色」

〔註51〕參見《中國古典戲曲論著集成》第6冊，頁211。

〔註52〕關於沈璟著作的存佚可參余蕙靜：《沈璟現存傳奇研究》（臺北：東吳大學中國文學研究所碩士論文，民國79年）第一章第三節。

〔註53〕參見明·沈璟：《新刻博笑記》（臺北：天一出版社，民國72年初版）之〈附詞隱先生論曲〉〔二郎神〕套數共由〔二郎神〕二支、〔囀林鶯〕二支、〔啄木鸝〕二支、〔金衣公子〕二支、〔尾聲〕等九支曲牌所組成，此段引文爲〔二郎神〕部分內容，頁1。正文引文依據吳梅：《南北詞簡譜》（臺北：學海出版社，民國86年5月初版）卷九商調過曲〔二郎神〕（頁605）區別正襯字。

〔註54〕參見《新校注古本西廂記》所附〈詞隱先生手札二通〉之一，《中國古典戲曲序跋彙編》卷六〈王德信〉，第2冊，頁672。

是文體論的規範語，音律是戲曲文學組成的要素之一，沈璟將之納入規範並無可厚非，但因他太重視音律，而忽略戲曲的其他要素，使他的本色論成為以格律為第一，而格律又以「宋元舊編」為典範，形成了將本色帶入返古的思考。〔註55〕

（一）返古的本色

王驥德《曲律》卷四〈雜論第三十九下〉在談到沈璟時曾說：「其於曲學，法律甚精，汎瀾極博，斤斤返古，力障狂瀾，中興之功，良不可沒。」（頁163～164）沈璟的返古頗似前後七子的擬古。他在《增定南九宮曲譜》中編選多以「宋元舊編」和明初南戲為範型，尤尚《琵琶》、《荊》、《劉》、《拜》、《殺》等戲，在例曲中有五分之二是從五大傳奇選出，〔註56〕由這種比例可知，他的返古，五大傳奇是重要的學習對象。

其次，從探求曲牌原意到牌調平仄、文意運用，都試圖建立一個以古體為楷模的典範，如他在《增定南九宮曲譜》卷一仙呂過曲〔一封書〕以《琵琶記》為曲例時，眉批曰：

> 此曲用韻雜，但以其題本一封書，而即用之作書，有古意耳。然今已成套矣。〔註57〕

又在《增定南九宮曲譜》卷四正宮過曲〔錦庭樂〕眉批曰：

> 淒涼怎熬正與行行淚酒相對，乃古體也。〔註58〕

此外，在《增定南九宮曲譜》中時有「詞甚古」、「詞甚古雅」的評語，〔註59〕

〔註55〕 在《新校注古本西廂記》所附〈詞隱先生手札二通〉之二中，沈璟提到：「北詞去今益遠，漸失其真。而當時方言，及本色語，至今多不可解，即《正音譜》所收，亦或有未確處，誰復正之哉?」（《中國古典戲曲序跋彙編》第2冊，頁673）是以「本色語」來稱元雜劇之質樸性語言，有以元人之作為本色準則之意。

〔註56〕 詳參余蕙靜：《沈璟現存傳奇研究》第二章第三節。

〔註57〕 參見明・沈璟：《增定南九宮曲譜》（臺北：臺灣學生書局，民國73年8月初版），第1冊，頁143。案此譜各卷題名不盡相同，首頁題《新定九宮詞譜》，吳江詞隱先生原編，鞠通先生刪補。目錄題為《增定查補南九宮十三調曲譜》，其他各卷各有題名，如卷一作《增定南九宮曲譜》，卷二作《查補南十三調曲譜》。以下引文統一用出版之書名。

〔註58〕 參見明・沈璟：《增定南九宮曲譜》，第1冊，頁203。

〔註59〕 如《增定南九宮曲譜》卷四正宮過曲〔醜奴兒近〕引《唐伯亨》傳奇為曲例，眉批曰：「用韻雜而詞甚古」（第1冊，頁238）；卷五正宮慢詞〔湘浦雲〕以《錦香囊》傳奇為曲例，眉批曰：「用韻雖雜然詞甚古雅」（第1冊，頁244）。

即使犯其用韻甚雜的忌諱，也可因「古而得體」而選錄。〔註60〕又如卷四正宮過曲〔普天樂〕以《浣紗記》為又一體之曲例，其眉批曰：

> 此曲音律甚諧，但此調雖出於《龍泉記》，畢竟無來歷，梁伯龍若在，
> 余當勸其改作矣。〔註61〕

沈璟最講格律之法，故王驥德稱他「斤斤於三尺之法，不欲令一字乖律」，但他在這段評語中，卻在諧音律外，別求「來歷」，儼然將七子之論搬入曲中，無怪乎俞為民稱他「大有『曲必宋元』之意」，〔註62〕但他卻時常只見古人文詞樸質之貌，不見其本色之趣。

（二）質樸通俗的文詞本色

沈璟認為「本色」是「樸拙」和「通俗」的語言表現。樸拙即「淺顯、質實、口語化」，〔註63〕是承「返古」的思想而來，如評《臥冰記》的〔古皂羅袍〕曰：「此曲質古之極，可愛，可愛。」〔註64〕；又評《江流記》的〔纏枝花〕又一體曰：「二曲雖甚拙，然自是不可及。」〔註65〕大抵，沈璟所欣賞的是一種淺顯無文、古質、樸拙的語言。〔註66〕基本上，他認為戲曲是奏之場上的，因此要在格律上求美聽；在語言文詞方面，則以淺顯易懂，質樸無文的口語為「本色」，甚至認為早期之作《紅蕖記》文飾太過，而「歉以《紅

〔註60〕《增定南九宮曲譜》卷四〔白練序〕（《風流合三十》傳奇）眉批曰：「用韻甚雜，但取其古而得體。」（第 1 冊，頁 220）

〔註61〕參見《增定南九宮曲譜》，第 1 冊，頁 220。

〔註62〕詳參俞為民：〈明代曲論中的本色論〉，《中華戲曲》一輯，1986 年第 1 期，頁138。俞為民、孫蓉蓉：《中國古代戲曲理論史通論》（臺北：華正書局，民國87 年 5 月）第五章第一節則認為：「沈璟的本色論與他所提出的音律論一樣，也主要著眼於戲曲的舞臺效果，因為只有語言本色通俗，觀眾纔能聽得懂。」（頁 249）並認為在明代文人作家大多鄙視宋元戲曲俚俗的情況下，沈璟能對宋元戲曲大加推崇有其可貴性。（頁 246～249）

〔註63〕詳參葉長海：《中國戲劇學史稿》第五章第三節，第 1 冊，頁 206。

〔註64〕參見《增定南九宮曲譜》卷一，第 1 冊，頁 159。

〔註65〕參見《增定南九宮曲譜》卷一，第 2 冊，頁 366。

〔註66〕《增定南九宮曲譜》卷二仙呂過曲〔古皂羅袍〕取《臥冰記》為曲例：「理合我敬哥哥，敬哥哥行孝禮，昆仲兩箇忒和氣，休忘了手足的恩義，雖然和你是兩箇娘生，哥哥道都是一爺養的，都是我母親的孩兒。你緣何把這骨頭都落在哥哥碗裡？哎，娘也娘你煮著一鍋羹，呵，緣何有兩般兒滋味。」（第 1冊，頁 159～160）卷十二南呂過曲〔賀新郎克〕取《江流記》為曲例：「這賊漢全無道理，殺害我一家使婢，若把我男兒害取，我情願先投下水。……」（第2 冊，頁 366～367）沈璟所選二曲例皆明白如話、樸拙無文。

藥》爲非本色」。〔註67〕

　　沈璟喜歡從「字面」上認定本色語，如《增定南九宮曲譜》卷四正宮過曲以眉批評《琵琶記》〔雁魚錦〕曰：

　　　「不撐達」、「不覷事」皆詞家本色語。〔註68〕

這是指《琵琶記》〔雁魚錦〕中的「這壁廂道咱是箇不撐達害羞的喬相識，那壁廂道咱是箇不覷事負心薄倖郎」。這確實是戲曲語言很口語的表現，但也是容易隨時代演進，語言變異而消失，或令人不解的語言。若僅從「不撐達」、「不覷事」的詞彙不易理解，必須再細讀其曲例內容，才容易理解其鑒賞準則。又於《增定南九宮曲譜》卷二十仙呂入雙調過曲〔桂花徧南枝〕以散曲「勤兒捱磨」爲例，眉批評曰：

　　　勤兒、特故，俱是詞家本色字面，妙甚。時曲你做勤兒，與此同。
　　〔註69〕

他雖然了解戲曲通俗的特性，重視民間的俗言俚語，但當只提點、講求「字面」，容易產生破碎零瑣之病，給人忽略文學內涵重要性的印象。沈璟從徐渭處繼承了「宜俗」的觀點，而遺漏了「宜眞」的內涵，〔註70〕因此不能從根本上探入古人「本色」的精神，流於庸率的「棚拽牽湊」本色字面，而遭王驥德、凌濛初之譏。〔註71〕

〔註67〕 參見王驥德：《曲律》卷四〈雜論第三十九下〉，《中國古典戲曲論著集成》，第 4 冊，頁 164。

〔註68〕 參見《增定南九宮曲譜》，第 1 冊，頁 227。

〔註69〕 此曲例「【桂枝香】勤兒捱磨，好似飛蛾投火。你特故將啞謎包籠，我手裡登時猜破。【鎖南枝】江心把不定船兒舵，只恁的搬弄情人。蜜共酥來和，休道是誰，莫道是我，便做鐵打的人，其實受不過。」參見《增定南九宮曲譜》，第 2 冊，頁 638～639。

〔註70〕 葉長海《中國戲劇學史稿》第四章第五節曾說：「萬曆間最著名的戲曲作家湯顯祖和沈璟，分別著重繼承了徐渭關於『宜眞』與『眞俗』的主張。沈璟強調『俗』，因而成了一個通俗喜劇作家，他的後期創作帶來鮮明的『平民性』，這種風格爲後來的眾多戲曲家所效法。湯顯祖強調『眞』，因而注重『情』的抒寫，他的戲曲創作帶有強烈的個性解放色彩，因而其藝術魅力歷久不衰。」（上冊，頁 150）

〔註71〕 王驥德《曲律》卷四〈雜論第三十九下〉批評沈璟曰：「詞隱傳奇，要當以《紅葉》稱首。其餘諸作，出之頗易，未免庸率。」（頁 164）凌濛初《譚曲雜箚》則曰：「沈伯英審於律而短於才，亦知用故實，用套詞之非宜，欲作當家本色俊語，卻又不能，直以淺言俚句，捌淺牽湊，自謂獨得其宗，號稱詞隱。」（頁 254）

三、王驥德

王驥德字伯良，號方諸生，別署秦樓外史，方諸仙史，[註72]會稽人（今浙江省），約生於嘉靖三十六年（西元一五五七）至四十年（西元一五六一）之間，[註73]卒於天啓二年（西元一六二三）。家藏元雜劇數百種，自幼熱衷詞曲，曾師事徐渭，一生行遊四方，時與萬曆間著名曲家切磋曲學。[註74]他論曲不傍門戶，無出主入奴之病，著作存有《曲律》，傳奇有《題紅記》，雜劇有《男王后》，曾編選《古雜劇》[註75]、校注《西廂記》。

《曲律》是王驥德曲學理論的總集，[註76]論曲精嚴、自成體系，在中國戲曲理論上具有承先啓後的重要地位。[註77]王驥德論「本色」常與「當行」、「當家」交錯爲用。在本色論的發展上，他是一位重要的曲論家。從《曲律》中可歸納出三個特點。

（一）妙悟的本色

王驥德的本色主張受徐渭影響很深，[註78]他強調戲曲應重視整體架

〔註72〕王驥德別號甚多，詳參李惠綿：《王驥德曲論研究》（臺北：國立臺灣大學文學院，文史叢刊之九十，民國81年12月初版）第一章第一節，頁45～48。

〔註73〕關於王驥德的生平，歷來學者多曰不詳，近年夏寫時則在《中國大百科全書——戲曲曲藝》將之定於西元一五五七～一五六一年間。李惠綿《王驥德曲論研究》則定爲一五六○年前後，詳參該論文第一章第一節。

〔註74〕當時著名曲家湯顯祖對刪改《牡丹亭》者多不以爲然，獨稱賞王氏，曾擬與之共削已作。至於沈璟更常與之魚雁往返，商榷治曲之事。其他如屠隆、孫鑛、孫如法、顧大典、呂天成、史槃、王澹、葉憲祖等都曾與他交游論曲。

〔註75〕鄭因百師在《景午叢編》上編〈元明鈔刻本元人雜劇九種提要〉（頁122～432）中曾提及《古雜劇》共收元人雜劇二十種，至於其特色則是「刊印精美，可供鑒賞之用」，又因「所收各劇與息機子或古名家本重複者，其內容文字完全相同，錯訛亦皆仍之，蓋依舊本重印而未加校勘整理」，所以在異文考訂上，貢獻並不大。

〔註76〕他由萬曆三十六年（西元一六○八）開始撰寫，直到臨終前方定稿，歷時十餘年。追溯南北曲源流，探討作曲方法、評論曲家、作品的成就，深入宮調、曲牌、板眼、四聲陰陽，及劇本的結構、賓白、科諢等問題。

〔註77〕葉長海《中國戲劇學史稿》第六章第一節曾說：「《曲律》對萬曆時代及此前三百多年的古代曲學成果作了全面的總結，在中國古典戲曲理論發展中起了承先啓後的關鍵性作用，對後世的戲曲創作和戲劇學研究產生過很大的影響。」（上冊，頁259）王驥德的《曲律》可謂是爲李漁的《閒情偶寄》打下深厚的基礎。

〔註78〕王驥德《曲律》卷四〈雜論第三十九下〉曰：「先生好談詞曲，每右本色，於《西廂》、《琵琶》皆有口授心解……」（頁168）。

構，不應片面模擬，故《曲律》卷三〈雜論第三十九上〉曰：

> 論曲當看其全體力量如何，不得以一、二語偶合，而曰某人、某
> 劇、某戲、某句某句似元人，遂執以概其高下。寸瑜自不掩尺瑕
> 也。（頁 152）

從這段內容可知王驥德對於戲曲作品的評論具有整體觀，不能因為某些語句
與元人作品相似，就片面讚賞，評定優劣，這種反對只擷取字面、語句的品
評觀，有糾正時弊的意義，同時也蘊含了反對襲貌取形的形式化模擬風氣，
這種觀點正如徐渭《青藤書屋文集》卷二十〈葉子肅詩序〉所說：

> 不出於己之所得，而徒竊於人之所嘗言，曰：某篇是某體，某篇則
> 否；某句似某人，某句則否，此雖極工，逼肖而已，不免於鳥之為
> 人言矣。（頁 252）

徐渭用此以批評文壇七子的復古，王驥德則以之關照曲壇摹勒元人本色語的
偏鋒，〔註79〕認為戲曲的優劣是由整體成就所決定，不應割裂而論。

他在《曲律》卷三〈雜論第三十九上〉中，以「本色」詞彙與詩論產生
關聯的歷史回顧，正本清源，為「本色論」追溯源流曰：

> 當行本色之說，非始於元，亦非始於曲，蓋本宋嚴滄浪之說詩，滄
> 浪以禪喻詩，其言：「禪道在妙悟，詩道亦然。惟悟乃為當行，乃為
> 本色。有透徹之悟，有一知半解之悟。」又云：「行有未至，可加工
> 力；路頭一差，愈鶩愈遠。」又云：「須以大乘正法眼為宗，不可令
> 墮入聲聞辟支之果。」知此說者，可與語詞道矣。（頁 152）

他所說的「詞道」即「曲道」，他以嚴羽妙悟說為當行本色的源頭，是從批評
方法上追溯，而不是只為當行、本色的詞彙出處尋找源頭（關於「當行」「本
色」二詞的出處源頭已詳本書第一章第二節），是想藉妙悟的「本色」，導領
風氣，以免時人繼續認差路頭，陷入語言形式的模擬。

嚴羽論詩主妙悟，提出當行、本色，是因江西詩派末流講究的奪胎換骨，
無一字無來歷，和議論的詩風已流於剽竊模擬，嚴氏為遏止此風，便以重興
會意象的盛唐詩為「第一義」，矯正時弊。王驥德的借用妙悟解釋「本色」，
則是想讓時人了解，「本色」並非只在語言形式上模擬元人的方言、口語，而
是應從根本的戲曲內容上講求「動吾天機」的「風神」、「標韻」，認為只有做

〔註79〕此風以沈璟所開啓的吳江派為盛。

到感人於無形方是神品絕技，〔註80〕可知他是從戲曲的文學性來探討「本色」的風格。

　　基於上述的本色觀，他在戲曲作品的品評中，讚揚《拜月亭》「時露天機」〔註81〕，對於曲家則稱許湯顯祖，認為他的《南柯》、《邯鄲》二記「布格既新，遣詞復俊，其掇拾本色，參錯麗語，境往神來，巧湊妙合」，〔註82〕故在「本色家」中只取湯氏一人。〔註83〕

（二）可演可傳的當行本色

　　王驥德從戲曲的搬演來論「當行」，認為只有「詞格俱妙，大雅與當行參間，可演可傳」，才是「上之上」的作品。而要達到可演可傳的「當行」，需重結構，施以「剪裁」、「鍛鍊」的工夫；在人物安置，情節承轉上，照應妥貼，不蔓不蕪，不落俗套；在關鍵處要「著重精神」，極力發揮。至於宮調的選擇則應「以調合情」，使詞情聲情搭配無間，才能悅耳動聽。〔註84〕可知他

〔註80〕 《曲律》卷三〈論套數第二十四〉曰：「而其妙處政（正）不在聲調之中，而在句字之外。又須煙波渺漫，姿態橫逸，攬之不得，把之不盡。摹歡則令人神蕩，寫怨則令人斷腸，不在快人，而在動人。此所謂『風神』，所謂『標韻』，所謂『動吾天機』，不知所以然而然，方是神品，方是絕技。」（頁132）

〔註81〕 詳參《曲律》卷三〈雜論第三十九上〉，頁149。

〔註82〕 《曲律・雜論第三十九下》曰：「臨川湯奉常之曲，當置『法』字無論，盡是案頭異書。所作五傳，《紫簫》、《紫釵》第修藻艷，語多瑣屑，不成篇章；《還魂》妙處種種，奇麗動人，然無奈腐木敗草，時時纏繞筆端；至《南柯》、《邯鄲》二記，則漸削蕪纇，俛就矩度，布格既新，遣詞復俊，其掇拾本色，參錯麗語，境往神來，巧湊妙合，又視元人別一谿徑，技出天縱，匪由人造。使其約束和鸞，稍閑聲律，汰其賸字累語，規之全瑜，可令前無作者，後鮮來喆，二百年來，一人而已。」（頁165）對於「本色」之用，仍是以作品實際表現來鑒賞品評，並非以作家成就而統概其所有作品。

〔註83〕 《曲律・雜論第三十九下》曰：「於文辭一家得一人，曰宣城梅禹金——搞華掞藻，斐亹有致；於本色一家，亦惟是奉常（湯顯祖）一人——其才情在淺深、濃淡、雅俗之間，為獨得三昧。餘則修綺而非垛則陳，尚質而非腐則俚矣。」（頁170～171）

〔註84〕 參見《曲律》卷三〈論戲劇第三十〉，其論曰：「劇之與戲，南北故自異體。北劇僅一人唱，南戲則各唱。一人唱則意可舒展，而有才者得盡其春容之致；各人唱則格有所拘，律有所限，即有才者，不能恣肆於三尺之外也。於是：貴剪裁、貴鍛煉——以全帙為大間架，以每折為折落，以曲白為粉堊、為丹艧；勿落套，勿不經，勿太蔓，蔓則局懈，而優人多刪削，勿太促，促則氣迫，而節奏不暢達；毋令一人無著落，毋令一折不照應。傳中緊要處，須重著精神，極力發揮使透。如《浣紗》遺了越王嘗膽及夫人採葛事，紅拂私奔，

的「當行」是以文學性與舞臺性兼顧爲上，那些只可吟哦於案頭，而不能演之場上的，都只能算是第二義的次等作品。

王驥德注意文學類型與戲曲類型間的體製差異，他的〈論戲劇第三十〉分辨了雜劇與傳奇的差異，認爲要稱爲傳奇曲作的當行家，要注意各齣之間的結構性；也要注意創作擷取故事時，人物本事精警動人的核心事件爲何，不可於本事精警處輕易略過。如《浣紗》寫吳越故事就不應該忽略越王勾踐臥薪嘗膽，以及越國夫人採葛的事件。除了明辨雜劇與傳奇差意外，更大範圍的文體更需辨明，如詩與詞、曲不同，不容相混。如他在《曲律》卷四〈雜論第三十九下〉說：

> 曲與詩原是兩腸，故近時才士輩出，而一搦管作曲，便非當家。汪司馬曲，是下膠漆詞耳。弇州曲不多見，特《四部稿》中有一【塞鴻秋】、兩【畫眉序】，用韻既雜，亦詞家語，非當行曲。【畫眉序】和頭第一字，法用去聲，卻云「濃霜畫角遶陽道，知他夢裏何如」。濃字平聲，不可唱也。（頁 162）

此項內容以「當家」作爲「當行」的變化性運用，具體舉例說明曲與詞不同體，風格自有差異，不可以作詞之法製曲，曲的可演可唱不容忽視。

（三）尚雅的本色論

王氏認爲創作戲劇應如白居易作詩，「須令老嫗解得，方入眾耳」，也才稱得上「本色」。〔註85〕而要確定作品是否合於本色，則「須奏之場上，不論士人閨婦，以及村童野老無不通曉，始稱通方。」〔註86〕，這是從戲曲搬演的通俗性來論「本色」，與徐渭「歌之使奴童皆喻」之說相似。

徐渭在「文而晦」與「俗而鄙」間，選擇了易曉的俗鄙，〔註87〕王驥德

如姬竊符，皆本傳大頭腦，如何草草放過！若無緊要處，只管敷演，又多惹人厭憎：皆不審輕重之故也。又用宮調，須稱事之悲歡苦樂，如遊賞則用仙呂、雙調等類；哀怨則用商調、越調等類，以調合情，容易感動得人。其詞格俱妙，大雅與當行參間，可演可傳，上之上也。詞藻工，句意妙，如不諧里耳，爲案頭之書，已落第二義；既非雅調，又非本色，掇拾陳言，湊插俚語，爲學究、爲張打油，勿作可也！」（頁137）。

〔註85〕《曲律》卷三〈雜論三十九上〉曰：「白樂天作詩，必令老嫗聽之，問曰：『解否？』曰：『解』，則錄之；『不解』，則易。作劇戲，亦須令老嫗解得，方入眾耳，此即本色之說也。」（頁154）。

〔註86〕參見《曲律》卷三〈論過曲第三十二〉，頁138～139。

〔註87〕參見《南詞敘錄》，頁243。

則在雅俗的衡量中，提高「雅」的地位，因此他雖將得「淺深、濃淡、雅俗之間」的三味視爲本色的最高境界，認爲只有善用才者，方能明白介乎微茫的雅俗淺深之辨。〔註88〕但在通俗性與文學性的權衡中，王氏有明顯地傾向文學性的現象，因此在實際的批評中時，有雅勝於俗的傾向，如認爲湯顯祖的作品儘管「盡是案頭異書」，但是《紫簫》、《紫釵》雖然藻豔，但結構差，有「不成篇章」的缺點；《還魂》故事雖然奇麗動人，但是語言不夠精鍊，因此，批評他：「腐木敗草，時時纏繞筆端」；直到《南柯》、《邯鄲》二記才「俛就矩度」，在結構上，一新局面，在語言運用上能做到「掇拾本色，參錯麗語」。王驥德對湯顯祖作品的評論，從布局結構、遣詞造句到神妙境界的敘述，無非在建構一種新的、屬於傳奇的、尚雅的本色。因此，王驥德可說是明代本色論的轉變者。

為避免純用本色的「俚腐」之弊，和堆垛文詞的「太文」之病，順應傳奇的發展趨勢，他採取了這種折衷而偏雅的標準，並歸納出落實的方法。曰：

> 詞曲雖小道哉，然非多讀書以博其見聞，發其旨趣，終非大雅。
> 〔註89〕

是以多讀書來豐富學養，舉凡國風、離騷、古樂府、漢魏六朝三唐詩，及花間、草堂詞，金元雜劇，甚至古今諸部類書，都在「博收精探」、「多識故實」的範圍裡，這些書雖蓄之胸中，卻須做到掇取「神情標韻」，「不用書中一個字」的融鑄工夫，方不淪入「賣弄學問、堆垛陳腐，以嚇三家村人」的惡趣，正與臧懋循「串合無痕」之說相似。

在用事上，他主張要「引得的確，用得恰好，明事暗使，隱事顯使，務使唱去人人都曉，不須解說。」〔註90〕至於最高境界則是將故事「用於句中，令人不覺，如禪家所謂撮鹽水中，飲水乃知鹹味」，〔註91〕方是造化妙手。雖是轉化周德清之語，卻如注腳般貼切，而融入妙悟清空之趣。

在曲文上，主張「大曲宜施文藻，然忌太深；小曲宜用本色，然忌太俚。」清徽師曾指出，所謂「小曲」即民間小曲，如〔清江引〕一類的曲子。至於「大曲」，王氏在論家數時曾以《琵琶記》爲例，認爲引子如〈五娘憶夫〉中

〔註88〕參見《曲律》卷二〈論家數第十四〉，頁 121～122。
〔註89〕參見《曲律》卷二〈論須讀書第十三〉，頁 121。
〔註90〕參見《曲律》卷三〈論用事第二十一〉，頁 127。
〔註91〕參見《曲律》卷三〈論用事第二十一〉，頁 127。

的〔破齊陣〕（翠減祥鸞羅幌），〈伯喈拒婚〉中的〔高陽臺〕（夢遶春闈）；過曲如〈琴訴荷池〉的〔梁州序〕（新篁池閣），〈中秋賞月〉的〔念奴嬌序〕（或作〔本序〕）（長空萬里）都是大曲，曲調較「幽雅宛轉」，〔註92〕可以稍加文飾，表現戲曲的文學性；至於小曲接近民間，可以朗朗上口，故應保持它通俗的本色。他的這種規畫，明顯是由傳奇的省思中得來，因此他所謂的「正體」，已非論雜劇，而是道地的傳奇之正。〔註93〕

他又將賓白分爲「定場白」和「對口白」，認爲「定場白」是「初出場時，以四六餙句者」，可以「稍露才華」，但仍不可陷於深晦；至於「對口白」則需「明白簡質，用不得太文字」，他甚至說：「凡用之、乎、者、也，俱非當家」。〔註94〕在此原則下，「對口白」更不可用駢儷的四六文，王驥德具體舉例，認爲：「《浣紗》純是四六，寧不厭人！」〔註95〕除此，王驥德講論賓白中的對口白還細分南戲、北劇，認爲：「又凡『者』字，惟北劇有之，今人用在南曲白中，大非體也。」〔註96〕對口白除了王氏所說的「各人散語」的特性外，它還是推動故事的關鍵，也是賓白的主體，因此王氏提出「簡質」的要求是必要的。此外，在聲調上，他則要求「雅而不麤」。〔註97〕

這些主張都是從傳奇中歸納出來的，因此他的本色論不同於以元人雜劇爲主的曲論家（關於因南北曲體製不同所產生的本色差異，詳於第四章），他雖重視雅俗之辨，但在雅俗的斟酌中，「雅」又重於「俗」，因爲基本上他認爲「詞曲本文人能事」。王驥德在戲曲的格律主張上，雖然推崇沈璟，但並不贊同沈璟所帶起的以庸俗淺率爲本色的作風，認爲沈璟除了《紅蕖記》尚足稱許外，其餘的作品皆因淺俗而流於庸率，其所主張雖與沈璟自論不同，卻也正表現出王驥德本色論中尚雅的特色。

〔註92〕 參見王驥德著，陳多、葉長海注釋：《曲律注釋》（上海：上海古籍出版社，2012年9月第1版）卷二〈論家數第十四〉注九，頁157。

〔註93〕 參見《曲律》卷二〈論家數第十四〉，頁121～122；《曲律》卷三〈論過曲第三十二〉，頁138～139。

〔註94〕 參見《曲律》卷三〈論賓白第三十四〉，頁140～141。

〔註95〕 參見《曲律》卷三〈論賓白第三十四〉，頁140～141。

〔註96〕 參見《曲律》卷三〈論賓白第三十四〉，頁140～141。

〔註97〕 《曲律》卷二〈論聲調第十五〉曰：「凡曲調，欲其清，不欲其濁，欲其圓，不欲其滯；欲其響，不欲其沈；欲其俊，不欲其癡；欲其雅，不欲其麤；欲其和，不欲其殺；欲其流利輕滑而易歌，不欲其乖刺艱澀而難吐。」（頁122～123）大抵，他要求的是一種自然音律，是從諷誦熟讀中自然蘊蓄而來。

四、徐復祚

　　徐復祚原名篤儒，字陽初，改字訥川，號蕣竹，別署破慳道人、三家村老等號，常熟（今江蘇省）人，生於嘉靖三十九年（西元一五六〇），卒於崇禎三年（西元一六三〇）後。博學能文，尤工詞曲，著有傳奇《紅梨記》、《投梭記》、《宵光劍》（或作《宵光記》）、《題橋記》（已佚），雜劇《一文錢》、《梧桐雨》、《鬧中牟》。〔註98〕另有《南北詞廣韻選》，筆記《三家村老委談》（因書齋名，又稱《花當閣叢談》），後人從中輯出論曲部分，名爲《徐陽初曲論》、《三家村老曲談》或《曲論》。

　　徐復祚的曲論，多將他的理念落實在作家和作品的評論中，他論曲重關目情節，音律宮商及本色當行。他的本色主張約有二個特點。

（一）娛樂的戲曲觀與場上本色

　　中國古代一向將戲曲視爲風教之體，其中最著名的，便是高明所說的「不關風化體，縱好也徒然」，《琵琶記》傳唱千古，固然由於它是好文章，有極高的藝術價值，但作者所揭示的教忠教孝也是傳世的要素之一。徐復祚卻認爲風教是道學家所講求的，而戲曲是騷人墨客的怡情悅性之作，是佐酒合歡之具，不應拿社會風教來約束，基於這種戲曲娛樂觀，他反對將傳奇當作文章作的堆砌庸腐作風，重視戲曲的舞臺性，其《曲論》曰：

　　　　文章且不可澀，樂府出於優伶之口，入於當筵之耳，不遑使反，何
　　　　暇思維？而可澀乎哉！〔註99〕

認爲文章尚且不可以晦澀爲高，戲曲演出或歌唱，觀眾是透過演員之口來了解曲詞的內涵，在失去視覺性閱讀的文字憑藉後，觀賞表演時只靠聽覺來判斷曲文、賓白，沒有文字紙本閱讀實反覆思考的可能，所有表達更不可流於晦澀。因此其《曲論》曰：

　　　　傳奇之體，要在使田畯紅女聞之而趯然喜，悚然懼；若徒逞其博洽，
　　　　使聞者不解爲何語，何異對驢而彈琴乎？（頁238～238）

是從觀眾的立場來論述，認爲戲曲應顧及知識層次不高的「田畯紅女」，要以關目情節和淺白易懂的語言吸引他們的注意力，才能將劇情的悲喜迭宕

〔註98〕莊一拂：《古典戲曲存目彙考》卷六〈明代作品〉將《梧桐雨》、《鬧中牟》著錄爲「佚」，頁468～469。

〔註99〕參見徐復祚：《曲論》，《中國古典戲曲論著集成》，第4冊，頁238。

傳達到他們的心中，不可沿襲作文章逞博矜能的習氣，而使戲曲失去感染力。因此他批評梅禹金（鼎祚）等人的作品，不只田間男女不懂，即使是筵前的「學士大夫」也未必解其語，〔註100〕基於這種戲曲觀，他極力提倡當行本色。

（二）當行本色的意義

徐復祚的《曲論》常以「本色」、「當行」作為批評的贊語，在用法上也時而連用，時而分論，大體而言，他以「本色」用於文詞上，與藻麗、填塞、堆垛、餖飣等對立，指質樸而不粗鄙的語言特色，如曰：「愈藻麗，愈遠本色」。〔註101〕又如評《玉玦記》曰：

> 獨其好填塞故事，未免開餖飣之門，闢堆垛之境，不復知詞中本色為何物。（頁 237）

至於「當行」或「當行本色」則用於評論宮調音律，如評《拜月亭》曰：

> 宮調極明，平仄極協，自始至終，無一板一折非當行本色語。（頁 235～236）

認為音韻宮商明朗諧協，耐人尋味，便是「當行本色」。〔註102〕具有曲家對戲曲音樂掌握拿捏能力表現的意義，使「當行本色」在詞采意義外，別具格律音樂性意義。他雖在戲曲批評上主張本色當行，但在本色論的開拓上，他的貢獻並不大。

五、馮夢龍

馮夢龍字猶龍，又字子猶、號龍子猶，墨憨齋主人、顧曲散人。長洲（今江蘇省）人，生於萬曆二年（西元一五七四），卒於清順治三年（西元一六四六）。與兄夢桂（善畫）、弟夢熊（能詩），並稱「吳下三馮」。他博覽群書，喜李贄「異端」之學，為人曠達，言行每出名教之外，時人目為畸士、狂生。留心通俗文學，對民謠、話本小話、戲曲的搜集整理、刊刻、改定、寫作，貢獻極大，編有《童癡一、二弄》（《掛枝兒》和《山歌》），三言（《喻世明

〔註100〕徐復祚《曲論》曰：「若歌《玉合》於筵前臺畔，無論田畯紅女，即學士大夫，能解作何語者幾人哉！徐彥伯為文，以鳳閣為鶤門，龍門為虯戶，當時號澀體。樊宗師《絳州記》，至不可句讀。」（頁 238）

〔註101〕此為徐復祚《曲論》用以評論《香囊記》之語，頁 236。

〔註102〕曾永義師〈當行本色〉和陳芳英《明代劇學研究》下篇第四章第一節皆曾指出徐復祚「當行本色」在宮調音韻上的意義。

言》、《警世通言》、《醒世恆言》)、《太平廣記鈔》、《古今譚概》、《智囊》、《情史》，增補《新平妖傳》、《新列國志》，在戲曲上著有《雙雄記》、《萬事足》二傳奇，經他改編的作品有十七種之多，今僅存十四種，名爲《墨憨齋定本傳奇》，此外，尚有散曲選集《太霞新奏》及已佚的《墨憨齋新譜》、《墨憨齋詞譜》(已爲沈自晉收入《南詞新譜》)。

馮夢龍論曲以調協韻嚴，文詞新麗爲則，他的本色說有兩個特點。

（一）尚真的當行本色說

馮氏論曲重視眞情與自然，他認爲戲曲和詩文一樣，都應該「發於中情，自然而然」〔註103〕，因此自稱「子猶諸曲絕無文彩，然有一字過人曰『眞』。」〔註104〕，他所謂的「眞」，是由眞情所映射而出的眞語，因此在《太霞新奏》卷一評秦復菴〔望吾鄉〕套〈暮春初會少華於譙詞以紀之〉曰：

北之〔粉紅蓮〕，南之〔掛枝詞〕，其佳者語多眞至，政自難得，彼以腐套塡塞爲詞者，視此何如？〔註105〕

語眞則不論舖敍麗情，或描寫樸淡流利的本色風貌，都能「眞色動人」〔註106〕；反之，若性未能近，學有未窺而無病呻吟，便如「犬吠驢鳴」、「病譫夢囈」，〔註107〕不只因不眞而不動人，更易陷入腐套塡塞的囿圈中。

他因這種尚眞的觀念，使他特別重視「鎔化點綴、不靈痕跡」的工夫，〔註108〕認爲在修辭上應從自然而然的情性中去鎔鑄素材，去蕪穢，離庸淡，表現悠然不俗的「新麗」詞采，可知他所謂的「當行本色」，是在尚眞的基礎上規範文詞。

（二）本色與當行的意義

馮夢龍曾解釋「當行」與「本色」，他在《太霞新奏》卷十二雙調曲〔步步嬌〕套，沈子勺〈離情——翻北詞〉曰：

〔註103〕參見馮夢龍：《太霞曲語》，《新曲苑》，第 1 冊，頁 182。
〔註104〕參見馮夢龍：《太霞新奏》卷十龍子猶商調〔集賢賓〕套〈有懷〉評語，臺北：臺灣學生書局，民國 76 年 11 月初版，第 2 冊，頁 88。
〔註105〕參見馮夢龍：《太霞新奏》，第 1 冊，頁 88。
〔註106〕參見馮夢龍：《太霞新奏》，第 1 冊，頁 88。
〔註107〕參見馮夢龍爲王驥德：《曲律》所作〈序〉，頁 47。
〔註108〕參見馮夢龍：《太霞新奏》卷一評沈伯英〔八聲甘州〕〈集雜劇名——翻元人吳昌齡北詞〉，第 1 冊，頁 59～60。

> 詞家有當行、本色二種，當行者組織藻繪而不涉於詩賦；本色者常
> 談口語而不涉於粗俗。（第 2 冊，頁 611～612）

這是從文詞上來辨別家數，「當行」與「本色」是在文詞規範中辨體。他認爲
曲中組織藻繪一派雖可稱爲當行家，但曲的「組織藻繪」與詩賦的舖陳擒采
不同，能掌握其間分野，才是眞正的「當行」。他在《太霞曲語》中也曾有關
於傳奇與散套語言的討論，他說：「傳奇就事敷演，易於轉換；散套推陳致新，
戞戞乎難之。當行也，語或近于學究；本色也，腔或近於打油。又或運筆不
靈，而故事塡塞，侈多聞以示博。章法不講，而餖飣拾湊，摘片語以誇工，
此皆世俗之通病也。」〔註 109〕可見不論當行或本色，馮夢龍都將之作爲語言
風格看待。

此外，又認爲是否藻繪與描寫的對象和內容相關，故《太霞新奏》卷八
黃鍾宮卜大荒〔畫眉序〕套〈春景——翻北詞〉評語曰：

> 春辭須芳華燦爛，即點染正不失當行。（第 2 冊，頁 406）

認爲只要不流於舖排，寫春景而予以適度的點染，正可表現曲家當行的特色。

至於「本色」則指文詞樸質自然一派的曲風，他認爲「傳奇曲只明白條
暢，說卻事情出便殼」，不必太過雕鏤。〔註 110〕況且從元曲運用語體文以來，
本色便成爲戲曲語言的特色，他認爲只要不涉粗俗，不必「堆金瀝粉」，只要
具有眞情，即使是樸質無華的常談口語，照常可以傳情達意。《太霞新奏》卷
二羽調沈伯英〔四時花〕套〈偎情〉中，馮夢龍以〔水紅花〕爲例，認爲它
是「本色妙品」。〔註 111〕此外，在《太霞新奏》卷八商調沈伯英〔集賢賓〕套
〈男思情——翻元人北詞〉作品之後，總評曰：「本色當行至此極矣！」

馮氏雖爲「當行」、「本色」作了明確的區分，但在運用時，卻又常出
現混淆的現象，如在〈曲律序〉中說：「餖飣自矜設色，齊東妄附於當行」
〔註 112〕，則「當行」又近於「本色」的樸質之意。至於他所說的「本色語
不害當行」，「字字文采，卻又字字本色」看似矛盾，卻是兼顧戲曲文學性
和通俗性的表現，試圖以「當行」、「本色」諧調文質對立的問題。要之，

〔註 109〕 參見馮夢龍：《太霞曲語》，《新曲苑》，第 1 冊，頁 182。
〔註 110〕 此爲沈自晉〈《重定南詞全譜》凡例續紀〉引馮夢龍語，參見沈自晉：《南詞
新譜》，臺北：臺灣學生書局，民國 73 年 8 月初版，第 1 冊，頁 42。
〔註 111〕 參見馮夢龍：《太霞新奏》卷二羽調沈伯英〔四時花〕套〈偎情〉中〔水紅花〕
上的眉批曰：「如此曲便是本色妙品，何必堆金瀝粉」，第 1 冊，頁 59～60。
〔註 112〕 參見王驥德：《曲律》，頁 47。

馮夢龍雖然經常用作為品評鑑賞語彙，但他對本色、當行的定義，是其他曲家所不用。

六、呂天成

呂天成原名文，字勤之，號棘津，又號鬱藍生，餘姚人（今浙江），生於萬曆八年（西元一五八〇），約卒於萬曆四十六年（西元一六一八）。為萬曆諸生，工古文詞。家學淵源，祖母孫太夫人（鑷）好古今劇戲，儲書極多；〔註113〕父呂玉繩亦篤好詞曲，曾改訂《牡丹亭》以便崑唱；舅祖孫鑛（月峰）、舅父孫如法皆深通四聲陰陽之學，是以呂天成在曲學方面汎瀾極博。後又曾師事沈璟，與王驥德交游近二十年，互相切蹉，曲學益進。二十歲即開始創作，著有《煙鬟閣傳奇》十餘種，但僅存雜劇《齊東絕倒》和《曲品》二卷，此外尚有小說《繡榻野史》和《閒情別傳》。

《曲品》將元末明初的南戲和傳奇作家作品分為神、妙、能、具四品，嘉靖、萬曆間的作家作品則分為上上、上中、上下……等九品。儘管「《曲品》的價值並不在於品類的分別和評語，而是在於著錄二百九十一種傳奇目和若干已佚傳奇的內容，其次是記錄作者的史料。」〔註114〕但就戲曲本色論的發展而言，呂天成是個重要的曲論家，他已感覺到當時本色、當行的濫用和意義的模糊，因此設法釐清本色和當行的界限。

（一）本色與當行的關係

呂天成談本色常與當行並舉，他認為當行與本色不同，故《曲品》卷上〈新傳奇品序〉曰：

> 當行兼論作法，本色只指填詞。當行不在組織餖飣學問，此中自有關節局概，一毫增損不得；若組織，正以蠹當行。本色不在摹勒家常語言，此中別有機神情趣，一毫妝點不來；若摹勒，正以蝕本色。
> （頁 211）

可知「當行」是指戲曲的寫作方法而言，清徽師曾指出「組織餖飣」不僅指文字上的填塞故實、賣弄學問，亦是音樂上的組套問題，若不諳宮調音律，不按句套、曲套組織的規矩，隨意併湊曲牌、句式，或在句法上不分正襯，

〔註113〕參見王驥德：《曲律》卷四〈雜論第三十九下〉，頁 172。
〔註114〕參見陳芳英：《明代劇學研究》下篇第三節。

都是組織餖飣之病。因為戲曲的寫作要兼顧音樂性和文學性，是以不能在文詞上一味地追求藻績繡麗。

至於本色，是針對戲曲的文詞而言，自本色受到重視以來，不少作者以摹勒粗鄙俚俗的語言為本色。呂天成認為本色雖是語言文字的問題，卻一毫妝點不來，真正的本色需有「機神情趣」，要從內在的精神講求，〔註115〕掌握曲的風味情趣，不是在語言形式上模倣抄襲。與王驥德追溯嚴羽的妙悟說為本色源頭有異曲同工之妙。〔註116〕

綜上所述，當行的範疇雖較本色為廣，但二者關係密切，故《曲品》卷上〈新傳奇品序〉曰：

> 果屬當行，則句調必多本色；果其本色，則境態必是當行。（頁211）

他認為能在作法上達到當行的標準，必是本色的戲曲語言；而在語言上能機神獨具，表現質樸而又富於情趣的本色，自然能締造當行的效果。

（二）當行本色兼收並蓄的曲品

呂天成認為當時人不了解當行、本色間互為因果的關係，於是傳奇分為二派；一是「工藻績少擬當行」，一是「襲樸澹以充本色」，且以「寡文」和「喪質」互相訕笑，而各走向偏激，他為這種現象感到惋惜，因此他在作〈新傳奇品〉時，便採兼容並蓄的態度，對不當行而「其華可擷」的藻麗作品，和不本色而「其樸可風」的樸澹作品一併採入，以表現他「不遵古而卑今」的觀念。

此外，他在《曲品》卷上〈舊傳奇品序〉中分析元末明初傳奇作品的特色時說：

> 存其古風，則湊拍常語，易曉易聞。……有意近俗，不必作綺麗觀。……（極）質樸而不以為俚，（極）膚淺而不以為疏。商彝周鼎，古色照人；玄酒太羹，真味沁齒。（頁209）

舊傳奇歷來是曲論家心中的本色典範，呂氏雖未標舉本色之名，但他所論述的通俗質樸而不粗疏鄙俚的內涵，正可以補充他在〈新傳奇品序〉中所提及的本色風貌，而古色中的精神和清淡裡的真味，正是他所謂的「機神情趣」。

〔註115〕參見葉長海《中國戲劇學史稿》第五章第七節。
〔註116〕王驥德《曲律》卷四〈雜論第三十九下〉曾提及呂天成曰：「與余稱文字交垂二十年，每抵掌談詞，日昃不休。」（頁172）二人常共同切磋曲學，故其觀念亦時有相通之處。

七、凌濛初

　　凌濛初字玄房，號初成、稚成，亦名凌波，又字波厈，別署即空觀主人。浙江烏程人（今吳興），生於萬曆八年（西元一五八○），卒於崇禎十七年（西元一六四四）。工詩文，著述宏富，極力提倡戲曲小說，編有二拍（《拍案驚奇》、《二刻拍案驚奇》）。著有雜劇九種，今僅存《虯髯客》、《莽擇配》、《宋公明》三種，傳奇《衫襟記》僅存散齣（改編自高濂《玉簪記》），並曾評選南曲，編爲《南音二籟》，卷首附有曲論《譚曲雜箚》。

　　凌氏論曲兼顧音律與文詞，在音律上以自然音節爲宗，而不廢宮調曲譜，[註117]文詞則以本色當行爲旨。其本色之說有四個特色。

（一）從曲的發展論本色

　　凌濛初認爲曲的發展有四個階段，由曲的發展變化談「本色」，其《譚曲雜箚》曰：

> 元曲源流占樂府之體，故方言常語，沓而成章，者不得一毫故實；即有用者，亦其本色事，如藍橋、祆廟、陽臺巫山之類，以拗出之爲警俊之句，決不直用詩句，非他典故填實者也。一變而爲詩餘集句，非當可矣，而未可厭也。再變而爲詩學大成，群書摘錦，可厭矣，而未村煞也。忽又變而文詞說唱、胡謅蓮花落，村婦惡聲，俗夫褻譃，無一不備矣。今之時行曲，求一語如唱本山坡羊、刮地風、打棗竿、吳歌等中一妙句，所必無也。（頁255）

第一階段中的元曲雖取材於方言俗語、常典熟事、和詩句成語，但都經過鎔鑄點化，而不生搬硬套，因此能轉化爲舞臺上的俊俏語，案頭上的警策句，是古質自然，天籟獨鳴的「行家本色」，[註118]是以能創造戲曲的鼎盛顛峰。

[註117]　明・徐復祚：《南音三籟》（臺北：臺灣學生書局，民國76年11月初版）其〈南音三籟敘〉曰：「曲有自然之音，音有自然之節，非關作者，亦非關謳者，莫知其所以然而然，通其音者可以不設宮調，解其節者可以不立文字，而學者不得不從宮調文字入，所謂師曠之聰，不廢六律，與匠者之規矩埒也。」（第1冊，頁1～2。）又曰：「夫籟者自然之音節也，蒙莊分別之爲三，要皆以自然爲宗，故凡詞曲，字有平仄，句有短長，調有合離，拍有緩急，其所謂宜不宜者，正以自然與不自然之異在芒忽間也。」（第1冊，頁5～6）

[註118]　《南音三籟》之〈凡例〉曰：「曲分三籟，其古質自然，行家本色爲天。其俊逸有思，時露質地者爲地。若但粉飾藻繢，沿襲靡詞者，雖名重詞流，聲傳里耳，概謂之人籟而已。」（頁13）

至於一變、二變，戲曲向案頭文學極端發展，一味地追求藻麗，忽略舞臺性，由「詩餘集句」式的以詞爲曲，到「詩學大成，群書摘錦」的以詩詞、時文爲曲，都因好使僻事，用隱語，而掩卻人間眞情，演變爲「詞須累詮，意如商謎」的可厭地步。但若作者才情足稱，仍可表現文學的工麗雅正之美，其佳作也還能入於「地籟」或「人籟」之列。

到了三變則是本色論興起後，誤以鄙俚爲本色的畫虎之作，不僅俊語警句不可得，更損害戲曲的文學性，因此他認爲「以藻績爲曲」，就像在陌上桑、董妖嬈等民間樂府中講究排律的對聯，不倫不類，但若「以鄙俚爲曲」也是可笑而有靦面目，故三變以後不入天地人三籟之列。〔註119〕

基於這種理念，他對沈璟的評價不高，認爲他「審於律而短於才……欲作當行家本色語，卻又不能，直以淺言俚句，捆拽牽湊。」〔註120〕使得模擬效轝的吳江派末流「以鄙俚可笑爲不施脂粉，以生梗稚率爲出之天然。」〔註121〕對凌氏而言，在雅俗間若不能得其正，他是寧可取藻績而棄鄙俚，因此認爲梁辰魚、梅鼎祚等人在吳江末流的襯托下，自可「家帚自珍」。

（二）從觀眾和腳色安置論本色

在《譚曲雜箚》中，凌氏從戲曲的舞臺性談賓白、曲文特性時，有一段精闢的見解，其內容爲：

> 傳奇初時本自教坊供應，此外只有上臺构欄，故曲白皆不爲深奧。
> 其間用詼諧曰「俏語」，其妙出奇拗曰「俊語」，自成一家謂之「本色」。使上而御前，下而愚民，取其一聽而無不了然快意。（頁259）

他認爲賓白是戲曲的主體，推動情節的關鍵，以直截淺近爲要。又因它是在教坊勾欄中搬弄，欣賞的對象從皇帝、大臣學士到愚民百姓，無不包攬究竟，在這種雅俗共賞的情形下，不論曲文或賓白都不能深奧難解，要在「淺淺易曉」的曲白中，間插詼諧奇拗的俊俏語，兼具通俗和文采的特性，讓觀眾觀之了然快意，才是眞本色。

他並提醒曲家應顧及演員和一般觀眾的知識水準，認爲像梁辰魚堆砌靬

〔註119〕葉長海《中國戲劇學史稿》和陳芳英《明代劇學研究》皆曾比較三籟與三變，並引用趙景深〈曲論初探〉將本色、駢儷二派配入三籟情形，以見凌濛初對本色的重視。
〔註120〕參見凌濛初：《譚曲雜箚》，頁254。
〔註121〕參見凌濛初：《譚曲雜箚》，頁254。

輳故實的作風，讓人讀來不能「一意直下」連貫成文，使歌者「偶忘一句，竟不知從何處作想以續」，演員既不了解作者的曲情文意，如何透過歌演傳達給觀眾，而觀眾並非個個都是「廣記類書之山人，精熟策段之舉子」，如何能從口傳耳聞中了解鬥靡競富、排對工切的曲白？

其次，凌氏也注意到戲曲中的腳色聲口問題，認爲賓白曲文應配合腳色人物的身份，批評駢儷派對腳色聲口的疏失，故其《譚曲雜劄》曰：

> 花面丫頭，長腳鬐奴，無不命詞博奧，子史淹通，何彼時比屋皆康
> 成之婢，方回之奴也？總來不解「本色」二字之義，故流弊至此耳。
> （頁 259）

所論雖極簡要，但已使本色論觸及戲曲語言和腳色人物身份的搭稱問題，開啓李漁「生旦有生旦之體，淨丑有淨丑之腔」之說。

中國戲曲在腳色分行上極具象徵性，文詞與身份的搭配也極重要，常關係作品成敗。戲曲是模擬現實的，應做到「虛」中帶「實」，因此扮演丫頭奴僕的淨丑若個個淹通子史，滿口詰屈聱牙的僻典隱詰，使失去模擬的眞實性。可知凌氏所論的「本色」兼顧演員、觀眾、讀者，涵蓋戲曲的通俗性和模擬虛實性。

（三）論《琵琶記》和四大傳奇

對《琵琶記》不入四大傳奇之列，凌氏《譚曲雜劄》從尙本色的觀點，提出他的看法：

> 《荊》、《劉》、《拜》、《殺》爲四大家，而長材如《琵琶》猶不得與，
> 以《琵琶》間有刻意求工之境，亦開琢句脩詞之端，雖曲家本色故
> 饒，而詩餘弩末亦不少耳。（頁 253）

凌氏認爲《琵琶記》雖不乏本色之態，卻不入四大傳奇，是因它本色不純，時見雕章琢句、刻意求工的痕跡。這種說法雖不完全是事實的眞象，卻是他論曲以本色爲旨的表徵。〔註 122〕

〔註 122〕關於《琵琶記》何以不入四大傳奇之列，清徽師在講授戲曲時，曾提出兩點意見：一、認爲《琵琶記》因受明太祖稱賞，曰：「五經、四書，布帛菽粟也，家家皆有；高明《琵琶記》，如山珍海錯，貴富家不可無。」（參見《南詞敘錄》）而獨得士林青睞，漸脫離民間，成爲案頭之書，不與四大傳奇之列。二、認爲「荊劉拜殺」的組成與四聲陰陽關係密切，就如元曲有「關馬鄭白」四大家，而王實甫在元曲的成就和地位都比鄭光祖高，卻不與四家之列。推其因，固然由於鄭光祖在當時聲望頗高，如《錄鬼簿》稱他：「名香（或作「聞」）天下，

　　對四大傳奇，凌氏以本色的觀點推崇備至，認爲《白兔》、《殺狗》二記用口語、方言的質樸風貌，因時代、地方的隔閡，使它常有費解之處，而妄人在字句不屬，方言不諳處，輒加竄改，使它原貌全失，而蒙鄙俚之誚，其實，《劉》、《荆》二劇價值與《荆》、《拜》相當，只是《荆》、《拜》二劇「雖亦經塗削」，但它所保存的「原筆處」，常有後人所不能及的本色長處。〔註123〕

　　再者，凌氏反對王世貞貶抑《拜月亭》爲「無詞家大學問」的說法，認爲這是因《拜月亭》沒有工麗的雕章琢句，不合王氏所喜的吳中惡套。並指出《琵琶記》本有許多以本色勝場處，王世貞不識此中眞味，而以「稍落游詞，前輩相傳謂爲贋入者」的「新篁池閣」（〈琴訴荷池〉〔梁州序〕）和「長空萬里」（〈中秋賞月〉〔本序〕）二曲爲標準，貶抑《拜月亭》，使之含垢蒙冤。〔註124〕因此他在凌刻臞仙本《琵琶記》的凡例中強調：「曲中妙處，專取當行本色俊語，非取麗藻。」導引讀者欣賞《琵琶記》中的本色妙處，貫徹他論曲所主張的本色論。

（四）當行即本色

　　凌氏論曲當行、本色兼用，並明確詮釋二者關係，如他在《譚曲雜箚》曾說：

　　聲振閨閣，伶倫輩稱『鄭老先生』皆知其爲德輝也。」但是重要的是「關馬鄭白」平上去入，四聲齊備，唸來抑揚頓挫，鏗鏘有力，若以「王」入，則四聲不全，音調不夠朗徹。至於「荆劉拜殺」雖缺上聲，卻有陰平陽平之調，音調和諧，可朗朗上口。案：四大傳奇皆取一字代稱，但它們並非只有一個名稱，如《劉知遠白兔記》，簡稱《白兔記》，何以不用「白」而用「劉」？若依四聲推斷，「白」與「殺」同爲入聲，故以「劉」代稱；而《拜月亭》又名《幽閨記》，何以不用「幽」而用「拜」？恐亦避「幽」、「荆」同聲而用「拜」。再者，有以《琵琶記》取代《拜月亭》者，將四大傳奇改爲「蔡荆劉殺」（見呂天成《曲品》），或「荆劉蔡殺」（見馮夢龍《雙雄記》敘），這固然是受何良俊所掀起評騭《琵琶》、《拜月》高低論戰的影響，認爲《琵琶記》優於《拜月亭》，但不稱《琵》而改以「蔡」（伯喈）代稱，可能正因「蔡」、「拜」同爲去聲，易於取代，若以「琵」替「拜」，則與「劉」同爲陽平，缺少去聲的點綴，拗口難讀，音調也不夠響亮，可證明清徽師四聲陰陽說之確切。

〔註123〕參見凌濛初：《譚曲雜箚》，頁253～254。

〔註124〕參見凌濛初：《譚曲雜箚》曰：「元美於《西廂》而止取其『雪浪拍長空』、『東風搖曳垂楊線』等句，其所尚可知已，安得不擊節於『新篁池閣』、『長空萬里』二曲，而謂其在《拜月》上哉！《琵琶》全傳，自多本色勝場，二曲正其稍落游詞——前輩相傳謂爲贋入者——乃以繩《拜月》，何其不倫！」（頁254）。

　　　　曲始於胡元，大略貴當行不貴藻麗，其當行者曰「本色」。蓋自有此
　　　　一番材料，其脩飾詞章，填塞學問，了無干涉也。（頁253）
他認爲當行即本色，無干填塞、藻飾，要在表現「古質自然」的元曲風貌，
與馮夢龍之說迥異其趣。

　　基於這種戲曲貴當行本色的觀念，他對《西廂記》續本的評價，獨排眾
議，曰：

　　　　至漢卿諸本，則老筆紛披，時見本色，此第五本亦然，與前自是一
　　　　手，俗眸見其稍質，便謂續本不及前，此不知觀曲者也。〔註125〕
認爲關漢卿在草橋夢以後的續本，表現他一貫「老筆紛披」的本色風貌，雖
似質樸無華，但其中自有曲家練達當行的俊妙，在王實甫前四本的「都冶纖
麗」同具藝術價值。雖然鄭因百師在〈關漢卿的雜劇〉、〈關漢卿雜劇總目〉
兩篇論文中考訂關漢卿作品時，都不將《西廂記》之增補折目納入，〔註126〕
凌氏這種說法不免受時人影響而有所偏差，但這也正表現他重視本色的精神。

八、其他──沈德符和祁彪佳

　　在曾永義師的〈從明人「當行本色」論說「評騭戲曲」應有之態度與方
法〉中，論說明代運用本色之詞尚有沈德符和祁彪佳兩位曲家。在最初建構
論文綱要時，因兩位曲家多將「本色」直接用於品評，較少談論其意，因此
未將之納入。在論文修改時，爲求完整，將之補述於下，統觀其運用大概。

（一）沈德符

　　沈德符對本色、當行兩個詞彙，或分用，或合併，沒有明顯的區別。其
運用多具辨體的意義，在辨體中並含時代、南北曲類差異的戲曲語言風格意
涵。沈德符在其《顧曲雜言》〔註127〕之〈南北散套〉和〈雜劇〉中，各有一
段內容提及本色、當行，其〈南北散套〉說：

　　　　元人如喬夢符、鄭德輝輩，但以四折雜劇擅名。其餘技則工小令爲
　　　　多；若散套，雖諸人皆有之，惟馬東籬「百歲光陰」、張小山「長天
　　　　落彩霞」爲一時絕唱。其餘俱不及也。元人俱嫻北調，而不及南音。

〔註125〕參見蔡毅：《中國古典戲曲序跋彙編》卷六《西廂記凌濛初校本暖紅室重刻》
　　　　　作者題爲即空觀主人之〈《西廂記》凡例十則〉，第2冊，頁676～677。
〔註126〕參見鄭騫：《景午叢編》上編，頁289～316。
〔註127〕參見凌濛初：《譚曲雜箚》，頁253～254。

今南曲如【四時歡】、【窺青眼】、【人別後】諸套最古，或以爲元人筆，亦未必然。即沈青門、陳大聲輩南詞宗匠，皆本朝化、弘間人。又同時如康對山、王渼陂二太史，俱以北詞擅塲，並不染指於南。渼陂初學塡詞，先延名師，閉門學唱三年，而後出手，其專精不泛及如此。章丘李中麓太常亦以塡詞名，與康、王俱□友，而不嫻度曲，即如所作《寶劍記》生硬不諧，且不知南曲之有入聲，自以《中原音韻》叶之，以致吳儂見誚。同時惟臨朐馮海槎差爲當行，亦以不作南詞耳。南詞自陳、沈諸公外，如「樓閣重重」、「因他消瘦」、「風兒疏剌剌」等套，尚是化、弘遺音；此外吳中詞人如唐伯虎、祝枝山，後爲梁伯龍、張伯起輩，縱有才情，俱非本色矣。（頁202～203）

其〈雜劇〉條則說：

北雜劇已爲金、元大手擅勝塲，今人不復能措手。曾見汪太函四作，爲《宋玉高唐夢》、《唐明皇七夕長生殿》、《范少伯西子五湖》、《陳思王遇洛神》，都非當行。惟徐文長渭《四聲猿》盛行，然以詞家三尺律之，猶河漢也。梁伯龍有《紅線》、《紅綃》二雜劇，頗稱諧穩。今被俗優合爲一大本南曲，遂成惡趣。近年獨王辰玉太史衡所作《眞傀儡》、《沒奈何》諸劇，大得金、元本色，可稱一時獨步。然北劇但四折，用四人各唱一折，或一人共唱四折，故作者得逞其長，歌者亦盡其技。王初作《鬱輪袍》，乃多至七折，其《眞傀儡》諸劇，又只以一大折了之，似尚隔一塵。（頁214）

由上述兩段引文可見，此處所討論者有南北散套、北曲雜劇、南曲傳奇之差異，當行與本色意義相近，只是變化性用法，大抵指曲家是否能掌握南北曲類體製創作要領。

此外，沈德符《顧曲雜言》有〈太和記〉條，其內容說到：

向年曾見刻本《太和記》，按二十四氣，每季塡六折，用六古人故事，每事必具始終，每人必有本末。齣既蔓衍，詞復冗長，若當場演之，一折可了一更漏，雖似出博洽人手，然非本色當行；又南曲居十之八，不可入絃索。（頁207）

《太和記》爲明雜劇，體製規律已轉變。但由這段內容可知沈德符對於雜劇用南曲很不以爲然，在他的觀念中，雜劇應以金、元爲則，不合金、元之體

便不是「本色當行」。

（二）祁彪佳

祁彪佳有《遠山堂曲品》，在他為所收作品評定優劣時，「本色」是其判斷的準則之一，但他對於「本色」的認定，主要集中在語言風格的表現，如他在〈曲品敘〉中說：

> 韻失矣，進而求其調；調訛矣，進而求其詞；詞陋矣，又進而求其事。或調有合於韻律，或詞有當於本色，或事有關於風教，苟片善之可稱，亦無微而不錄。故呂以嚴，予以寬；呂以隘，予以廣；呂後詞華而先音律，予則賞音律而兼收詞華。〔註128〕

由以上內容可知，祁彪佳論曲講韻、調、詞、事，俞為民和孫蓉蓉將之歸納為結構論、語言論和意境論。其中語言論要能見「意」，要在濃澹雅俗之間，他所謂的「本色」不反對工美綺麗之語，反而是將俚俗之語排斥住「本色」之外。〔註129〕

曾永義師的〈從明人「當行本色」論說「評騭戲曲」應有之態度與方法〉共舉出 13 條與本色相關的評論。其中如對史槃的《檀扇》評曰：

> 幸其詞屬本色，開卷便見其概，不令人無可捉摹耳。（頁 43）

評月謝主人的《釵釧》曰：

> 此曲詞調朗徹，儘有本色，是熟於科諢排場者。（頁 55～56）

評許自昌的《水滸》曰：

> 曲雖多穉弱句，而賓白卻甚當行，其場上之善曲乎？（頁 59）

由以上三則資料可知，他將「本色」實際運用於品評時，與其〈敘〉所談的原則一致，「本色」多指戲曲語言的優點。但也偶有例外者，如評何斌臣的《女狀元》曰：「其中數折，不失文長本色。」（頁 62）這是與作者風格相關的評賞，不全然只指戲曲語言。此外，其用「當行」一詞，主要是稱美作者的賓白表現，賓白雖也屬戲曲語言之一，但祁彪佳在品評中，多了一分劇場演出的關照。

〔註128〕參見祁彪佳：《遠山堂曲品》，《中國古典戲曲論著集成》，第 6 冊，頁 5。
〔註129〕參見俞為民、孫蓉蓉：《中國古代戲曲理論史通論》第六章第四節，頁 243～273。

第四章　明代戲曲本色論的特質與檢討

在探討過明代諸家戲曲本色論的內容，了解它的發展和異說後，本章首先將歸納諸家之說，觀察戲曲本色論的特質，其次檢討明代戲曲本色論與明代文壇的關係，而後探討本色論的局限性，並商榷其得失，此外，為了進一步掌握戲曲本色論的脈動，本章將在最末一節探討它在清代所泛起的餘波。

第一節　明代戲曲本色論的特質

由前章的探討可知戲曲本色論雖然眾說紛紜，但它們畢竟有某些共通之處。本節將從紛亂繁複中抽絲剝繭，歸納其特點，觀察戲曲本色論的功能和意義，茲將其特質分述如下。

一、規範體製──分別詩詞曲間的分際

「本色」一詞自宋代用入文學批評以後，便一直與文體論分不開，〔註1〕它起初只是一個規範體製的術語，隨著理論家的不斷運用才豐富它的意義，變化其內涵。以文體發展而言，明代的戲曲就像宋代的詩文一般，是個文體大備的時代，需要藉助「本色」、「當行」來做一些規範，而且由於戲曲的體性異於傳統詩文，使得「本色」、「當行」在戲曲領域中體貌多變，內容分歧，

─────────

〔註 1〕 對這種情況龔鵬程在《詩史本色與妙悟》第三章〈論本色〉曾說：「在一個劇變的時代裡（案：指宋代詩、詞的混淆），文學批評必然會深刻而焦慮地想出一個歷史之常與變的判準和解釋，用以貞定目前的現況、規範未來的發展。文體論的強調及『當行』『本色』諸術語的建立，就是為了應付這一需要。──在當時人對於文體的釐定與其規範已經有強烈的感受，但概念思辨仍模糊不清，以致『求名若渴』的時候，適時地創造了這些語詞，作為思想的焦點……這種思考，大體即是一種『文體論』的討論。」

但它原本所具有的辨體意義卻始終不然。〔註2〕

本色說規範著戲曲的文學體製，〔註3〕試圖改變傳統輕鄙的觀念，導引戲曲超脫末道小技的卑微地位，使它趨向獨立，擁有堪與詩詞古文等量齊觀的理論基礎和實力。是以李開先在《李中麓閒居集》卷六〈西野春遊詞序〉中說：

> 詞與詩意同而體異，以詞爲詩，詩爲劣矣；以詩爲詞，詞斯乖矣。

而王驥德《曲律》卷四〈雜論第三十九下〉也說：

> 詞之異於詩也，曲之異於詞也，道迴不侔也。詩人而得以詩爲曲也，
> 文人而以詞爲曲也，誤矣，必不可言曲也。

甚至到了清代的黃宗羲猶說：

> 詩降而爲詞，詞降而爲曲。非曲易於詞，詞易於詩也，其間各有本
> 色，假借不得。〔註4〕

詩詞曲在韻文發展史上雖然有著承繼的關係，但當體製固定後，作法、風格迥然相異，不可混談。「以詩爲曲」或「以詞爲曲」這種不遵體製的作法，其動機除了爲突破創作瓶頸外，多爲貴古賤今觀念的隱伏作祟。如陳師道《後山詩話》所謂：「退之以文爲詩，子瞻以詩爲詞。」可以說是爲創作另闢門徑的典型，他們在前人輝煌成就的籠罩下，以「破體」的方式，獨立門戶，創爲一家風格，各有詩詞的領域中開出險怪、豪放之派。但如果作者才力不足而欲效韓愈、蘇軾的變化，便易流於李開先所譏的乖劣之體。至於王驥德、黃宗羲所論是要糾正詩尊於詞、詞尊於曲這種貴古賤今的偏差，而戲曲本色論的重要任務之一，便是防止這種錯誤觀念的惡化，肯定戲曲的價值。

戲曲發展到明代，已脫離元代「渾渾灝灝，文成法立，無格律之可拘」的創作表現時代，進入「體裁漸備，故論文之說出焉」的知性反省時期，〔註5〕

〔註2〕辨體在文學理論中一直居於重要地位，故自曹丕〈典論論文〉所謂「夫文本同而末異，蓋奏議宜雅，書論尚理，銘誄尚實，詩賦欲麗。」便嘗試爲文體分類。到了劉勰《文心雕龍‧附會篇》則說：「夫才量學文，宜正體製。」而黃庭堅也引述王安石「評文章常先體製而後文之工拙之語」皆可見辨體的重要。

〔註3〕文學體製又稱體裁，它是文學形式的構成要素之一。

〔註4〕參見蔡毅：《中國古典戲曲序跋彙編》卷十二黃宗羲爲胡子藏之《子藏院本》所寫的〈子藏院本序〉，第3冊，頁1439。

〔註5〕《四庫全書總目提要》詩文評之總評曰：「兩漢渾渾灝灝，文成法立，無格律之可拘。建安黃初，體裁漸備，故論文之說出焉。」就戲曲的發展而言，元代猶如兩漢，明代好比魏晉，故借以比擬。

需要辨明體裁，因此借用詩文理論中的本色說來規範戲曲，可說是一種自然的發展。此外，筆者在第二章第一節曾討論過這一時期文人雅士投入戲曲創作，導致駢儷興盛的情形。他們不只參與創作，更以名重一時的文壇地位爲憑，涉足批評，想將戲曲帶入文雅廟堂，他們固然重視戲曲，但正如黃周星《製曲枝語》所說：「文各有體，曲雖小技，亦復有曲之體。」〔註6〕提尊戲曲之道不在趨附詩詞，而在改變觀念，接受戲曲異於詩詞的特質，鞏固其體，嚴別分際，因爲只有如此才能使它在獨立中蓬勃茁壯。故李開先在倡導本色之初便先強調體裁之正的重要性（詳參本書第三章第一節），認爲「本色」的用與不用，關係著詞人之詞與文人之詞的當行問題。

　　到了王驥德，除了提出詩詞曲「道迥不侔」之說外，更轉而強調曲在敘述人情上的優勢，落實本色的重要性，故其《曲律》卷四〈雜論第三十九下〉曰：

> 晉人言：「絲不如竹，竹不如肉。」以爲漸近自然。吾謂：詩不如詞，詞不如曲，故是漸近人情。夫詩之限於律與絕也，即不盡於意，欲爲一字之益，不可得也。詞之限於調也，即不盡於吻，欲爲一語之益，不可得也。若曲，則調可累用，字可襯增。詩與詞不得以諧方言入，而曲則惟吾意之欲至，口之欲宣，縱橫出入，無之而不可也。
> 故吾謂：快人情者，要毋過於曲也。

就「近人情」而言，主要在作家的掌握運用，詩詞曲皆可各極其至，不一定如王氏所言「詩不如詞，詞不如曲」，但這段文字的辨體意義和提尊曲體的方法卻值得注意。他認爲詩詞受字數、詞調的拘限，不能隨意增減以暢述未盡之情；而曲則有用襯、組套之利，作者可以襯字或增字、增句的方式突破曲牌限制，得到比詞更大的自由空間，在意猶未盡時曲牌可疊用，甚至就直接選擇套曲以暢快人情。此外，曲之爲體，不避方言俚語，唇吻情意之欲宣，盡可羅縷傾瀉，毫無拘束限制。

　　基於這種辨體的認識，王驥德《曲律》卷四〈雜論第三十九下〉認爲：

> 曲與詩原是兩腸，故近時才士輩出，而一搦管作曲，便非當家。汪司馬曲，是下膠漆詞耳。弇州曲不多見……亦詞家語，非當行曲。

可知文各有體，汪道昆、王世貞等雖名重一時，但製曲不能用本色，便要遭人非當行之譏。

〔註6〕參見清・黃周星：《製曲枝語》，《中國古典戲曲論著集成》，第7冊，頁120。

戲曲不只別於詩詞，更不同於古文，故王驥德在《曲律》卷二〈論字法第十八〉探討戲曲的語言文字時，說：

> 要極新，又要極熟；要極奇，又要極穩……今人好奇，將劇戲標目，一一用經史隱晦字代之，夫列標目，欲人開卷一覽，便見傳中大義，亦且便繙閱，卻用隱晦字樣，彼庸人何以易解？此等奇字，何不用作古文？而施之劇戲，可付一笑也。

可知古文的敘事性雖比詩詞強，但仍與戲曲相異。古文是承自秦漢以來的文言系統，可以隱晦奇字表現古雅和學問；戲曲卻是較近於口語的文學，文詞需講求新奇熟穩，使田畯紅女聞之趯然喜，悚然懼（徐復祚《曲律》），故《曲律》卷三〈雜論第三十九上〉曰：「世有不可解之詩，而不可令有不可解之曲。」，作家既選擇戲曲為表現的體裁，便要以當行本色表現戲曲體製中熟穩的通俗性。

二、規範題材

在中國古代文學史中，詩歌和散文一直居於正宗的地位，是我國最重要的兩種文學體裁；至於小說、戲曲則被視為小道邪宗。本色論的發展對戲曲體製具有規範性，而規範體製含有類別區分的意義，〔註 7〕大多數的本色論依循傳統觀念，著力於區別戲曲與詩詞散文的作品型態，但也偶有例外，如何良俊和王驥德便曾以「本色」規範題材，其《曲律》卷三〈雜論第三十九上〉便曾說：

> 《西廂》組豔，《琵琶》脩質，其體固然。何元朗並訾之，以為《西廂》全帶脂粉，《琵琶》專弄學問，殊寡本色。夫本色尚有勝二氏者哉？過矣。

所謂「其體固然」正是從題材上區分來論本色，《西廂記》以才子佳人的戀情為題，適於脂粉組豔，而《琵琶記》以教忠教孝為本，文詞脩質雅正，可謂各得本色，因此認為何良俊的說法過於偏頗。其實不論何氏或王氏，都是在「題材」上談本色，只是觀點不同罷了。何良俊所以認為《西廂記》非本色，除了所謂「全帶脂粉」、「本色語少」外，還可以用另外一段文字來補充說明，他在《曲論》中說：

〔註 7〕參樊篱《文學理論教程》第七章第一節認為：文體分類可從文學性質出發，分為敘事、抒情、戲劇三種基本類別。亦可從作品形態特徵著手，分為詩歌、小說、散文、戲劇四種。此外，也可強調體裁內容的特徵，從主題含義，題材範圍……等來區分。

> 語關閨閣，已是穠豔，須得以冷言剩句出之，雜以訕笑，方纔有趣；
> 若既著色相，辭復穠豔，則豈畫家所謂「穠鹽赤醬」者乎？

可見他是極注意題材問題的，只是他認為語關閨閣，題材近於穠豔，應濟以簡淡才能表現語言文詞的天然妙麗，而《西廂記》不符合他的簡淡標準，所以認為它本色語少，與王驥德的各依其質，以就其極的看法不同。但都是在戲曲的大範圍下，以本色配合題材分類。

三、分別風格家數

戲曲本色論的另一個特質是具有分別風格家數的功能，如龔鵬程《詩史本色與妙悟》第三章〈論本色〉便曾說：「本色除了應用在文類區分方面之外，也可以據以畫分作家及時代，故又可以『家數』名之。」可知「本色」與「家數」間的關係是相當密切的，而風格是家數內涵凝聚的外現，〔註8〕它有所謂「正變」。

正變之說始自毛詩，或以時代政治的隆污而分，或以作者、篇章、音樂的差異而分，要在區別風、雅的風格。等到用入文體論後，其間的風格劃分和價值判斷就更為顯著，如陳師道《後山詩話》曰：「韓退之作記，記其事耳，今之記乃論也。記必以記事為正體，雜議論為變體。」所論雖就散文之「記」而言正變，但在規範中卻有褒貶的價值判斷。大抵，風格家數中的正變判斷可以輔助體裁規範，偵定文學發展方向的正常與否。〔註9〕

從本色論的發展而言，早在李開先、何良俊的時代便欲建立戲曲風格之正，以供作者依循，其中尤以何良俊的說法最受肯定，他在《曲論》中說：

> 既謂之曲，須要有蒜酪，而此曲（即《琵琶記》「長空萬里」）全無，
> 正如王公大人之席，駝峰、熊掌，肥膩盈前，而無蔬筍蜆蛤，所欠
> 者，風味耳。

他所謂的蒜酪風味之說，在以實喻虛的技巧上極為巧妙，深中元曲之竅，人多引為元人本色的代表，後世不論創作或評論都以此為準，而本色論的提倡正是想以此風格之正，變化駢儷之風。此外，曲尚有淺近婉媚的一面，故徐渭《南詞敘錄》說：

〔註8〕文學的風格可說是作家個性和人格，在文學內容與形式上的一種綜合表現。
〔註9〕龔鵬程在〈論本色〉中曾說：「若本色與當行，代表的是文學的傳統與成規，是公眾的語言社會標準，則合乎本色當然就有資格被視為正常的，不合本色則不正常。」

> 晚唐、五代，填詞最高，宋人不及。何也？詞須淺近，晚唐詩文最
> 淺，鄰於詞調，故臻上品；宋人開口便學杜詩，格高氣粗，出語便
> 自生硬，於是不合格……元人學唐詩，亦淺近婉媚，去詞不甚遠，
> 故曲子絕妙。四朝元、祝英台之在《琵琶》者，唐人語也，使杜子
> 撰一句曲，不可用，況用其語乎？

徐氏此說不免崇唐抑宋，忽略宋人本色，但他的說法也有值得重視之處。大
體而言，詩詞曲的發展是漸趨淺近平易，元代作詩不拘高格，從淺不從深，
故能妙絕一代，可知淺近通俗亦是盛世戲曲的另一風格面貌。而何、徐二人
都是就風格之正而論，有意為戲曲建立正確的品評標準。但這種風格面貌的
體會規範是不會一成不變的。

　　到了王驥德談及本色之正時，便已有不同（王氏在本色論上的轉變地位
已詳本書第三章第三節，此不贅敘），他雖說「曲之始止本色一家」，而以文
詞家一派為後起變體，但他所謂的本色之正卻是綺繡本色間用的傳奇之正，
不同於何、徐二人之論（詳參本書第三章第三節）。此外，他又說：「曲以婉
麗俊俏為工」，「詞曲不尚雄勁險峻，只一味嫵媚閒豔，便稱合作。」幾乎是
文詞家的口吻，因為他認為文詞家之體不可廢，正如「古文六朝之於秦漢文」，
直以「婉麗」、「閒豔」為當行本色的另一風格面目，與何良俊的「蒜酪」之
說，可謂南轅北轍。

　　其間的變化說明了本色論的發展也有時代性。大抵，風格家數的歸納與
文學的實際發展和研究對象關係密切，何氏的時期傳奇尚未大盛，他極力想
恢復元代北曲的盛況，而「蒜酪」之說正是從北曲得來；至於到了王氏的時
代，北曲盛勢已頹，繼之而起的是文人雅士主領風騷的駢綺傳奇，他所論的
「本色」，自然以傳奇為主。

　　就作為研究對象的作品而言，南北曲已不只是體製上的差異（詳本章第
三節），故魏良輔《曲律》曰：

> 北曲以遒勁為主，南曲以宛轉為主。

> 北曲字多而調促，促處見筋，故詞情多而聲情少。南曲字少而調緩，
> 緩處見眼，故詞情少而聲情多。北力在絃索，宜和歌，故氣易粗。
> 南力在磨調，宜獨奏，故氣易弱。〔註10〕

〔註10〕引文參見明・魏良輔：《曲律》，《中國古典戲曲論著集成》，第5冊，頁6～7。
　　　　王世貞《曲藻》中的「論曲三昧」與魏氏相似，人多引王氏之說，但曾永義

這雖從音樂的情調特質論南北曲之異，但南北曲中的文學風格和音樂情調是相配合的，以差異如此大的作品爲研究對象，雖然同是談本色，結果必然迥異。況且風格面貌與正變標準是隨時代而異的，王驥德身處萬曆年間，這時傳奇不僅正蓬勃發展，而且已反過來影響雜劇，已不是何良俊那種欲以北雜劇主導戲曲發展的時代，因此李開先雖認爲劉東生、王子一、李直夫、陳秋碧、王渼陂等最堪爲明代本色代表，〔註11〕但王驥德在選擇本色一家時，卻只取「掇拾本色，參錯麗語，境徉神來，巧湊妙合」的湯顯祖，這正是時代演進和研究對象變異所產生的現象。

四、雅俗之辨中的妙悟

在本色論的發展中，可以發現妙悟一直具有重要的地位，它除了伴隨本色風格的參悟外，還關係著雅俗之辨。

劇曲發展到了元末已漸趨尚雅，明代的李開先、何良俊雖倡本色，卻仍重視蘊藉、簡淡的文雅。在主張本色的曲論家中，除了徐渭、沈璟特別強調通俗的本色外，〔註12〕其餘多較重視「雅」的本色，這固然是因過於強調通俗易成庸腐鄙陋，更是文人掌理曲壇，難拋好文尚雅習氣的表現。因此有明一代的戲曲本色論常在雅俗淺深濃淡之辨中掙扎，曲論家排斥軥輖餖飣的藻續爲曲，但又戰戰兢兢謹防誤入「村婦惡聲、俗夫褻謔」的鄙俚村煞中。

萬曆以後的本色論常在雅俗辨證中尋找規範，但因這種分辨極具主觀性和抽象性，難有固定的準衡，故王驥德說：「雅俗淺深之辨，介乎微茫。」在客觀標準不易規畫的情形下，曲論家雖一再強調「第一義」——以元人作品爲學習典範，但當觸及學習方法時，便不得不提出「妙悟」一詞。

師在〈有關元人雜劇搬演的四個問題〉（收於《詩歌與戲曲》，臺北：聯經出版事業公司，民國77年4月初版，頁187～223）中曾說：「王世貞和魏良輔的時代雖未易考出孰先孰後，但王世貞這段『論曲三昧語』比起魏良輔的文字要整齊得多，應當是憑他的古文底子加以修飾的。魏良輔是大音樂家，料無襲取王氏之理。」（頁222）如此的判斷比直引王世貞《曲藻》（《中國古典戲曲論著集成》，第4冊）爲代表更爲合理，故在正文中引魏氏之說爲代表。

〔註11〕參見《李中麓閒居集》卷六〈西野春遊詞序〉。

〔註12〕這是就雅俗輕重的比較而言。戲曲是文學和舞臺表演的綜合藝術，因此不管他們如何強調通俗性，總不可能輕忽戲曲的文學藝術性，是以徐渭教人要在「文」與「俗」間拿捏妙處；沈璟則欲以古質、古雅表現藝術性。

　　「妙悟」這個觀念自宋代嚴羽《滄浪詩話》以禪喻詩曰：「大抵禪道惟在妙悟，詩道亦在妙悟。……惟悟乃爲當行，乃爲本色。」妙悟之說便深入各個層次，不只詩文戲曲等理論，就是書畫藝術也無不受其影響。

　　因此李開先論曲時認爲要得金元風格之準，需「有悟入之功」，而欲辨其品類，識其當行，也要有「神解頓悟之妙」（引文詳見第三章第一節）。至於何良俊則以空靈的「語不著色相，情意獨至」爲「詞家三昧」，讓人在抽象中領悟意趣。徐渭《南詞敘錄》更說：「塡詞如作唐詩，文既不可，俗又不可，自有一種妙處，要在人領解妙悟，未可言傳。」及至王驥德更直推嚴羽爲本色之祖，以「悟」規範當行、本色（引文詳見第三章第三節）。誠如郭紹虞《滄浪詩話校注》所說：

> 滄浪論詩，本受時風影響，偏於藝術性而忽於思想性，故約略體會到形象思維和邏輯思維的分別，但沒有適當的名詞可以指出這分別，所以只好歸之於妙悟。……唯心論者於無可解釋處，總喜歡玩弄幾個抽象名詞，而事實上也只能玩弄幾個抽象名詞，這眞是沒辦法的事。

唯心的雅俗之辨也正是在不得已中尋求抽象的解決之道。戲曲發展到萬曆以後，主張本色的曲論家雖然著意力挽文詞華靡的狂瀾，但時風侵擾，多已傾向尙雅輕俗，因此堅持學習元人本色已和當時的雅俗觀念產生矛盾，妙悟的提出雖是以抽象解抽象的無奈之法，但它卻達到意外的超越辨證的協調效果，〔註13〕正如徐渭〈題《崑崙奴》雜劇後〉所說：

> 越俗，越雅；越淡薄，越滋味；越不扭捏動人，越自動人。

正是透過「領解妙悟」和「點鐵成金」的抽象方法，所創造出來的協調。但用「妙悟」來超越辨證並非萬能的，在給予本色論更大的發展空間後，它也同樣帶來紛歧空泛的麻煩。

〔註13〕 龔鵬程在〈論本色〉中說：「宋人論本色，是要解決詩歌中含蓄與鋪陳、直述與比興、才力議論與吟詠情性之對立的。可是曲中並無此種問題，因此，論曲之本色，當然僅能偏重其傳統成規的一面，由其通俗、不堆垛學問、不炫耀辭采處談。而詩人論本色，亦僅知本色指詩的本質或寫作傳統，將本色視同於『法』，不再企圖通過本色的釐定以及『悟』，來解決本色與非本色之間的問題……」他所謂「曲中並無此種問題」是頗値得商榷的，因爲曲中雖沒有含蓄、鋪陳的對立需要協調，卻有所謂雅俗濃淡之辨，同樣有著對立待協調，而曲中的本色論也存有妙悟的超越辯證現象。

五、歸納戲曲語言的特質

戲曲中的本色論除了繼承詩文理論裡的規範體製、分別風格家數等內涵外，規範戲曲語言也是個相當重要，而且運用普遍的特質，因此像「本色語」、「語入本色」、「詞中本色」、「字字本色」或「字字當行，言言本色」一類的批評判斷語在曲論中隨處可見，不勝枚舉。呂天成《曲品》甚至還明確地指出：「當行兼論作法，本色只指填詞。」，而這種說法得到後人的普遍贊同，在長期的發展演進中，「本色」規範戲曲語言的特質變成了本色論的狹義定義。而本色論究竟如何規範戲曲語言的特質？第三章諸家分論裡雖已有所及，但因各家分論，會有零散雜碎的問題，故需進一步歸納，以窺全豹。

（一）遣詞造句

戲曲不同於高文典冊，它是以通俗文藝的面貌活躍於元代的，語言文字以諧俗為主，因此自周德清〈作詞十法〉便有所謂「可作語」和「不可作語」，而他所提出的「太文則迂，不文則俗，文而不文，俗而不俗。」的辨證原則也一直是曲家製曲時遣詞造句的依憑（詳參第一章第三節）。後世的曲論家常依此描摹，為戲曲的語言畫出「本色」的藍圖，故王驥德在《曲律》卷二〈論曲禁第二十三〉列出四十條禁例，其中好文尚雅所犯的有：陳腐（不新采）、生造（不現成）、蹇澀（不順溜）、蹈襲、太文語（不當行）、太晦語（費解說）、經史語、學究語（頭巾氣）、書生語（時文氣）等。而為防因假本色而流於庸俗的有：俚俗（不文雅）、粗鄙（不細膩）、方言（他方人不曉）數項。

其實，在元曲中並不避方言俚語，因此如阿媽（父親）、阿者（母親）、扒頭（技女）、方頭不律（楞頭楞腦或蠻橫）、必赤赤（主管文書的官吏）之類的胡語方言隨處可見，這固然是胡人主政，漢、胡語言融合的現象，但它已是日常生活的一部分，作者拈來自然，而觀眾也不以為怪。但只要時地一轉移，便需講解注釋才能使人知曉，就劇本文學而言，有它流傳的滯礙性；此外，王氏《曲律》主要在規範傳奇，而他認為南方土音多而郡縣間差異大，不易通曉，故在禁用之列。

大抵，所謂「本色語」是將常言俗語以「點鐵成金」的轉化方式，保存口語的通俗特質，加入文學語言的藝術精粹，故何良俊認為當行的本色語是在如尋常說話的語言中略帶訕語；徐渭、王驥德則認為本色與否，可以老嫗

奴童試之。旨在平易通俗中把握「意趣」、「俊俏」之神，融合眞摯、雋永、
詼諧、爽朗、沈著、痛快等等文學特質，用白描的手法，表現自然天成的眞
趣，故呂天成《曲品》說：

> 本色不在摹勒家常語言，此中別有機神情趣，一毫妝點不來，若摹
> 勒，正以蝕本色。

可謂道中本色在語言規範上的眞趣。

　　此外，戲曲別於詩詞文章的最大關鍵在表演舞臺性，反應在語言文字上
的特色則是強調動作性的語言，故何良俊《曲論》讚美《拜月亭·走雨》〔註
14〕曰：

> 「繡鞋兒分不得幫和底，一步步提，百忙裡褪了根（案：《六十種曲》
> 作『跟兒』，用韻是對的。）」正詞家所謂本色語。

案這一齣戲敘王瑞蘭和母親在風雨中逃亡避亂的情景，描摹極爲傳神，而這
種傳神正是由語言的高度動作性所呈現的，何氏所舉雖然只是〔攤破地錦花〕
中的四句，但已將瑞蘭在風雨泥濘中的艱辛慌亂描寫得淋漓盡至，讀者可以
藉由文字想像舞臺上的表演情境，是一個相當成功的本色典範。

（二）典故運用

　　前文已提過典故、成語的普遍運用是元曲語言技巧的一大特色，本色論
常以元曲爲「第一義」，自然對它有所規範。

　　戲曲具有雅俗共賞的文藝特質，用典——包括經籍、成語，可以表現它
的雅，而用熟事常典則是爲了兼顧「雅」中的通俗平易，它所以能表現通俗，
是因它是「耳根聽熟之語，舌端調慣之文」，故可以產生「與街談巷議無異」
的親切效果，〔註15〕因此凌濛初雖然反對堆砌故實，卻不反對用「本色事」，
故《譚曲雜箚》曰：

> 元曲源流古樂府之體，故方言成語，沓而成章，著不得一毫故實；
> 即有用者，亦其本色事，如藍橋、祆廟、陽臺、巫山之類。

〔註14〕何良俊所稱《拜月亭·走雨》在《六十種曲》本中作〈相泣路岐〉。
〔註15〕李漁《閒情偶寄》卷一詞曲部〈詞采第二·忌塡塞〉曰：「古來塡詞之家，未
　　　嘗不引古事，未嘗不用人名，未嘗不書現成之句，而所引、所用，與所書者
　　　則有別焉。其事不取幽深，其人不搜隱僻，其句則採街談巷議。即有時偶涉
　　　詩、書，亦係耳根聽熟之語，舌端調慣之文，雖出詩、書，實與街談巷議無
　　　別者。」

他所謂「本色事」即常事熟典，但「本色事」的認知並不固定，常因個人學養深淺而異。因此眼界寬闊，博覽群書的文人學士所認定的熟事常典，對一些知識較淺陋的人而言，可能覺得隱晦，是以在運用之際需時時在心中存一通俗的準衡，大抵典故就如象徵，需要讀者了解符號與意義間約定俗成的關係，在它表達雜的感情概念時，才能達到以簡御繁的目的。〔註16〕

熟事常典既無定準，如何超脫「通俗」的拘限，將冷僻轉爲平易，和如何避免流於陳腔濫調，都成了曲家談本色時留心的運用技巧，早在周德清時便已提出：「明事隱使，隱事明使」的方法，而王驥德《曲律》卷三〈論用事第二十一〉更進一步說：

> 有一等事用在句中，令人不覺，如禪家所謂撮鹽水中，飲水乃知鹹味，方是妙手。

> 務使唱去人人都曉，不須解說。

任訥《散曲叢刊・作詞十法疏證》認爲前者可作「明事隱使」一層的說法，而後者則是針對「隱事明使」。正如王驥德所云：「好用事，失之堆積；無事叮用，失之枯寂。」善用周氏之法，正可以避免餖飣軿輳和庸俗陳腐之病。

至於成語的運用之法，王驥德認爲：「用得古人成語恰好，亦是快事，然只許單用一句，要雙句，須別處另尋一句對之。」此法雖非必然，卻能使初學者仩熟中求新求變，避免陷於蹈襲。

（三）聲調格律

曲牌、宮調、套數、聲腔等音樂性問題，和聲調、韻腳、句式、音節等等所組成的語言旋律問題，〔註17〕共同形成戲曲中極爲專門的格律之學。「本色」雖多就語言文字淺深顯晦的規範而言，但聲調格律與之相鄰，亦有曲家將調諧韻嚴納入當行本色的範疇，如徐復祚《曲論》曰：「《琵琶》、《拜月》而下，荊釵以情節關目勝，然純是倭巷俚語，粗鄙之極，而用韻卻嚴，本色當行，時離時合。」正是將劇本文學的各項要素全納入本色當行中。

在主張本色的曲論家中，除了沈璟特別強調「詞人當行，歌客守腔，大家細把音律講」，精於審音定譜；呂天成、馮夢龍也都嚴遵吳江格律。至於其

〔註16〕關於象徵與典故的關係，請詳參姚一葦：《藝術的奧秘》（臺北：臺灣開明書局，民國57年初版）第六章。

〔註17〕關於中國韻文中語言旋律的問題，參見曾永義師：〈中國詩歌中的語言旋律〉，《詩歌與戲曲》，頁1～47。

他諸家則多抱持音律協調，字句妥貼，不失語言自然旋律的大原則，故李開先《李中麓閒居集》卷五〈東村樂府序〉曰：

> 格古調平，音諧字妥，娛眾目而便歌喉。

大抵，音樂聲律是戲曲介於書面文學和舞臺藝術間的關鍵之一，音諧字妥有助於表現歌唱的當行本色，故李氏雖不斤斤於格律，卻仍執語言旋律自然協諧的軌則。

至於王驥德《曲律》卷二〈論聲調第十五〉則較落實地說：

> 熟讀唐詩，諷其句字，繹其節拍，使長灌注融於心胸口吻之間，機括既熟，音律自諧，出之詞曲，必無沾唇拗嗓之病。昔人謂孟浩然詩，諷詠之久，有金石宮商之聲；秦少游詩，人謂其可入大石調，惟聲調之美故也。惟詩尚爾，而矧於曲，是故詩人之曲與書生之曲、俗子之曲，可望而知其概也。（頁 122～123）

他對語言旋律之美極重視，認爲涵詠唐詩是擷取自然音律的好方法。而這種旋律之美除了在曲文中講求外，還要推之賓白。因爲賓白雖然沒有固定的韻腳和句式節奏規律，但也要調停穩稱，才能表現語言文句的鏗鏘抑揚之美。

大體而言，本色論不講求字勘句酌的格律死法，但不可失去語言和音樂旋律美聽的自然原則，因此徐渭《南詞敘錄》雖不贊成拘泥宮調之法，卻也認爲「用聲相鄰以爲一套，其間亦自有類輩，不可亂也。」正是以自然協諧爲則，大抵在主張本色的曲家中，不論是黨同高明「也不尋宮數調」的徐渭，或斤斤於格律的沈璟，都以自然諧和的旋律之美爲依歸。

六、案頭場上兩擅其美

戲曲可以演之場上，是它與詩詞文章間的最大分野，因此戲曲本色論中，追求「案頭場上，兩擅其美」的特質，〔註 18〕也是它與詩文本色說的迥別之處，更是戲曲本色論興起的原因之一（已詳第二章）。

明代文人常以欣賞樂府的角度看待戲曲，在舞臺表演中較重視能怡情養性，又富於音樂性的唱工部分，輕忽關目結構、場面冷熱、角色勻派……等劇場藝術。〔註 19〕而在戲曲音樂的努力上，一般文人的音樂修爲不足，除

〔註18〕 此原爲吳梅贊馮夢龍之語，見吳梅：《顧曲塵談》（臺北：臺灣商務印書館，民國 77 年 11 月臺四版）第四章〈談曲〉（頁 178）。

〔註19〕 明代曲論發展之初，曲家多重視「唱」的部分，如何良俊便是典型的例子，但也有例外，如李開先，他雖然重視「歌」的部分，能在歌者發聲展喉時便

了少數天賦異稟之人能精擅樂律外，多不諳音樂結構，偏向語言旋律發展，重視調平仄，配陰陽，他們雖然極力想使文字的語言旋律和音樂的旋律變化相合，卻多走向玄妙神祕的格律化。〔註 20〕一般無法得其奧理的文人，或者盲從，或者不顧格律，徒逞文詞，使戲曲逐漸偏離場上，步向案頭文學之路。

但戲曲是活在舞台上的，一味地向案頭發展會有以詞為曲、以詩為曲，甚至以時文為曲的混淆，易導向僵化，因此臧懋循認為：曲的「上乘」之作應以當行為首，而真正的行家需隨所粧演，摹擬曲盡，欲達到這個目標，則需有「事肖其本色，境無旁溢」的逼真；而王驥德所謂「大雅與當行參間，可演可傳，上之上。」也仍不出此意；到了凌濛初便進一步地將「本色」規範戲曲語言的特質與人物身份和舞臺上的角色分工相結合（詳參本書第三章第三節），明確地傳達「本色」在場上表演中的規範意義。

其實，戲曲本色論所以要規範體製，歸納戲曲語言，最終的目的無非想達到「案頭俊俏，場上當行」〔註 21〕的雙擅境地，增進戲曲的文學成就和舞臺藝術，喚醒戲曲案頭化的僵硬生命。而本色論的這些特質確實也為戲曲的發展帶來曙光，由於吳炳、李玉、阮大鋮等人，先後寫出了許多案頭場上交相為美的作品，使戲曲到了明季猶能再攀高峰。

第二節　明代戲曲本色論與文壇的關係

有明一代擬古風氣極盛，自開國之初宋濂宗法唐宋古文，高棅編輯《唐詩品彙》，宗主盛唐，便已見明代學古之端倪。及至茶陵李東陽和前後七子先後主盟，「文必秦漢，詩必盛唐」的旗幟幾乎掩沒文壇。其間雖有唐順之、王慎中、歸有光等宗主唐宋，與之抗衡，但是他們仍不脫「學古」的舊途徑。

洞鑒優劣（參〈南北插科詞序〉），但他也留意「演」的部分，因此在《詞謔‧詞樂》中，他記載顏容的自我演技訓練曰：「顏容，字可觀……性好為戲，每登場，務備極情態；喉喑響喨，又足以助之。嘗與眾扮《趙氏孤兒》戲文，容為公孫杵臼，見聽者無戚容，歸即左手拈鬚，右手打其兩頰盡赤，取一穿衣鏡，抱一木雕孤兒，說一番，唱一番，哭一番，其孤苦感愴，真有可憐之色，難已之情。異日復為此戲，千百人哭皆失聲。歸，又至鏡前，含笑深揖曰：『顏容，真可觀矣！』」

〔註20〕關於過份誇大格律重要性的弊端，請詳參楊蔭瀏：《中國古代音樂史稿》第二十三章〈雜劇的音樂〉（第 3 冊，頁 94～172）。

〔註21〕參見蔡毅：《中國古典戲曲序跋彙編》卷九聽濤居士之〈《紅樓夢》散套序〉，第 2 冊，頁 1057。

而後公安、竟陵繼出，性靈之說始漸掩格調說的擬古。公安以後雖然特別強調眞性情，其實擬古諸家的理論也未嘗忽略「情」與「眞」，只是他們較注重道德風教問題，而偏於言志和法式。但大體言之，明代文壇可說是在學古與求眞中發展，〔註22〕筆者在探討本色諸說的過程中發現，這兩種現象不只存在文壇，同時也浮現在戲曲本色論中，這固然是文壇、曲壇的交互影響，〔註23〕也是理論家跨越的聯繫。況且，明代詩文論沿承前代精華，也偶有論及本色處，在分析過戲曲本色論的特質後，欲略窺詩文論中本色的用法，進一步了解戲曲本色論與明代文壇的關係。

一、「本色」在詩文理論中的意義

在詩文理論中，「本色」的運用，大略有數種。

第一，沿襲嚴羽《滄浪詩話》中的「本色」說法，如李東陽〔註24〕曰：

> 六朝宋元時〔案：或作「詩」〕就其佳者亦各有興致，但非本色，只
> 是禪家所謂小乘，道家所謂尸解仙耳。

他論詩從「格」和「聲」立說，雖然承認六朝宋元詩各有好處與興致，但畢竟它們不是盛唐之作，沒有李杜、王孟的透徹之悟，不屬「高格」，不能被尊爲「第一義」，更不可作爲學者的上乘學習對象，即使有成就也只是小乘邪道罷了。含有判別家數正變，追蹤寫作傳統之意。

第二，結合「本色」規範體裁和分別風格家數的意義，如王世懋（1536－1588）《藝圃擷餘》曰：

> 作古詩先須辨體，無論兩漢難至，苦心摹倣，時隔一塵；即爲建安
> 不可墮落六朝一語；爲三謝，縱極排麗，不可雜入唐音。小詩欲作

〔註22〕 參見簡錦松：〈論明代文學思潮中的學古與求眞〉（《古典文學》第八輯，民國75年4月，頁313～356）一文對這兩種思潮在明代諸文集中所浮現的現象論析詳盡，但不及戲曲部份，故筆者認爲可從曲論中歸納，觀察學古和求眞在其中的發展情形。

〔註23〕 大體而言，詩文論和曲論間的分野雖深，各成體系，但因兩者同屬文學範疇，也頗有聲息相通處，並非截然隔絕。

〔註24〕 李東陽爲茶陵派領袖，文風典雅工麗，近於臺閣體。論詩重視「聲」與「格」，受嚴羽影響而不盡相同。將格與聲合言，頗近於嚴羽所謂的「氣象」，但他著眼細故末節，如曰：「詩用實字易，用虛字難。盛唐人善用虛字，其開合呼喚，悠揚委曲，皆在於此。」便又與嚴羽不盡相同。引文見明・李東陽：《懷麓堂詩話》，《文津閣四庫全書》（集部・詩文評類），北京：商務印書館，2005年第一版，第496冊。

王韋，長篇欲作老杜，便應全用其體，第不可羊質虎板，虎頭蛇尾。

詞曲家非當家本色，雖麗語博學無用，況此道乎？〔註25〕

已大不同於李夢陽所謂「西京之後作者勿論矣」的偏狹，改以寬闊的心胸接納諸家，只是認為在模擬時應把握學某體像某體，不可駁雜混淆的要點。所引「當家本色，雖麗語博學無用」之語，一方面可證明當行本色由詩論轉入曲論後極為成功，已足可反過來影響詩論，因此王氏以之為喻；另一方面則表現當行本色在辨體意義上的穩定性，故胡應麟《詩藪內編》卷一也說：「文章自有體裁，凡為某體，務須尋其本色，庶幾當行。」〔註26〕他所謂的「本色」是就風格之正而言。其次，王世懋《藝圃擷餘》又說：

晚唐詩萎薾無足言，獨七言絕句，膾炙人口，其妙至欲勝盛唐，愚謂絕句覺妙，正是晚唐未妙處，其勝盛唐，乃其所以不及盛唐也。絕句之源出於樂府，貴有風人之致，其聲可歌，其趣在有意無意之間，使人莫可捉著。盛唐惟青蓮、龍標二家詣極，李更自然，故居王上，晚唐快心露骨，便非本色。（頁176）

他所謂的「本色」大體是從體裁之正規範風格，遵循嚴羽論詩的方法，重視如「空中之月，水中之影」般不可捉摸，無跡可求的意象興會，因此認為晚唐絕句所以令人覺妙，正是它未妙之處，尤份發揮「本色」在風格論中的抽象特質，但仍不脫標舉盛唐詩為「第一義」高格的範疇。

第三，就作者才性言「本色」，屠隆（1543－1605）《白榆集》卷二〈范太僕集序〉曰：

古今之人，才智不甚邈絕，殫精竭神，終其身而為之，而格以代隆，體緣才限。儁流英彥，逞其雄心於此道，淺者欲其深，深者欲其暢，寒者欲其疏，疏者欲其實，以並駕前人，誇美後世。其心蓋人人有之，而賦材概定，骨格已成，即終身力爭，而卒莫能改其本色，越其故步而止。以精工存乎力學，而其所以工者非學也，以超妙存乎苦思，而其所以妙者非思也。〔註27〕

〔註25〕參見明・王世懋：《藝圃擷餘》，《文津閣四庫全書》（集部・詩文評類），北京：商務印書館，2005年第一版，第496冊，頁175。

〔註26〕參見明・胡應麟：《胡應麟詩話》之《詩藪內編》卷一，吳文治主編：《明詩話全編》，南京：江蘇古籍出版社，1997年12月第一版，第5冊，頁5452。

〔註27〕參見明・屠隆：《白榆集》，汪超宏主編：《屠隆集》，杭州：浙江古籍出版社，2012年9月第一版，第3冊，頁232。

他認為文學的「工」與「妙」雖然可以力學和苦思為後盾，但真正的精工超妙卻非學與思所能決定，而是關乎作家的先天才性問題，認為「賦性既定，骨格已成」，便無法「改其本色，越其故步」，這種才性先驗論，歷來學者都有相似的觀點，自有其道理，但它不在本文研究範圍，故先不討論。在這段文章中，我們所應注意的是屠隆對「本色」的用法，他已將「本色」規範作品體製風格的意義轉為指稱作家才性，不僅不同於宋代以來詩文論中的本色說，也與曲論中的「本色」大異其趣，他將本色與人結合，形成由「人」所彰顯的作家才性特色風格，不同於以文體為「第一義」的標準格範。

第四，是以「本色」指真情實性，如唐順之（1507－1560）〔註 28〕《荊川文集》卷七〈與洪方洲書〉曰：

> 近覺得詩文一事，只是直寫胸臆，如諺語所謂開口見喉嚨者，使後
> 人讀之如真見其面目，瑜瑕俱不容掩，所謂本色，此為上乘文字。
> 〔註 29〕

他所謂的「本色」是從「真」而論，認為作者只要直寫胸臆，表現真面目，不論瑕瑜都是可貴的。就如同他在〈答茅鹿門知縣〉一文中所說，文章雖有「繩墨布置，奇正轉析」之法，但要得此精神命脈，需「洗滌心源，獨立物表，俱千古隻眼」，也就是作家要有澄淨的心靈，獨特的眼光，特殊的洞察力，超脫繩墨規矩，將真感受、真精神表現出來，文章才能各具面目，傳之千古。他的「本色」是從作家的「真」貫串到作品的「真」。與徐渭曲論中的本色，頗有相似之處。

第五，以「本色」指抒發性靈，不拘格套的創作性語言，如袁宏道《袁中郎全集·敘小修詩》曰：

> 弟小修詩……大都獨抒性靈，不拘格套，非從自己胸臆流出，不肯
> 下筆，有時情與境會，頃刻千言……佳處自不必言，即疵處亦多本
> 色獨造語。然余則極善其疵處，而所謂佳者，尚不能不以粉飾蹈襲

〔註 28〕 郭紹虞：《中國文學批評史》（臺北：文史哲出版社，民國 77 年 4 月再版）下卷第三章曰：「他於詩文，初喜李空同，及受王遵巖（慎中）的影響，始改宗歐、曾，而為唐宋派的領袖。他於學，又以得於王龍谿者為多……論學亦以天機為宗。」（頁 662～668）唐順之論文有兩個階段，四十歲以前宗唐宋，講繩墨，從唐宋文的抑揚開闔、起伏呼照之法中體會神明；四十悟道以後主天機，正文所引「本色」，便是他四十歲以後的論文態度。

〔註 29〕 參見明·唐順之：《荊川文集》，臺北：臺灣商務印書館，民國 54 年初版，頁 128。

　　爲恨，以爲未能盡脫近代文人氣習故也。〔註30〕

袁氏極反對前後七子所帶起的模擬剽襲，他所謂的「本色獨造語」是與「粉飾蹈襲」相對立的，在獨抒性靈中強調語言文字獨創性的特點。雖具規範語言文字的功能，卻與曲論中「本色語」的意義不盡相同。

　　「本色」一詞彈性範圍雖然很大，可是同用一詞，總會有某些相似性。此外，由於詩文、戲曲體性差異頗大，使得「本色」在詩文論和曲論中，都有很大的發展空間，呈現若即若離的現象。大抵，詩文論中的本色重在辨體，偶及作家才性。戲曲本色論則多集中於論作品，重在規範語言特質，較不對作家作規範。

二、曲論家及其本色論與明代文壇的關係

　　在明代戲曲本色論的發展中，具有重要地位的曲論家，大抵有三種類型。

　　第一，是具有強烈反擬古思想，或重視妙悟、眞情，調合雅俗，融會元曲本色與宋元南戲的質樸，配合傳奇的進化，以規範其體製、風格、語言，而不唯元是尊，如徐渭，王驥德、呂天成、凌濛初俱屬此類。

　　第二，是重視元人本色，以元曲爲第一義，但在方法上多層考量，不固守字面形式的返古。他們也非常重視內容上自然、眞情、機趣，妙悟的表現，與第一類曲家的最大區別，在於他們的曲論是從元雜劇的成就歸納而來，因此特別強調元曲的典範性，李開先、何良俊、臧懋循屬此。

　　第三，則是執守宋元舊篇質樸通俗的特色，以之爲標準，斤斤返古的沈璟。從這三類曲家、曲論與文壇關係的分析，可以觀察其互動的聯繫性。

　　第一類型的曲論家中以徐渭與正統文壇淵源較深，他是反擬古主義的先驅，在他的文集裡常出現反模擬和強調眞情實性的主張——如前文所引〈葉子肅詩序〉及卷二十〈肖甫詩序〉便是典型的例子。他在王世貞主盟文壇時力排狂瀾，雖勢單力孤，不成氣候，但後來的公安派卻對他推崇備至，如袁宏道便稱贊他「一掃物代蕪穢之習」，虞淳熙也肯定他排拒李攀龍、王世貞包攬文壇的氣魄。〔註31〕

〔註30〕參見明・袁宏道：《袁中郎全集》，臺北：世界書局，民國 53 年 2 月初版，頁5～6。

〔註31〕虞淳熙〈徐文長集序〉曰：「元美、于鱗，文苑之南面王也，文無二王，則元美獨矣。……李長鬚而修下，王短鬚而豐下，體貌無奇異，而囊括無遺士，所不能包者兩人，頎偉之徐文長，小銳之湯若士也。」（《青藤書屋文集》，頁1）

他論曲肯定元人的價值，卻不滯泥於第一義的本色，反而從南戲的民間性體認本色，提倡以常言俗語扭作曲子（詳參第三章）。此外，他將戲曲的本色推廣到各種不同的體裁中，如前文所引〈西廂記自序〉：

> 世事莫不有本色，有相色。本色猶俗言正身也；相色，替身也。……
> 余於此本中賤相色，貴本色，眾人嘖嘖者，我煦煦也，豈惟劇哉？
> 凡作者莫不如此。

他所謂的「作者」是指作品，他以真我面目切入問題的核心，由作家的「真」轉為作品的「真」，會通體製的差異，認為不論戲曲或任何文學體裁，只要作者能表現真我的本來面目，便是最可貴的作品，撤除俗文學與正統文學間的藩籬，這一點對明季的文學家和曲論家都有深刻的影響。而由以上的綜述，可看出他與唐順之論本色的觀點非常接近，這主要是因他們都有左派王學的思想基礎，常將哲學上天機靈動的自由精神化用到文學裡，〔註32〕而徐渭又出入詩文、戲曲，使他的理論比唐氏更深一層。

第二類的曲家中，以李開先的本色論與正統文壇淵源較深，他的時代雖比徐渭早，但本色論的性質卻介於徐渭和沈璟之間，這與他複雜的文學背景有關。

第三章已提過李開先是嘉靖八才子之一，他的觀點近於唐宋派，贊成唐順之「直攄胸臆，信手寫出」的文學主張，但也肯定李夢陽等人在文學軟靡之日倡為復古，「迴稱衰，脫俗套」的功勞，他沒有固執的派別門戶之見，與當時的文人保持良好的友誼和聯絡，〔註33〕對秦漢派和唐宋派的觀點兼容並蓄，而發展自己對俗文學的興趣。他深知文學的時代演進性，曰：

> 今之樂猶古之樂也，嗚呼，擴今詞之真傳，而復古樂之絕響，其在文明之世乎？（〈西野春遊詞序〉）。

> 語意則直出肺肝，不加雕刻，俱男女相與之情，雖君臣友朋，亦有託此者，以其情尤足感人也，故風出謠口，真詩只在民間。三百篇

〔註32〕關於徐渭與唐順之的知遇情形，詳參拙作〈徐渭的文學批評觀〉（《中國文化月刊》第150期，1992年4月，頁108～123）。

〔註33〕他在《閒居集》中流露了與唐順之、王慎中的友誼（如卷三有〈喜聞唐荊川復官〉三首、〈寄致政大恭王遵巖〉二首），但也曾和七子的李夢陽、謝榛（見卷二、卷三），既寫〈遵巖王恭政傳〉、〈荊川唐都御史傳〉，也作〈對山康脩撰傳〉、〈溪陂王檢討傳〉、〈李崆峒傳〉、〈何大復傳〉等（見卷十），由此可略見他在當時文壇交游的圓融關係。

太半采風者歸奏，予謂古今同情者，此也。(《李中麓閒居集》卷六〈市井豔詞序〉)

他從民間的通俗文學中體會文學的時代進步性，但求真情而不執古，卻有一些遵高格的思想，是他的本色論中所呈現秦漢派格調說的影子，他將「詩以唐為極」的法則推衍到曲中，認為曲需以金元為準，但他又與格調說不盡相同，在神解妙悟的方法中，窺入金元風格的機神情趣。〔註34〕此外他又認為悟入工夫的深淺，在於作者先天才性的敏銳度和後天的學養根柢，比屠隆的談「才性」，更深一層地照顧到學力問題。而由於神解頓悟的主張不拘泥字句摹擬，使他的尊崇「第一義」變為有源活法。

至於沈璟，他與文壇的淵源不深，但他復古的態度和從語言形式上尺尺寸寸，極力摹擬古人高格，擷取宋元戲曲本色字面的方法，與秦漢派學習古文，從摹擬古人的詞句語法著手，頗為相似，易流於支離破碎。更重要的是本色字面等語言形式，是隨時代和地域變化的，元曲的語言特色是以北方口語間雜胡語而成，當時移境遷，戲曲重心由元代大都變轉為明代江南三吳時，是否仍可執其字面而論本色？是值得商榷的。

由沈璟的戲曲主張可知他對本色語質樸通俗特質的重視，其中固然有戲曲舞臺演出的考量，但他依然受時代性返古之則的影響，重視在宋元戲曲既有作品中擷取本色字面，建立典範，而流於俚俗。其實踐戲曲創作本色語言的思考方式，與秦漢派文論中尊高格，摹詞句相似。只是因戲曲的特質，以及其所尊者，與詩文論不同，而不易分析其關聯性。

從前文所述和第三章其他諸家本色論內容的歸納中，可以發現，徐渭等曲家多不拘泥於尊古，具有濃厚的求真精神；李開先、何良俊等則是在求真以外尊崇高格，在學習前代作品中擷取精華；至於沈璟則表現濃厚的學古精神。大體言之，這種學古和求真精神的普遍存在，正可略見曲論與文壇脈動相繫的關係。

第三節　明代戲曲本色論的局限

明代戲曲本色論的提出在當時極具實效性，它喚起曲家對舞臺藝術和通俗特質的注意，但就其整體發展而言，仍不免有些局限之處。

〔註34〕他論本色的方式與嚴羽詩論極為接近，他和格調說之間的差異，正可凸顯他與沈璟的不同。

一、易流於俚腐

「本色」用於曲論後，便在曲壇中蓬勃發展，除了普遍的文體規範外，曲論家不斷爲它灌注戲曲特質，豐富它的意義，使其內涵多樣化。不論是好文尚雅的文人學士，或是黨俗取眞、出入劇場的行家曲士，都各憑所見，爭言本色。作曲家以它爲創作理想，評論家拿它作優劣準衡，甚至有些淺陋的人也以它作文飾的借口。

大體而言，每一種主張的產生，無不盡量求其周延圓達，本色論雖散見諸家，內涵駁雜，但也有它的圓通性。只是作者才性不同，難免會有偏詣誤解的，或知其理而難達其境的，故文人的好文尚雅會發展成駢儷，而提倡本色，又有庸陋之輩把它導向鄙俚粗俗，這便是理論與實際創作間無法完全相合的局限。而萬曆年間的曲論便在這種擾攘中求平衡，故王驥德《曲律》卷二〈論家數第十四〉說：

純用本色，易覺寂寥；純用文調，復傷琱鏤。

本色之弊，易流俚腐；文詞之病，每苦太文。

而俞彥爲陳所聞《南宮詞紀》題詞時說：

邇來作者，眞晦於文，情掩于藻，餖飣工而章法亂，殊爲譜曲之蠹。

及藉口本色者以鄙穢爲蒜酪，以蹀褻爲務頭，詞林兩譏之。〔註35〕

這種尚雅失眞、假鄙穢爲本色的現象，除了是作者才性、及理論與創作間不諧調的天然局限外，本色論易流於俚腐的缺陷還有一些人爲的因素。

本色是歸納元曲語言特色而來，要有口語化的通俗特質，和俊逸雅妙的文學趣味，作者若不態拿捏其間的雅俗濃淡之準，一方面避免駢儷文縟，一方面又誤解元曲語言的眞本色，以纖薄佻巧的俚俗爲妙趣，便易使本色流於俚腐庸率的弊端，成爲陳棟《北涇草堂曲論》所說：「矯枉之士，去繁就簡，則又滿紙打油，會街語無異。」〔註36〕本色語和庸腐俚俗語言的差別就在文學性的掌握，其間差別的微渺難以落實於規矩法度之中，只可靠抽象的體悟自行判斷，雖是本色論的天然缺陷，但如果欲造本色語卻成滿紙打油，曲家便需自省其誤。

至於另一種人爲缺陷，則是庸俗之輩利用本色與俚俗近似的特點，借口本色以掩飾淺陋率易，故祁彪佳《遠山堂曲品》在贊美沈璟《紅蕖記》的本色時，便對庸陋之輩提出諫戒，曰：

〔註35〕 參見蔡毅：《中國古典戲曲序跋彙編》之〈補遺〉，第4冊，頁2695～2696。
〔註36〕 參見清・陳棟：《北涇草堂曲論》，任中敏：《新曲苑》，第2冊，頁418。

　　今之假本色於俚俗，豈知曲哉！

而凌濛初《譚曲雜劄》也說：

　　以鄙俚爲曲，譬如以三家村學究口號歪詩，擬康衢、擊壤，謂自我

　　作祖，出口成章……攘臂自命，日新不已，直是有覥面目。

凌氏之說正切中鄙俚爲曲之害，這固然是本色末流的弊病，但這種人爲的曲解，或有意的假借文飾，都不是理論圓融所能控制的。

二、推尊元人本色的商榷

　　在本色論中，曲家雖爲它歸納了一些遵循的法則，但因它涉及風格、意趣等抽象境界，很難找到一定的繩墨規矩來範圍它，因此標舉元曲爲「第一義」的高格，讓學者從中體悟本色的妙趣，原是無可厚非的，對駢儷化的戲曲語言也有實際的衝擊和改革作用。但由於明人的崇古和好標榜，〔註37〕不免使「本色」一詞血肉抽離，成爲空泛的贊語。而由於提倡元人本色，以元曲爲第一義，有時便會出現推崇太過，處處唯元是尊或食古不化的現象，李漁便曾對這種偏頗提出質疑，其《閒情偶寄》卷一詞曲部〈結構第一・密針線〉曰：

　　既爲詞曲，立言必使人知取法；若拘於世俗之見，謂事事當法元人，

　　吾恐未得其瑜，先有其瑕。

其實，雜劇、傳奇不論在體製、音樂、風格、語言……等都已不同，是否仍應標舉元曲爲第一義？是值得省思商榷的。

　　從體製而言，元雜劇用同一宮調北曲一套爲一折，一本有四折，〔註38〕中間可加楔子。〔註39〕一人獨唱到底，〔註40〕末角主唱稱末本，且角主唱稱

〔註37〕　明人的崇古反映在各種文學潮流中，至於標榜則可從四傑、七子等文人集團的蓬勃見出端倪。詳參郭紹虞：《照隅室古典文學論集》之〈明代的文人集團〉。

〔註38〕　元雜劇以一本四折爲常例，但也有例外，如《五侯宴》、《東牆記》、《降桑椹》、《趙氏孤兒》爲一本五折；《賽花月秋千記》爲一本六折；《西廂記》則合五本爲一劇，每本四或五折。當然，也有研究提出《元曲選》中超過一本四折者，多非元代之作，如嚴敦易之《元劇斟疑》（北京：中華書局，1960 年 5 月第 1 版，1962 年 12 月上海第 2 次印刷）。

〔註39〕　雜劇中的楔子，内容和性質與折區別不太，大抵楔子不必用套曲，只用一、二支曲子，多爲仙呂宮〔賞花時〕或〔端正好〕。此外，楔子裡的曲子可由主角以外的人來唱，如旦本《竇娥冤》的楔子便由末角竇天章唱。至於它的位置可在第一折之前，也可在折與折之間。其地位則如周貽白《中國戲劇發展史》第四章所說：「若以整箇戲劇言之，『楔子』，不過是一種開場或過場。開場爲主腦，過場爲脈絡。」

〔註40〕　一人唱到底只是一種概括性的說法，故周貽白曰：「元劇始終只用一個腳色主

旦本。傳奇則以「齣」為單位，一般基本為三、四十齣，戲中角色不論生旦淨丑，都有唱段，分唱、合唱、對唱的形式不一而足，比起雜劇一角獨唱的方式更為合理、多變。雜劇、傳奇間的長短差距，關係著關目結構的佈置，影響情節節奏進行的快慢，其間場面的冷熱安排，角色勻派等技巧都大異其趣，因此如臧懋循一般標榜元曲的當行，對傳奇的創作、發展是否有實際效益？是值得深思的。

在音樂和風格上，雜劇和傳奇也有顯著的差異。元雜劇的音樂是北曲的七聲音階系統，旋律較多高下越級的跳躍，節奏較具跌宕聞賺，爽直流暢的特色。傳奇則以南曲的五聲音階為主，較多順級進行，上下升降、迂迴曲折的旋律，節奏細膩繁碎。〔註41〕此外，影響戲曲文學風格的，還有地方風物一要素。中國自南北朝時，劉勰《文心雕龍》卷十〈物色第四十六〉便說：「詩人感物，聯類不窮。流連萬象之際，沈吟視聽之區；寫氣圖貌，既隨物以婉轉；屬采附聲，亦與心而徘徊……若乃山林皋壤，實文思之奧府……屈平所以能洞監風騷之情者，抑亦江山之助乎？」可知風土氣候可以薰染作者的氣質情感，也能影響作品的風格情調，若以地方而論，元雜劇發展的重鎮是大都，著名作家多是北人，〔註42〕明傳奇則以三吳為中心，多南人情調，〔註43〕兩者間的差距極大，故姚華《菉猗室曲話》卷一曰：

> 樂府以瞰逕揚厲為工，詩餘以婉麗流暢為美，北曲宜宗樂府，南曲
> 應祖詩餘，淵源各別，雖關時運，亦緣地理。〔註44〕

唱，這是一般的說法，其實應當說是用一種腳色主唱。因為在許多劇本裡，主唱者不論為『末』為『旦』，其所扮演的劇中人，常常可以調動。」如《酷寒亭》正末在楔子和第四折中扮宋彬，第一、二折扮趙用，第三折扮張保。至於《貨郎旦》第一折由正旦扮劉氏主唱、第二折以後則改由副旦扮張三姑唱。另一種例外，則是在末本中插入旦唱、或旦本插入末唱，如《生金閣》正末唱第一三四折，正旦唱第二折；《張生煮海》則是正旦唱一二四折，正末唱第三折。

〔註41〕 參見楊蔭瀏《中國古代音樂史稿》第二十二、三十二章。

〔註42〕 據王國維《宋元戲曲史》統計，元代雜劇家六十二人中，北人有四十九人，南人則僅有十三人。

〔註43〕 由盧前《明清戲曲史》（臺北：臺灣商務印書館，77年6月臺三版）之列表可見明代戲曲家多集中華中以南，尤密集於江蘇、浙江二省，盧氏曾說：「方元之時，初集於大都，既南來湖上，製曲之士，南人已多。朱明開國，僑寓金陵者，殆已不可勝數。……大氐吾吳之曲作家，金陵多僑民，而蘇州皆土著。」（頁11～12）不管僑民或土著，經南方風物的長久薰染，多少都會感染南方情調。

〔註44〕 參見清‧姚華：《菉猗室曲話》，任中敏：《新曲苑》，第3冊，頁518。

北曲的曒遡揚厲，南曲的婉麗流暢是地理風物和音樂旋律交相為用所造成的風格差異，在這種質樸與婉媚的變化中，是否仍應執元曲的蒜酪風味為本色高格？是在研究本色論之餘所當省思的。

再者，在語言上，雜劇、傳奇也有顯著的差異。語言是演進的，它具有時代變遷性和地域性，中國歷史悠久，幅員遼闊，方言多而雜，聲律特色南北古今差異極大，故隋代陸法言〈切韻敘〉已曰：

> 吳楚則時傷輕淺，燕趙則多傷重濁。秦隴則去聲為入，梁益則平聲
> 似去。……江東取韻，與河北復殊；因論南北是非，古今通塞。

這是正統韻書作者對語言變化的看法，在戲曲中因為有口語的運用，因此語音差異的問題也較大，如周之標敘《吳歈萃雅》便談及南北語音的差異，曰：

> 南方水土和柔，音則清舉而佻巧，北地山川重厚，語則沈濁而鈍訥。
> 辟之涇渭判流，涇淄各味者也。〔註45〕

雜劇所用的語言是北方沈濁鈍訥的口語，傳奇則是南方輕淺的吳儂軟語，其間分野已大，何況北方音分陰陽上去四聲，南方音則仕平上去入外，又有所謂陰陽清濁，繁簡程度各不相同。加上南北語彙的變化，雜劇、傳奇的差距可謂日去日遠。

若就時代性而言，元代以蒙古異族的身份統治中國九十年，在歷史的長河中，這段時間或許不算太長，但也足以變化一些漢族的語言系統，因此在雜劇作品中已包容許多胡人語彙（詳本章第一節）。明代建國以後極力恢復漢族文化的優越地位，但文學的變化是漸進的，政治上的改朝換代，不會立刻改變文學現象，因此明初的雜劇作品與元代的雜劇語言尚有接續性。到了嘉靖以後傳奇漸興，及至大盛的萬曆年間，與元雜劇的時代已有近兩百年的差距。〔註46〕語言的演變固然是漸進的，它沒有固定的規律，百餘年的時間能使語言產生多大的變化？我們無法推算，也無從得知，但元代雜入漢語中的蒙古、女眞語，在經過這麼長一段漢族優勢文化的發展下，早已大量汰除或改變（能流傳的多是靠元雜劇的保存），因此元雜劇和明傳奇的語彙系統應是不完全相似的，在標舉元曲本色之際，也應思索，是否該將各種語言變因列入考量，略抑過尊之態？

〔註45〕參見《中國古典戲曲序跋彙編》卷四周之標〈吳歈萃雅自敘〉，第 1 冊，頁 432。
〔註46〕太祖洪武元年為西元一三六八年，世宗嘉靖元年為西元一五二二年，神宗萬曆元年為西元一五七三年，至萬曆朝結束已是西元一六二○年。明代開國至嘉靖元年共一五五年，至萬曆元年則有二百零六年的時間。

對南北曲的差異問題，明代的曲論家也有所覺，如王驥德《曲律》卷三〈雜論第三十九上〉便曾說：

> 南北二調，天若限之。北之沈雄，南之柔婉，可畫地而知也。北人工篇章，南人工句字。工篇章，故以氣骨勝；工句字，故以色澤勝。

是從地域來談文學、音樂之風格和氣質的南北差異。尤其是以曲而言，文字與音樂的關係比詩詞更密切，再加上元代的中原經歷異族統治的語言變革、文化差異衝擊，南北曲自宋元以來的不同發展，其間差異自與詩詞古文不同，故王驥德在這則資料中又說到：

> 北曲方言時用，而南曲不得用者，以北語所被者廣，大略相通，而南則土音各省郡不同，入曲則不能通曉故也。

是從方言的流傳度談南北曲地方語言運用、流傳局限的差異。此外，他又曾分析元曲的利弊，曰：「元人諸劇，爲曲皆佳，而白則猥鄙俚褻，不似文人口吻。」所論簡略，有時不免以偏概全，或以南人文雅之度，衡量直率的蒜酪風味。但元曲的賓白也確實有不少庸俗的套式，只是它們並非全都鄙俚猥褻，況且元曲的特色正在無文人造作之態。至於他所說：「元人雜劇，其體變幻固多，一涉麗情，便關節大略相同，亦是一短。」這也是套式所致的弊端。大體而言，王氏已用冷靜分析的態度看待元曲，不再唯元是尊，而他所談的本色也是擷取《西廂》、《琵琶》、《拜月》……諸劇的精華，轉化優點，運用到傳奇中。

又如呂天成《曲品》卷上從體製探入雜劇、傳奇之異，曰：「雜劇北音，傳奇南調。雜劇折惟四，唱止一人；傳奇折數多，唱必勻派。雜劇但摭事顛末，其境促；傳奇備述一人始末，其味長。無雜劇則孰開傳奇之門？非傳奇則未暢雜劇之趣也。」他所說雜劇、傳奇間的傳承關係雖然不正確，〔註47〕但他的分論體製和作法，卻符合他所謂「不遵古而卑今」的進步態度。大抵，前節第一種類型曲論家比較沒有偏執「第一義」的觀念，較能將「本色」運用到傳奇中推動改革。至於尊奉元曲爲「第一義」的高格，固然對傳奇辭賦化、駢儷化起過抗衡作用，但其中所含的貴古賤今的觀念卻值得我們注意，因爲若從時代性來看本色論的發展，這種帶有遵古色彩的口號是不是只有正面影響？它是否曾扼殺過當代語言在戲曲中的發展生機？都是值得深思的問題。

〔註47〕今已可確定傳奇主要承自南戲系統，而非由元雜劇直接轉變爲傳奇。

第四節　戲曲本色論之餘波

　　戲曲本色論的發展到了明末已逐漸落實，向細枝末節的方法論伸展觸角，另一方面又因本色與當行的意義分合不定，使「本色」逐漸局入質樸的語言範疇中，意義漸趨固定。此外，明末的曲論家在評論時雖常運用「本色」、「當行」二詞作為批評術語，卻無意界定它的內涵，只是隨興而用，如祁彪佳《遠山堂曲品》便是只作為品評鑑賞的詞彙，本色論的燦爛光芒已漸趨消沈。

　　到了清代一方面由於明末遺老的跨越，在戲曲理論上延承著明末重舞臺評論的風氣，重視舞臺藝術，梨園子弟、掌故的記載。一方面由於學術風氣的轉變，曲論的內容除承繼前代音律、辭藻、軼事雜聞的記載外，開始重視考據，探討戲曲本事，考證金元方言和專門術語，除了探波討源外，更不斷地用考證的方式糾繆。此外，在務實的學術風氣影影下，對當時花部亂彈的興起，曲論家雖存雅俗之辨，極力維護崑曲的雅部地位，但在他們的曲話中也如實地反應了花部流行的情形，如焦循的《花部農譚》、李調元的《劇話》、李斗的《揚州畫舫錄》等都有豐富的記載。

　　在這種情形下，本色論不再擁有一枝獨秀的地位，它被列入了曲論的小圈。它的精神經過有明一代的努力，已普遍獲得肯定，並落實在創作方法論中，有些在論述時甚至不再冠以「本色」之名，如李漁《閒情偶寄》便是一例，而「本色」一詞也逐漸回復到語言文字的範疇中，因此清代所呈現的戲曲本色論只是餘波未息的衰颯，只有在輯錄前代資料的曲論中，如李調元《雨村曲話》，方能偶見豐腴之姿。

　　清代戲曲本色論的發展已是強弩之末，內容較為貧瘠，涉及本色的曲論家承繼多，新意少，本節採歸納的方式，仍以廣義的本色論為主體，分條陳述各家意見，以了解清代本色論「實存名亡」的現象。並將重要曲論家的生平，納入注釋中。

一、曲體貴淺顯

　　戲曲經過元明兩代的發展，已在文壇上獲得一席之地，明代提倡本色的辨體意義，到了清代，儘管曲仍被視為小道末技，但它不同於詩詞散文也是不爭的事實，是以黃周星〔註48〕《製曲枝語》曰：「文各有體，曲雖小技，

〔註48〕黃周星字景虞，號九煙、圓庵、而庵、笑倉道人，一說本姓周，湖廣湘潭人，生於萬曆三十九年（西元一六一一），卒於清康熙十八年（西元一六七九）。為明崇禎十三年進士，明亡後隱居不仕，著有《天人樂傳奇》，和《惜

亦復有曲之體。」（頁 120）陳棟〔註49〕《北涇草堂曲論》則曰：「曲與詩餘相近也而實遠」（頁 418），曲既別於其他的文學體製，作法和語言文詞自有它的特性，故丁耀亢〔註50〕《赤松遊·題詞》曰：

> 唐稱樂府，宋稱詩餘，元稱詞曲，一漸而分，淺深各別。若使詩餘再用樂府，則仍涉唐音，若聽詞曲再拈詩餘，則不爲元調。故同一意也，詩餘必出以尖新。同一語也，元曲必求其穩貼。〔註51〕

詩詞曲雖同爲韻文，在語言特色上卻大相逕庭，越變越趨語體，並漸向委曲詳盡的寫作方式邁進，故李漁〔註52〕《閒情偶寄》卷二〈詞采第二·貴顯淺〉曰：

> 詩文之詞采貴典雅而賤麤俗，宜蘊藉而忌分明；詞曲不然，話則本之街談巷議，事則取其直說明言。

「貴顯淺」是曲的語言特色，即是黃圖珌〔註53〕所謂的「口頭言語」，〔註54〕

花報》、《試官述懷》二雜劇，並在《天人樂傳奇》卷首附有論曲之《製曲枝語》。

〔註49〕陳棟宇浦雲，會稽人（今浙江紹興），屢應鄉試皆不第，其生卒年據其自述詩和周之琦〈北涇草堂集序〉推測，約生於乾隆二十九年（西元一七六四），卒於嘉慶七年（西元一〇八二）（參《清代戲曲史》）。著有《北涇草堂集》八卷，其中卷六至卷八爲《苧蘿夢》、《紫姑神》、《維揚夢》三雜劇，卷二雜著收有〈論曲十二則〉，今任訥已將之收入《新曲苑》，稱《北涇草堂曲論》。

〔註50〕丁耀亢，字西生，號野鶴，別署野航居士、華表人、木雞道人，山東諸城人。約生於明萬曆三十五年（西元一六〇七），卒於清康熙十七年（西元一六七八），學問淵雅，嫻於音律，著作甚富，傳奇有十三種之多（據其宗裔七代姪孫丁守存在〈表忠記傳奇書後〉之說），今僅存《赤松遊》、《西湖扇》、《表忠記》、《化人游》四種。

〔註51〕參見蔡毅：《中國古典戲曲序跋彙編》卷十二所收丁耀亢之〈《赤松遊》題詞〉，第 3 冊，頁 1528～1529。

〔註52〕李漁原名仙侶，號天徒，後改名漁，字笠鴻、謫凡，號笠翁，別署湖上笠翁、覺世禪官……等，浙江蘭溪人。生於明萬曆三十九年（西元一六一一），卒於清康熙十九年（西元一六八〇年）。明亡以前幾次參加鄉試皆不第，入清後移家杭州、金陵，除以芥子圖書舖爲生外，亦曾「賣賦以餬口」，自組家樂，並爲她們編寫劇本，參與排演，以之游走達官貴人，結交名士大夫。著有《風箏誤》、《鳳求鳳》……等十種傳奇，合稱《笠翁十種曲》，又有《十二樓》、《無聲戲》等短篇小説集，及《閒情偶寄》，其詞曲部和演習部爲論曲之作。

〔註53〕黃圖珌，字容工（歷代詩史長編二輯《看山閣集閒筆》提要作「容之」），號蕉窗居士，宋眞子，江蘇松江人，生於清康熙三十九年（西元一七〇〇），雍正間官杭州衢州同知，乾隆中卒。著有《雷峰塔》、《棲雲石》、《夢釵緣》、《解金貂》、《梅花箋》、《溫柔鄉》等六種傳奇，另有《看山閣集》，其中有《看山閣集閒筆》十六卷，其文學部詞曲一章有部份論曲之作。

〔註54〕參見清·黃圖珌《看山閣集閒筆》之「詞曲」條曰：「曲貴乎口頭言語，化俗

它有「取直而不取曲，取俚而不取文，取顯而不取隱」〔註55〕的用語特色，能做到曲白淺顯的本色之妙，方是以曲爲曲的當行家，不致貽人「以詞爲曲」或「以賦爲曲」〔註56〕等體裁不正之譏。

　　至於曲何以要淺顯、質樸、俚俗，除了上述的辨體因素外，清代曲論家也從觀眾問題著眼，如丁耀亢〈《赤松遊》題詞〉認爲所以必須做到「聲調諧和，俗雅感動」是要達到「堂上之高客解頤，堂下之侍兒鼓掌」的目的。李漁《閒情偶寄》詞曲部〈詞采第二·忌塡塞〉則認爲戲曲是作與讀書與不讀書人和不讀書的婦人小兒同看，豈可深奧難解？徐大椿《樂府傳聲》更強調戲曲是要使「愚夫愚婦，共見共聞」，不是讓文人學士自吟自詠，〔註57〕焉能如作詩文般「鋪敘故事，點染詞華」？

　　由此可見，他們都已注意到了觀眾知識層次參差的問題，要俗要淺顯便是顧及愚夫愚婦和兒童等識字不多，或根本是文盲的觀眾。在俚俗淺顯的要求下，不能不顧及戲曲的文學性，和「雅俗共賞」中「雅」的層次，因此黃圖珌《看山閣集閒筆》主張要「化俗爲雅」，而徐大椿《樂府傳聲》則認爲要達到「直必有至味，俚必有實情，顯必有深義，隨聽者之智愚高下，而各與其所知」的境界，使愚夫愚婦和學士文人各得其趣，將文學性與通俗性融鑄一爐，正是明代王驥德所謂的要在雅俗淺深之間辨乎微芒的意旨。與丁耀亢所謂的「半雅半俗」、「巧不傷格，俗可入古」；李漁的「深而出之以淺」同樣

爲雅；詞難於景外生情，出人意表。字字清新，筆筆芳韻，方爲絕妙好辭，其聲諧、法嚴處，不過取平、仄二聲；較曲而有平、上、去、入，有開、發、收、閉，有陰、陽、清、濁，有呼、吸、吐、茹，審五音之精微，協六律於調暢，務在窮工辯別，刻意探求，稍有錯誤，致不叶調，如玉茗之《牡丹亭》，調雖靈化，而調甚不工，令歌者低眉蹙目，有礙於喉舌間也。蓋曲之難，實有與詞倍焉。因錄數則，以博知音者一哂云爾。」，《中國古典戲曲論著集成》，第 7 冊，頁 139。

〔註55〕 參見清·徐大椿《樂府傳聲》（《中國古典戲曲論著集成》，第 7 冊）之〈元曲家門〉（頁 158）。徐大椿，字靈胎，號洄溪老人，江蘇吳江人，約生於康熙三十八年（西元一六九九），辛於乾隆四十五年（西元一七七八），爲當時名醫，兼通天文、輿地、音律、兵法之學，著有《樂府傳聲》，多論曲之唱法，唯「元曲家門」一條偶涉文詞本色。

〔註56〕 陳棟《北涇草堂曲論》曰：「元人以曲爲曲，明人以詞爲曲，國初介于詞曲之間，近人並有以賦爲曲者。」（頁 418）

〔註57〕 此與梁廷枏之說恰相反，梁氏稱蔣士銓《藏園九種曲》爲「吐屬清婉，自是詩人本色。」讚賞借他人酒杯澆心中塊壘的詩人吟詠情性之作。參見梁廷枏：《曲話》卷二，《中國古典戲曲論著集成》，第 8 冊，頁 272。

闌入本色眞義。

　　清代曲論家對雕繢和鄙俚的兩偏之病，一如前代，批評不遺餘力，故丁耀亢〈《赤松遊》題詞〉曰：

　　　　步元曲而因其範圍，愧成畫虎；摹時詞而流爲堆砌，未免雕猴。

元曲的本色正如周德清所說，是「文而不文，俗而不俗」，因爲「元人非不讀書，而所製之曲，絕無一毫書本氣，以其有書而不用，非當用而無書也。」（李漁《閒情偶寄》詞曲部〈詞采第二〉之「貴顯淺」），丁氏所說的「愧成畫虎」便是指戲曲作家不了解元曲這種「深而出之以淺」的特性，以爲本色應避免「滿紙是書」的「塡砌彙書、堆垛典故，及琢鍊四六句，以示博麗精工」（黃周星《製曲枝語》），卻矯往過正地演爲「滿紙打油」，而徒招類犬之誚。因此丁耀亢在〈嘯臺偶著詞例〉的十忌中，堆砌、誇麗、板整固言三禁，而不生情態，平鋪直敘，不講究文學性的作法，亦在禁忌之列。〔註58〕

　　此外，「意趣」、「機趣」也是清代重本色的曲論家所常提及的，如李漁曰：

　　　　機趣二字，塡詞家必不可少。機者，傳奇之精神；趣者，傳奇之風致。

「機趣」、「風致」是明代論曲家繼承嚴羽詩論的遺形，到了清代「本色」一詞雖已漸少用，但襲取嚴羽重機趣的論法仍保留下來，所以黃周星在《製曲枝語》中明白地以「趣」字來含括雅俗共賞的製曲妙訣，並引用「詩有別趣」闡釋曲當以「趣」勝的道理，認爲作曲應「少引聖籍，多發天然」，而陳棟更說道：「本色語不可離趣，矜麗語不可入深」，可知要使本色語避免入於鄙俚打油，需以具文學性的機趣、風致來潤飾。

　　現代本色論的內容在清代已得到繼承，但「本色」一詞的運用漸限入狹義的語言範疇，如丁耀亢在論曲時主張：「以粉飾爲次，勿使辭掩其情，既不傷詞之本色，又不背曲之元音，斯爲文質之平。」所謂「詞之本色」是指樸質、白描的眞色語言（參見〈《赤松遊》題詞〉）。黃圖珌則認爲本色是指白描

〔註58〕　〈嘯臺偶著詞例數則〉附於《赤松遊》傳奇，認爲詞有「三難」、「十忌」、「七要」、「六反」。其「十忌」爲「一忌死悶畫葫蘆全無生面；二忌堆砌，假字面不近人情；三忌犯葛藤，客多主少；四忌直鋪敘，不生情態；五忌押韻，求尖得拗，不入宮商；六忌誇麗，對類塞白，聱牙難唱；七忌白語板整，不肖本腳；八忌關目太俗，難諧雅調；九忌做作有心，易涉酸澀；十忌悲喜失竅，觀聽起厭。參見蔡毅：《中國古典戲曲序跋彙編》卷十二〈丁耀亢〉，第3冊，頁1530。

的口頭言語，不可過於高遠，也不可流於俚下鄙陋，要以清真質樸有趣為貴。

此外，清代曲家偶爾也連用當行本色，但更常用「本色」詞彙接近字面原義的引申義，如曰：「不抹東村本色，何必效顰而反增其醜也。」、「詩人本色」都是用「本來色彩、面貌」的意思。這種種現象正說明戲曲本色論到了清代實質雖得到延續，卻未繼續生長豐腴，反而迅速地枯萎凋零。

二、由腳色論本色

明末凌濛初在論本色時已提及腳色問題，清代曲論家則承此而使雅俗之辨落實。如李漁在《閒情偶寄》的「戒浮泛」中曾說：

> 一味顯淺，而不知分別，則將日流粗俗，求為文人之筆而不可得矣。……極粗極俗之語，未嘗不入填詞，但宜從腳色起見。如花面口中，則惟恐不粗不俗，一涉生旦之曲，便宜斟酌。

李漁有極豐富的戲曲寫作編導經驗，他固然可從中獲取心得，但這個問題早在凌濛初時便已提及，二者之間雖無必然的承繼關係，但對此問題而言李氏並非第一個提及的人。中國戲曲向來具有強烈的象徵性，忠奸有別，善惡分明，每個腳色都以臉譜、服裝、曲白賦予他強烈的個性，而腳色分行，也有類化的象徵，因此李漁所說：「牛旦有生旦之體，淨丑有淨丑之腔」，花面之詞惟恐不粗不俗，便是從腳色分行立說。

細繹之，只在腳色分行上辨別聲口是不夠的，因為中國傳統戲曲腳色分行較粗，必須再由戲中的實際身份加以認定，粗鄙之人可配合身份個性，予以極粗極俗之語，故徐大椿《樂府傳聲》曰：

> 必觀其所演何事，如演朝廷文墨之輩，則語仍不妨稱近藻繪，乃不失口氣；若演街巷村野之事，則鋪述竟作方言可也。總之，因人而施，口吻極似，正所謂本色之至也。（頁158～159）

以劇情和刻中人物身份配合文詞的雅俗，正是李漁所謂的「說何人肖何人，議某事切某事」，能做到李、徐二人的規範，則本色論的雅俗深淺有準，易於達到戲曲模擬現實的真色，不致遭凌氏之誚，誤使劇中奴僕個個都是「康成之婢，方回之奴」。

第五章　結　論

　　「本色」的原義是指「本來的顏色」，它的意涵常隨連用名詞而變化，具有價值判斷的功能，它與文學結合後，理論家常以之規範文體。而自宋代即時常與「本色」交互爲用的「當行」，語彙出現雖可遠溯《史記・陳涉世家》，但真正用於文學品評的時代，卻與「本色」相當。當「本色」由詩、詞、文論的品評語彙轉入戲曲綜合藝術的範疇後，因爲戲曲體製複雜的特點，使明代的曲論家雖然熱衷於探索戲曲的本體，但他們在戲曲本質的掌握上卻難以顧及整體，因而總是意見分歧，使得戲曲本色論眾說紛紜。

　　大抵，本色論興起的主要原因是爲遏止明代南戲傳奇的駢儷、辭賦化。自邱濬、邵璨等挾道學及時文之熱潮，應和朝廷律令，誇人風教作用，標榜文人的藻飾尚繪，加上嘉靖以後崑腔偏尚柔靡文雅的推波助瀾，傳奇成爲文人雅士案頭玩賞之物，堆砌酊飣，蔚然成風。而後曲論家從前人作品的整理中，警覺傳奇的偏離舞臺和遺忘通俗，因此推尊元曲及宋元南戲的成就，省思戲曲體製的特質，提倡本色，欲將戲曲導向案頭場上兩擅其美的正軌。

　　要掌握明代戲曲本色論的發展，需將諸家曲論與本色結合，才不致陷入攏統或偏頗。明代主張本色論的曲家約可分爲三期。

　　第一期爲嘉靖、隆慶間的傳奇開創期，此期的曲家是提倡本色論的先驅。李開先認爲曲以金元爲準，猶如詩以唐爲極，而詩詞曲意同體異，因此要以悟入的工夫，掌握體裁之正，瞭解曲體「明白而不難知」的特色，才能表現「詞人之詞」的本色。何良俊則重視元曲的蒜酪風味，爲開拓時人眼界，提升《拜月亭》的當行地位，提倡語意蘊藉，簡淡而有意趣的文詞本色。

　　第二期是隆慶、萬曆間的傳奇發展期，這個過渡期雖然只有一個重要曲

論家——徐渭，但他在本色論的發展中地位重要，他認爲戲曲起於民間，是畸農市女之歌，應抹去邵璨等的時文氣，還它一個既眞且俗的素樸面目，點鐵成金地將常言俗語化作警醒明快的戲曲語言，才是眞本色。他的本色論是以妙悟爲則，兼顧童奴皆解的場上搬演，和感發人心的文學興會，故曰：「塡詞如作唐詩，文既不可，俗又不可，自有一種妙處。」此說對明代本色論的發展影響深遠。

第三期則是萬曆以後的傳奇全盛期，此期曲家雖多涉及本色，但見解不一。如臧懋循編刊《元曲選》，歸納元曲特色，提倡不工而工的文詞本色，重視關目結構，認爲好的劇作應「人習其方言，事肖其本色，境無旁溢，語無外假」，才能達到「隨所粧演」、「摹擬曲盡」的當行上乘境界。沈璟論曲則以格律爲主，本色爲輔。雖然好尙質樸通俗，卻多片面地擷取宋元南戲的詞語字面爲本色，具有濃厚的返古意味。王驥德繼承徐渭的本色主張而有所變，以妙悟切入本色核心，認爲本色不在摹擬元人口語，而是從內容結構上講求風神標韻，斟酌雅俗濃淡之辨，以達可演可傳的上上之境，並扭轉抽象論辯的風氣，將本色落實在細部的方法規範中。徐復祚從娛樂的戲曲觀著眼，重視戲曲通俗的舞臺性，認爲「愈藻麗，愈遠本色」，因此要求戲曲語言需平易通俗而不澀。馮夢龍重視通俗文學，論曲尙眞情，認爲當行是「組織藻繪而不涉於詩賦」，本色是「常談口語而不涉於粗俗」。呂天成則認爲「當行兼論作法，本色只指塡詞」，認爲當行本色要富於機神情趣，不可摹勒組織。凌濛初從戲曲的發展尋繹本色的特質，並兼顧觀眾的雅俗層次，和人物腳色的聲口文詞，認爲本色是在方言俗語、熟事常典的融會中求警俊。而沈德符和祁彪佳二曲家，常以「本色」作爲劇作語言優劣評賞準則。

從諸家所論的本色可以歸納出一些本色論的特質，大抵，本色除了具有規範體製、題材、判別風格家數等價值判斷的特質外，又可在雅俗之辨中以妙悟超越辯證，諧調矛盾，調配典故聲律、遺詞造句和動作性語言的規律，歸納戲曲的語言特質，將戲曲導向「案頭俊俏，場上當行」的目標。此外，明代的「本色」不只在戲曲中發展，它在詩文理論中也有所變化，在規範文學體製之餘，兼具作者才性和眞我面目的意義，它與戲曲中的本色論若即若離，而戲曲本色論透過曲論家的跨越，和正統文壇聲氣相通，反映文學思潮中學古和求眞的精神。戲曲本色論的提倡曾喚起曲家對戲曲舞臺藝術和通俗特質的關切，具有某種程度的實效性，但本色論本身也有一些缺陷和局限，

因此理論和創作間無法完全配合，作者時有偏詣之處，頗值省思商榷。

　　大體而言，本色論到了清代，由於學術風氣的轉變，影響論曲方針，本色論的諸多特質在得到肯定後，多已落實到細枝末節的方法規範中，使本色論有其實而無其名，「本色」一詞逐漸局入狹義的語言規範，成為元曲風格的特徵。大抵，明代的戲曲本色論，隨著傳奇的沒落而日趨消沈。

　　綜上所述，可知本色論是戲曲理論中相當重要的一環，但明代的曲家在論及本色時，意見卻是紛亂歧異，這種現象固然呈現明代曲論自由論辯的精神，也顯露了當時戲曲批評及理論建設的捉襟見肘和零散破碎。

　　要了解戲曲本色論的真諦，需掌握「本色」一詞和與其類源相近的「當行」的意義，才有利於解決問題。大抵，「本色」和「當行」就文法而言，都是一種「詞組」的結構，〔註1〕「本色」的「加詞」為形容詞，指本然的顏色，常引申為本來的面目；「當行」的「加詞」是動詞，「當」者「合」之謂也，合乎該行的規矩、稱其行道，便可稱為「當行」。曾永義師認為「當行」是劇作家創作的能力修為，「本色」則是劇作家之理想修為能力呈現於劇作的成果，兩者相輔相成，「當行本色」因而時常聯用。而「戲曲本色論」則是要從戲曲的特質中解析它的構成因素，了解它的本來面目，提供批評家一個評論的準衡，同時也讓劇作家在創作時有依循原則。

　　從戲曲發展的歷史和現存作品及表演型態的觀察，可知中國古典戲曲是以詩歌、舞蹈、音樂為主體，巧妙地綜合了文學和歌舞藝術，在文學上它傳承了詩詞散文的特質，融合舞臺的表演、通俗性，而獨具風貌，與傳統詩文迥異其趣。它的構成要素約可歸納為五點：〔註2〕

　　一、故事情節，戲曲的搬演，歌舞、雜技雖然地位相當重要，但故事情

〔註1〕「詞組」是詞與詞間的組合關係，這種關係裏的兩個詞，有一個是附加的，它們的地位並不相等，有主從的分別。詞組的主體詞稱為「端詞」，附加上去的稱為「加詞」，詳參許世瑛《中國文法講話》（臺北：臺灣開明書局，民國79年）第三章。

〔註2〕曾永義師〈中國古典戲劇的特質〉（參見《中國古典戲劇論集》，臺北：聯經出版事業公司，民國64年10月初版，75年2月第5次印行，頁31～47）一文從劇場形式、演出場合、表現方式、故事題材、關目結構、曲辭賓白、音樂成分、其他等八項進行討論分析。〈評騭中國古典戲劇的態度和方法〉（此文收於《說戲曲》，臺北：聯經出版事業公司，民國65年9月初版，民國72年5月第三次印行，頁1～22）一文則提出八端，曰：「本事動人、主題嚴肅、結構謹嚴、曲文高妙、音律諧美、賓白醒豁、人物鮮明、科諢自然」作為評騭標準，俱詳論戲曲的構成要素。

節卻是吸引觀眾和表現文學性的重要條件，既可憑空杜撰，亦能取材現成的史實故事，要在作者匠心獨運，融會虛實，〔註3〕點染照應。

二、關目結構，它不只關係情節推衍的緊湊散緩，也是舞臺表演成敗的關鍵，包含套數的搭配，角色的遣派等排場問題，是場上的實務運用，只要能達到波瀾起伏，冷熱兼濟，勞逸勻當，音樂與劇情呼應無間，便可稱得上當行。

三、音韻格律，自齊梁音韻格律形成後，在韻文中的人工律法便日趨謹嚴，故詩分平仄，詞別上去，而曲更有所謂陰陽開合，此外，還有宮調聲情，聯套組織的問題。音律之道精微難解，易走向神祕化，作者卻不可因噎廢食，不顧格律之法，因為它深繫曲辭歌唱的音樂性，況且，只要不拘泥死法，人為格律與自然音律一樣可以輔助作者達到音調諧美的效果。

四、曲辭賓白，一般而言，曲辭的格律限制嚴謹，因它與傳統詩詞形式接近，文人常為表現華采而文飾太過，失去自然靈動之美。至於賓白是推動情節的關鍵，包含調劑的科諢趣味，是講唱遺形中的散白部分，只要音調鏗鏘，通俗而不失其雅，兼顧舞臺表演與觀眾需求，在文學藝術上同於曲辭，以自然高妙的化境為極則。

五、人物塑造，中國戲曲的人物多講求類型化，旨在辨忠奸，別善惡，明寓教化懲勸，因此人物個性表現不夠分明，易受到掩蓋，按理應適情適境地配合語言特質，體現生活，在類化中寄託性情，使人物個性突出鮮明。

大體，劇作家要有妥善處理上述五項要素的能力，兼顧舞臺與文學之美，表現自身文學藝術的修養和敏銳的洞悉力，才能稱得上「當行」。反之，如果作品能恰如其分地合乎戲曲要件的所有需求，便是「本色」的表現，兩者的關係正如呂天成所說：「果屬當行，則句調多本色；果其本色，則境態必是當行。」這其間透露著密不可分的互為表裏的關係。但明代曲家的本色論常不能掌握這層內具外現的關係，又不能全面觀照戲曲的特質要素，因此雖時觸其義，而不免偏執誤解，或將當行畫分在作法的範圍，以本色單指文詞的質樸；或全在語言文字中討論，以當行為藻繪，本色為樸實，而互相對立；到了凌濛初甚至以當行即本色來調停一切紛亂。而這些都是文人之論，他們從劇本語言文字的表現來分析劇場效果，雖然偶而也涉及一些關目結構、角色聲口文詞、觀眾與舞臺等實務問題，題畢竟如鳳毛麟角，既無系統，也不

〔註3〕關於故事的虛實點染，詳參曾永義師之〈戲劇的虛與實〉（《說戲曲》，頁23〜30）。

夠周全。至於如王驥德所提出的雅俗淺深之辨，和呂天成所說的「別有機神情趣」，雖然抽象，卻能掌握當行本色的精神。

　　在主張本色論的諸家中，要以王驥德最為可觀，他所建立的理論體系可謂觸角廣而周延；在論本色時不只切中其精神內涵，也對當代的戲曲主流──傳奇，提出改進之道，可惜未能點出「當行本色」在戲曲理這中的總原則地位，而與其他諸家同顯零碎，時露窘迫之態。

徵引文獻

一、傳統文獻

1. 〔漢〕司馬遷撰，日‧瀧川龜太郎考證：《史記會注考證》，臺北：洪氏出版社，民國 72 年。

2. 〔漢〕許慎撰、〔清〕段玉裁注、〔民國〕魯實先正補：《說文解字注》，臺北市：黎明文化事業股份有限公司，1986 年。

3. 〔梁〕劉勰撰、王更生注譯：《文心雕龍讀本》，臺北：文史哲出版社，民國 74 年。

4. 〔唐〕房玄齡等撰：《晉書》，北京：中華書局，1984 年。

5. 〔唐〕長孫無忌等撰：《故唐律疏議》，臺北：臺灣商務印書館，民國 55 年。

6. 〔唐〕元稹撰，冀勤點校：《元稹集》，北京：中華書局，2000 年。

7. 〔唐〕南卓撰，羅濟平校點：《羯鼓錄》，瀋陽：遼寧教育出版社，1998 年。

8. 〔宋〕陳師道：《後山詩話》，收於清‧何文煥《歷代詩話》，臺北：漢京文化公司，1983 年。

9. 〔宋〕趙德麟：《侯鯖錄》，《知不足齋叢書》（第 22 集），上海：上海古書流通處，民國 10 年。

10. 〔宋〕張邦基：《墨莊漫錄》，朱易安、傅璇琮等主編《全宋筆記》（第三編，第 9 冊）鄭州：大象出版社，2008 年。

11. 〔宋〕劉過：《龍洲集》，《文淵閣四庫全書》（第 1172 冊），臺北：臺灣商務印書館，民國 75 年。

12. 〔宋〕吳曾：《能改齋漫錄》，朱易安、傅璇琮等主編《全宋筆記》（第 5 編，第 4 冊），鄭州：大象出版社，2008 年。

13. 〔宋〕蔡絛：《鐵圍山叢談》，北京：中華書局，1997 年。

14. 〔宋〕岳珂：《愧郯錄》，臺北：臺灣商務印書館，民國 55 年。

15. 〔宋〕辛棄疾著、鄧廣銘箋注：《稼軒詞編年箋注》，臺北：華正書局，民國 75 年。

16. 〔宋〕孟元老撰，伊永文箋注：《東京夢華錄》，北京：中華書局，2006 年。

17. 〔宋〕朱弁：《曲洧舊聞》，朱易安、傅璇琮等主編《全宋筆記》（第 3 編，第 7 冊）鄭州：大象出版社，2008 年。

18. 〔宋〕耐得翁：《都城紀勝》，《文淵閣四庫全書》（第 590 冊），臺北：臺灣商務印書館，民國 72 年。

19. 〔宋〕嚴羽著，郭紹虞校釋：《滄浪詩話校釋》，臺北：里仁書局，民國 76 年。

20. 〔宋〕張炎著，夏承燾校注：《詞源注》，臺北：木鐸出版社，民國 76 年。

21. 唐圭璋主編：《全宋詞》，臺北：世界書局，民國 73 年。

22. 〔金〕王若虛：《滹南詩話》，《知不足齋叢書》（第 22 集），臺北：藝文印書館，民國 54 年。

23. 〔元〕脫脫等撰：《宋史》，北京：中華書局，2008 年。

24. 〔元〕虞集：《道園學古錄》，《文淵閣四庫全書》（第 1207 冊），臺北：臺灣商務印書館，民國 75 年。

25. 〔元〕周德清：《中原音韻》，《中國古典戲曲論著集成》（第 1 冊），北京：中國戲劇出版社，1959 年。

26. 〔元〕周德清撰，李惠綿箋釋：《中原音韻箋釋》，臺北：臺大出版中心，2016 年。

27. 〔元〕鍾嗣成：《重校錄鬼簿》，《中國古典戲曲論著集成》（第 2 冊），北京：中國戲劇出版社，1959 年。

28. 〔元〕鍾嗣成：《錄鬼簿等五種》，臺北：洪氏出版社，民國 71 年。

29. 〔元〕楊維楨：《東維子集》，《文淵閣四庫全書》（第 1221 冊），臺北：臺灣商務印書館，民國 75 年。

30. 〔元〕顧瑛：《草堂雅集》，《四庫全書珍本四集》，臺北：臺灣商務印書館，民國 62 年。

31. 隋樹森編：《全元散曲》，臺北：漢京文化事業有限公司，民國 72 年。

32. 〔明〕朱權：《太和正音譜》，《中國古典戲曲論著集成》（第 3 冊），北京：中國戲劇出版社，1959 年。

33. 〔明〕高明：《繡刻琵琶記定本》，臺北：臺灣開明書店，民國 65 年。

34. 〔明〕邱濬：《伍倫全備忠孝記》，臺北：天一出版社，民國 72 年。

35. 〔明〕無名氏：《錄鬼簿續編》，《中國古典戲曲論著集成》（第 2 冊），北京：中國戲劇出版社，1959 年。

36. 〔明〕李東陽：《懷麓堂詩話》，《文津閣四庫全書》（第 496 冊），北京：商務印書館，2005 年。

37. 〔明〕魏良輔：《曲律》，《中國古典戲曲論著集成》（第 5 冊），北京：中國戲劇出版社，1959 年。

38. 〔明〕謝榛著，朱其鎧等校點：《謝榛全集》，濟南：齊魯書社，2000 年。

39. 〔明〕李開先著，卜鍵箋校：《李開先全集》，北京·文化藝術出版社，2004 年。

40. 〔明〕李開先：《詞謔》，《中國古典戲曲論著集成》（第 3 冊），北京：中國戲劇出版社，1959 年。

41. 〔明〕何良俊：《曲論》，《中國古典戲曲論著集成》（第 4 冊），北京：中國戲劇出版社，1959 年。

42. 〔明〕唐順之：《荊川文集》，臺北：臺灣商務印書館，民國 54 年。

43. 〔明〕徐渭：《青藤書屋文集》，臺北：臺灣商務印書館，民國 54 年。

44. 〔明〕徐渭：《南詞敘錄》，《中國古典戲曲論著集成》（第 3 冊），北京·中國戲劇出版社，1959 年。

45. 〔明〕李贄：《焚書》，臺北：漢京文化事業有限公司，民國 73 年。

46. 〔明〕王世懋：《藝圃擷餘》，《文津閣四庫全書》（第 496 冊），北京：商務印書館，2005 年。

47. 〔明〕王世貞：《曲藻》，《中國古典戲曲論著集成》（第 4 冊），北京：中國戲劇出版社，1959 年。

48. 〔明〕屠隆：《白榆集》，汪超宏主編：《屠隆集》（第 3 冊），杭州：浙江古籍出版社，2012 年。

49. 〔明〕胡應麟：《胡應麟詩話》，吳文治主編：《明詩話全編》（第 5 冊），南京：江蘇古籍出版社，1997 年。

50. 〔明〕臧懋循編：《元曲選》，臺北：宏業書局，民國 71 年。

51. 〔明〕臧懋循：《負苞堂集》，臺北：河洛出版社，民國 64 年。

52. 〔明〕胡震亨：《唐音統籤》，《續修四庫全書》，上海：上海古籍出版社，2002 年。

53. 〔明〕袁宏道：《袁中郎全集》，臺北：世界書局，民國 53 年。

54. 〔明〕曹安：《讕言長語》，《文津閣四庫全書》（第 287 冊），北京：商務印書館，2005 年。

55. 〔明〕沈璟：《新刻博笑記》，臺北：天一出版社，民國 72 年。

56. 〔明〕沈璟：《增定南九宮曲譜》，臺北：臺灣學生書局，民國 73 年。

57. 〔明〕張大復《梅花草堂曲談》，任訥：《新曲苑》（第 1 冊），臺北：臺灣中華書局，民國 59 年。

58. 〔明〕顧起元：《客座曲語》，任訥：《新曲苑》（第 1 冊），臺北：臺灣中華書局，民國 59 年。

59. 〔明〕王驥德：《曲律》，《中國古典戲曲論著集成》（第 4 冊），北京：中國戲劇出版社，1959 年。

60. 〔明〕王驥德著，陳多、葉長海注釋：《曲律注釋》，上海：上海古籍出版社，2012 年。

61. 〔明〕呂天成：《曲品》，《中國古典戲曲論著集成》（第 6 冊），北京：中國戲劇出版社，1959 年。

62. 〔明〕徐復祚：《曲論》，《中國古典戲曲論著集成》（第 4 冊），北京：中國戲劇出版社，1959 年。

63. 〔明〕徐復祚：《南音三籟》，臺北：臺灣學生書局，民國 76 年。

64. 〔明〕凌濛初：《譚曲雜劄》，《中國古典戲曲論著集成》（第 4 冊），北京：中國戲劇出版社，1959 年。

65. 〔明〕馮夢龍：《太霞新奏》，臺北：臺灣學生書局，民國 76 年。

66. 〔明〕沈自晉：《南詞新譜》，臺北：臺灣學生書局，民國 73 年。

67. 〔明〕沈德符：《顧曲雜言》，《中國古典戲曲論著集成》（第 4 冊），北京：中國戲劇出版社，1959 年。

68. 〔明〕祁彪佳：《遠山堂曲品》，《中國古典戲曲論著集成》（第 6 冊），北京：中國戲劇出版社，1959 年。

69. 〔清〕張廷玉等撰：《明史》，臺北：洪氏出版社，民國 64 年。

70. 〔清〕李漁：《閒情偶寄》，《中國古典戲曲論著集成》（第 7 冊），北京：中國戲劇出版社，1959 年。

71. 〔清〕黃周星：《製曲枝語》，《中國古典戲曲論著集成》（第 7 冊），北京：中國戲劇出版社，1959 年。

72. 〔清〕黃圖珌：《看山閣集閒筆》，《中國古典戲曲論著集成》（第 7 冊），北京：中國戲劇出版社，1959 年。

73. 〔清〕黃宗羲：《明儒學案》（《黃宗羲全集》），臺北：里仁書局，民國 76 年。

74. 〔清〕朱彝尊：《明詩綜》，臺北：世界書局，民國 78 年。

75. 〔清〕張潮輯：《虞初新志》，臺北：廣文書局，民國 57 年。

76. 〔清〕紀昀等：《四庫全書總目》，臺北：藝文印書館，民國 78 年。

77. 〔清〕王文誥：《蘇文忠公詩編註集成》，臺北：臺灣學生書局，民國 76 年。

78. 〔清〕孔尚任：《桃花扇》，臺北：臺灣商務印書館，民國 73 年。

79. 〔清〕徐大椿：《樂府傳聲》，《中國古典戲曲論著集成》（第 7 冊），北京：中國戲劇出版社，1959 年。

80. 〔清〕梁廷枏：《曲話》，《中國古典戲曲論著集成》（第 8 冊），北京：中國戲劇出版社，1959 年。

81. 〔清〕陳棟：《北涇草堂曲論》，任訥：《新曲苑》（第 2 冊），臺北：臺灣中華書局，民國 59 年。

82. 〔清〕姚燮：《今樂考證》，《中國古典戲曲論著集成》（第 10 冊），北京：中國戲劇出版社，1959 年。

83. 〔清〕姚華：《菉猗室曲話》，任訥：《新曲苑》（第 3 冊），臺北：臺灣中華書局，民國 59 年。

84. 趙爾巽等撰：《清史稿》，臺北：洪氏出版社，民國 70 年。

二、近人論著（以作者姓氏筆畫為序）

1. 三民書局大辭典編輯委員會：《大辭典》，臺北：三民書局，1985 年。

2. 中國大百科全書總編輯委員會《戲曲、曲藝》編輯委員會：《中國大百科全書——戲曲、曲藝》，北京：中國大百科全書出版社，1983 年。

3. 王國維：《曲錄》，臺北：藝文印書館，民國 60 年。

4. 王國維：《觀堂集林》，臺北：河洛出版社，1975 年。

5. 王國維：《宋元戲曲史》，臺北：臺灣商務印書館，民國 75 年。

6. 王安祈：《明代傳奇之劇場及其藝術》，臺北：臺灣學生出版社，民國 75 年。

7. 任訥編：《新曲苑》，臺北：臺灣中華書局，民國 59 年。

8. 任訥：《中原音韻作詞十法疏證》，《散曲叢刊》（第 4 冊），臺北：臺灣中華書局，民國 73 年。

9. 吳梅：《詞餘講義》，臺北：廣文書局，民國 68 年。

10. 吳梅：《中國戲曲概論》，臺北：廣文書局，民國 69 年。

11. 吳梅：《顧曲麈談》，臺北：臺灣商務印書館，民國 77 年。

12. 吳梅：《南北詞簡譜》，臺北：學海出版社，民國 86 年。

13. 呂迺基：《何良俊四友齋叢說研究》，臺北：國立政治大學中國文學研究所碩士論文，民國 77 年。

14. 余蕙靜：《沈璟現存傳奇研究》，臺北：東吳大學中國文學研究所碩士論文，民國 79 年。

15. 李惠綿：《王驥德曲論研究》（文史叢刊之九十），臺北：國立臺灣大學文學院，民國 81 年。

16. 李惠綿：《戲曲批評概念史考論》，臺北：里仁書局，民國 91 年。

17. 〔日〕青木正兒著，隋樹森譯：《元人雜劇序說》，臺北：長安出版社，民國 70 年。

18. 周貽白：《中國戲劇發展史》，臺北：學藝出版社，民國 66 年。

19. 周汛、高春明：《中國古代服飾風俗·宋代服飾》，臺北：文津出版社，民國 78 年。

20. 姚一葦：《藝術的奧秘》，臺北：臺灣開明書局，民國 57 年。

21. 俞爲民：〈明代曲論中的本色論〉，《中華戲曲》一輯，1986 年第 1 期，頁 128～147。

22. 俞爲民、孫蓉蓉：《中國古代戲曲理論史通論》，臺北：華正書局，民國 87 年。

23. 俞爲民：〈徐渭的《南詞敘錄》和南戲研究〉，《中國戲曲學院學報》第 32 卷第 2 期，2011 年 5 月，頁 61～68。

24. 侯淑娟：〈徐渭的文學批評觀〉，《中國文化月刊》第 150 期，1992 年 4 月，頁 108～123。

25. 孫崇濤：〈徐渭的戲劇見解──評《南詞敘錄》〉，《文藝研究》1980 年第 5 期，頁 29～34。

26. 徐朔方：《晚明曲家年譜》，杭州：浙江古籍出版社，1993 年。

27. 梁啓超：《中國近三百年學術史》，臺北：華正書局，民國 78 年。

28. 郭紹虞：《照隅室古典文學論集》，臺北：丹青出版社，民國 74 年。

29. 郭紹虞：《中國文學批評史》，臺北：文史哲出版社，民國 77 年。

30. 張敬：《明清傳奇導論》，臺北：華正書局，民國 75 年。

31. 張敬：《張清徽學術論文集》，臺北：華正書局，民國 82 年。

32. 張孝裕：《徐渭研究》，臺北：學海出版社，民國 67 年。

33. 莊一拂：《古典戲曲存目彙考》，上海：上海古籍出版社，1982 年。

34. 許世瑛：《中國文法講話》，臺北：臺灣開明書局，民國 79 年。

35. 逢甲大學中文系所編輯：《中國文學理論與批評論文集》，臺北：新文豐出版社，民國 84 年。

36. 曾永義：《明雜劇概論》，臺北：學海出版社，民國 68 年。

37. 曾永義：《說戲曲》，臺北：聯經出版事業公司，民國 72 年。

38. 曾永義：《中國古典戲劇論集》，臺北：聯經出版文化事業公司，民國 75 年。

39. 曾永義：《詩歌與戲曲》，臺北：聯經出版事業公司，民國 77 年。

40. 曾永義：《春風·明月·春陽》，臺北：光復書局股份有限公司，民國 77 年。

41. 曾永義：《中國古典戲劇的認識與欣賞》，臺北：正中書局，民國 80 年。

42. 曾永義：〈從明人「當行本色」論說「評騭戲曲」應有之態度與方法〉，《文與哲》第 26 期，2015 年 6 月，頁 1～84。

43. 陳錦釗：《李贄之文論》，臺北：嘉新水泥公司文化基金會，民國 63 年。

44. 陳芳英：《明代劇學研究》，臺北：國立臺灣大學中國文學研究所博士論文，民國 71 年。

45. 嵇文甫《左派王學》，臺北：國文天地出版社，民國 79 年。

46. 揚宗珍（孟瑤）：《中國戲曲史》，臺北：傳記文學出版社，民國 80 年。

47. 楊蔭瀏：《中國古代音樂史稿》，臺北：丹青出版社，民國 74 年。

48. 葉長海：《中國戲劇學史稿》，板橋：駱駝出版社，民國 76 年。

49. 漢語大詞典編輯委員會：《漢語大詞典》，上海：漢語大詞典出版社，1989 年。

50. 齊森華：〈《南詞敘錄》貴在公允〉，《上海戲劇》，1981 年第 6 期，頁 57～58。

51. 劉大杰《中國文學發展史》，臺北：華正書局，民國 73 年。

52. 鄭騫：《北曲新譜》，臺北：藝文印書館，民國 62 年。

53. 鄭騫：《景午叢編》，臺北：臺灣中華書局，民國 61 年。

54. 蔡毅編：《中國古典戲曲序跋彙編》，濟南：齊魯書社，1989 年。

55. 樊篤：《文學理論教程》，長沙：湖南師範大學出版社，1990 年。

56. 駱玉明、董如龍：〈《南詞敘錄》非徐渭作〉，《復旦學報》1987 年第 6 期，頁 71～78。

57. 簡錦松：〈論明代文學思潮中的學古與求真〉，《古典文學》第八輯，民國 75 年 4 月，頁 313～356。

58. 顏崑陽：〈論宋代「以詩爲詞」現象及其在中國文學史論上的意義〉，《東華人文學報》第二期，2000 年 7 月，頁 33～68。

59. 蘇國榮：《中國劇詩美學風格》，臺北：丹青圖書有限公司，民國 76 年。

60. 嚴敦易：《元劇斟疑》，北京：中華書局，1960 年。

61. 龔鵬程：《詩史本色與妙悟》，臺北：臺灣學生書局，民國 75 年。